天下英雄谁敌手

铁血名将辛弃疾

吴晶／著

浙江大学出版社
ZHEJIANG UNIVERSITY PRESS

图书在版编目（CIP）数据

铁血名将·辛弃疾 / 吴晶著. —杭州：浙江大学
出版社，2014.1
　ISBN 978-7-308-12431-7

　Ⅰ.①铁… Ⅱ.①吴… Ⅲ.①讲史小说－中国－当代
Ⅳ.①I247.5

中国版本图书馆 CIP 数据核字（2013）第 255635 号

铁血名将·辛弃疾

吴　晶　著

责任编辑　　徐　婵
出版发行　浙江大学出版社
　　　　　　（杭州市天目山路 148 号　邮政编码 310007）
　　　　　　（网址：http://www.zjupress.com）
排　　版　杭州中大图文设计有限公司
印　　刷　杭州钱江彩色印务有限公司
开　　本　710mm×1000mm　1/16
印　　张　13.75
字　　数　185 千
版 印 次　2014 年 1 月第 1 版　2014 年 1 月第 1 次印刷
书　　号　ISBN 978-7-308-12431-7
定　　价　35.00 元

目录
Contents

　　众目睽睽之下，虎奴无奈地将辛弃疾的双脚也埋在了土中。

　　"今日之战，有进无退！辛某人一定和各位兄弟同生共死到底！"

　　这番话掷地有声，当场气氛一派肃杀。虽没有人答话，但大家心里都清楚，眼前这位白面书生是铁了心要和大家死守这里了。先前许多人心里还打着小鼓，抱怨辛弃疾拿自己的性命去赌战功，现在，所有的人都横下了一条心——死战不退！

思来想去,辛弃疾决定以不战而屈人之兵——劝降!

"提刑大人,卑职愿意冒险前往一试。"江西兴国县尉黄倬主动请缨。

辛弃疾赞许地点点头,道:"你可替我宣慰赖文政,若能主动归降,我愿担保他们性命无虞。若是继续顽抗天兵到底,那就休怪辛某辣手了。"

沉思片刻,辛弃疾又道:"若他有犹豫之意,你可告诉他——是否还记得当日以贡堂雪芽相待之意。"

辛弃疾的坎坷宦途无一不被好友司马倬说中。其实,就在他入朝之初,也不是没有人想过要加以拉拢。毕竟,辛弃疾的才干和声望是朝野内外都看在眼里的。只是,以气节自负的辛弃疾对这些诱惑都一一加以婉拒。他知道,自己并不适合这种尔虞我诈、钩心斗角的权谋生活。即便是为了实现自己理想的权宜之计,辛弃疾也不屑为之。

在辛弃疾被废黜之后,朱熹还曾愤愤不平地对自己的门生发表过这样的意见:

"辛幼安是个人才,更是个帅才。哪有把他搁置起来长久不用的道理?不错,他为人是有些专横跋扈,这也是有才之人的通病。只要能做到明赏罚,戒其短,用其长,彼人也自然会心服口服,为国所用。如今呢?一废就废到底了,再没有人顾念他过去的功劳和好处。甚是可惜,可叹!"

言外之意,是对宋孝宗的婉转批评。

陈亮之死,给辛弃疾的打击是巨大的。他朝野上下的好友众多,但真正称得上志同道合,又相互倾慕的,恐怕也就只有陈亮一人而已。如今知己壮志未酬身先死,辛弃疾自然倍感孤独。他身在闽地任上,无法抛开公事亲往永康陈亮家中吊丧,只有以祭文聊表自己的一腔哀思……

祸不单行,正当辛弃疾沉浸在痛失好友的哀伤中时,朝廷中又开始涌动起一股暗流。他再一次成了权力斗争的牺牲者。

为了催促辛弃疾出山,朝廷还特地在诏书中附加了一道命令——疾速赴行在奏事。看来,韩侂胄这回是真急了。

前去促驾的枢密院官员马不停蹄,直奔铅山。在他们看来,只要这位老将肯答应接受这一职务,那自然能挽狂澜于既倒,扶大厦于将倾。毕竟,辛弃疾名动天下,是大家心目中的最佳抗金人选。

然而,他们失望了。此时的辛弃疾已经重病缠身,卧床不起。

第一章　壮岁旌旗拥万夫

男儿何不带吴钩

南宋绍兴三十一年（公元 1161 年），也就是金正隆六年夏末的一个黄昏，两骑身影正疾驰于旷野之中，绝尘而去，任由身后的夕阳在他们前方斜着投下长长的影子。

突然，其中一骑猛地勒住马头，停了下来，马上之人久久地回望着天边翻滚的红云。那彩云看上去宛若万千旌旗招展，绵延不绝。半晌，他不由自主地长叹一声。

"哀哉！"

"少爷何故叹息？可是想起太老爷了吗？"

身后一骑纵马赶上，在距一个马头远的地方勒住缰绳。这人青衫小帽，一副家仆打扮，约莫四十来岁的年纪，身材瘦削，一看就是忠厚老实之人。他这会儿正恭敬地看着自家少爷。

被唤作少爷之人一身书生打扮，却是剑眉虎目、肩宽背阔，腰间还系着一柄长剑，颇有青年将领气势。他，正是辛弃疾。

辛弃疾摇摇头，以手中马鞭指了指天边的晚霞："虎奴，过去常听老人说,此种天象主人间有大刀兵、大劫难。那时我还不以为然,如今看来,真不知何时才是太平年月!"

辛虎奴应了一声,顺着辛弃疾所指方向看去。在晚霞之下,几间被火焚毁的草庐还冒着缕缕白烟。道旁田畴早已荒芜不堪,杂草丛生,其间不时露出散落的骨骸,也不知道是牛羊的,还是人的。

虎奴不敢细看,连忙收回目光:"少爷,这天象什么的,虎奴不懂;天下大事嘛,虎奴也说不出个头头道道来。不过看这一路上的惨象,怕是金人的游哨不久前还在这一带出没,我们得小心提防。"

辛弃疾笑笑道:"前去十里远,就是耿京义军的大本营。金人三天前才在他们手里吃过苦头,不会这么快卷土重来的……"

说到这里,他又叹了口气:"这沿路尸骨和被焚掠一空的田庐,只不过是他们的泄愤之举而已。只可惜,苦了我大宋百姓啊!"

辛虎奴摇摇头,道:"少爷,金狗无道,滥杀无辜,大家都恨得咬牙切齿。您在家乡召集了两千多义兵跟他们拼命,这可是大快人心的事儿。咱们全族上下,包括十里八乡的乡里乡亲,都铁了心跟您干。可虎奴我就是想不明白,您何苦要跟耿京这种草寇合伙?"

"虎奴啊虎奴,你只知其一,不知其二。我辛弃疾兴举义兵,不光是为了自保,更是为了国家社稷……"他一踢马腹,边走边道,"金主完颜亮刚愎自用,兴兵南侵我大宋。为了打这一仗,他四处横征暴敛,这才激起今天的民变。或许这正是光复我大宋河北土地的大好良机呢!我们现在虽然已招募了两千多乡兵,但大多是老弱病残,精壮男丁并不多。再加上粮草有限,怕是所为有限……"

看着辛虎奴迷惑的眼神,辛弃疾继续说道:"而那耿京虽然出身乡野,但他竟能以百余义士攻陷莱芜,又占了泰安,可见也是个豪杰。如今耿家军已有数万之众,据名城,克大邑。若能与这样的人联手举义抗金,自然能成就一番事业!"

"原来如此!"辛虎奴连连点头,"虎奴是个粗人,这些军国大事可插不上嘴。虎奴只知道照顾好少爷，少爷要虎奴往东，虎奴决不往西，就算是要虎奴的脑袋，也绝无二话！"

辛弃疾点点头。见天色不早，主仆二人不再说话，策马向义军大营疾奔，终于在天即将完全黑下来之时赶到了营门之外。只见营垒内外灯火通明，刀枪林立；巡哨义兵三个一群、五个一伙，全神贯注地来回巡视，倒颇有几分兴盛景象。辛弃疾看在眼里，忍不住连连点头。

"站住！谁?"两个守寨义兵挺着长矛迎了上来，满脸警惕的神情。

"在下辛弃疾，字幼安。此前在历城起事的便是在下。前几日已派人前来向你们耿将军致以共谋大业之意，还要烦几位小哥进去通禀一声。"

"你就是辛弃疾？听说你是个读书人，读书人干得了刀头舔血的活儿?"从两个义兵身后慢慢踱过来一个头领模样的人，用一副不相信的神情上下打量着辛弃疾。义兵们赶紧毕恭毕敬地叫了一声"管领大人"，退到一边。

"我家公子跟你们客气，你们竟然如此怠慢，真是岂有此理！"辛虎奴当场就要发火，却被辛弃疾拦下。辛弃疾语气平静地回答："读书人不但能运筹帷幄之中，更能纵横疆场，断人头颅！这位管领切莫小看了读书人。"

"断人头颅？莫吹牛，我倒要看看你这公子哥儿有什么本事敢说这样的大话！"管领撸起袖子，抢上前来，想使出一招"倒拔杨柳"，将辛弃疾摔倒在地。没想到辛弃疾不急不忙，侧身闪过，随即又轻舒猿臂，一把将管领拦腰提起，在空中转了两圈。

"好身手！"旁边看呆了的义兵们不由自主地叫起好来。这位管领大人在他们之中也算是数一数二的好手，如今只一个照面的工夫，便被这位辛公子像逮鸡似的提将起来。这可是实打实的真本事！

见煞了管领的威风，辛弃疾这才轻轻将他放到地上，退开两步，朗声道："如今可领教读书人的厉害了吗?"他自幼随祖父辛赞习武，能走飞马、开强弓。区区一个乡间的草莽匹夫，又岂在话下！

管领又羞又怒，爬起来还想动手，却被身后一人喝住："不得无礼！"

第一章　壮岁旌旗拥万夫

来人名叫贾瑞，是耿京义军中的副统领。他本是蔡州人，耿京攻克泰安军后，贾瑞率数十人归附耿京，并向耿京献计：将义军划分为相对独立的各军，四处招纳起义士众。由此一来，耿京义军才快速发展起来。也正因如此，耿京才将贾瑞视为自己的左膀右臂，对他言听计从。

这一回，听说辛弃疾前来投效，贾瑞心中不知为何总觉得有些不自在。他知道耿京自起兵以来就希望能延揽几位读书人到自己的帐下，帮忙出个主意、起草点文书告示什么的。可虽然耿京求贤若渴，但这附近十里八乡的穷酸秀才都嫌耿京是个粗人，不愿自贬身价前来入伙。如今辛弃疾能主动前来，对耿京来说，相当于刘皇叔还没三顾茅庐便遇上了卧龙凤雏，能不喜出望外吗？

再说了，这辛弃疾跟那些穷酸秀才可大大的不同。辛氏家族在济南府一带也算小有名气的世家望族，其祖父辛赞曾历任三地知州。辛弃疾也是少负才名，如今虽然才二十二岁，却颇有见识和胆略，若真来到了耿京军中，岂不把自己生生地比下去了？

正因如此，贾瑞特地安排了一管领给辛弃疾来个下马威。如今见这招无效，不得不赶紧出来打圆场，客客气气地将辛弃疾主仆二人请入军中大帐。耿京早已在那里等候多时了，一见辛弃疾，赶紧迎上前来。

"幼安兄，久仰久仰！今日一见，终慰在下渴慕之心……那个、那个……嗐，我说兄弟，俺也不跟你客套了，承你看得起我这个做大哥的，哥哥我也绝不会亏待于你！从今往后，咱们打虎不离亲兄弟，一起好好干一番大事业！"

耿京是粗人，前面几句文绉绉的说辞还是贾瑞刚刚教他的。紧张之下，三停里忘记了两停，干脆说起了平日里的大白话，这才又找回了作为义军领袖的感觉。

辛弃疾微微一笑。耿京这番话要是说给当时寻常读书人听，恐怕会觉得实在是粗鲁无礼至极，可在豪气干云的辛弃疾听来，倒是十分对他的脾气。双方又寒暄了一阵，然后分宾主坐下。耿京连忙命备酒菜，要好好款待这位远道来归的辛公子。

酒过三巡，菜过五味，耿京便迫不及待地俯身探向辛弃疾，开口问道："我这里的情形，公子应该也略有耳闻，不知有什么可以教给我的？"

辛弃疾略一沉思，开口问道："不知将军眼下可有什么打算？"

耿京还没来得及答话，贾瑞在一边代为答道："泰安形势险固，北靠泰山，南阻汶水，据山东之中，可谓四通八达，易守难攻。金人几次前来攻打我们，都吃了大苦头。如今天下大乱，义军蜂起，南有魏胜、开赵，西有王友直。我们的打算是先让他们慢慢跟金人耗着，等金人被拖得疲于奔命的时候，咱们再伺机而动！"

贾瑞的这番话，其实就是他向耿京献上的妙计。他此前劝耿京四处联络招纳各路义军，也正是出于这个盘算。眼看耿京举棋不定，还向辛弃疾请教日后义军的出路问题，贾瑞赶紧把自己的主张重新谈了一番。按他的想法，辛弃疾初来乍到，碍于面子，自然不好多说什么，那么这个计划在耿京那里也就算正式得到了认可。

可想不到的是，辛弃疾听完这番话后竟然连连摇头。贾瑞的心一下子沉了下来。

耿京也疑惑不已："公子难道认为有什么不妥之处？但说无妨！"

看耿京一脸焦急而又诚恳的样子，辛弃疾顿了一顿，道："既如此，那我就直说了！方才贾副统领所言，看似周到妥帖，却也有见不到的地方！"

"啊？"听了辛弃疾这番话，耿京和贾瑞都目瞪口呆。辛弃疾却不管不顾，挽起衣袖，以食指蘸酒在桌上勾画起来："贾副统领有一句话说得不错——泰安是山东形胜，泰山之腰背，山东之腹心。若据此地，进可攻，退可守，实在是难得的宝地。辛弃疾实在是要好好地恭贺耿将军和贾副统领——若不是你们雄才大略，提前拿下泰安军，便成不了日后的大业啊！"

"那……那公子何以说我有见不到的地方呢？"贾瑞听辛弃疾夸他雄才大略，面色略微好看了些，可还是满腹疑惑不解。

辛弃疾看了贾瑞一眼，并没有直接回答他，而是继续说道："古往今来，每当天下大乱之际，都有豪杰割据山东，称霸一方。秦末的田儋，楚汉之际的田荣、田横，王莽时期的张步、董宪，东汉末的刘岱，以及十六国时期的慕容德……可惜，这些人最多也就是风光一时而已。一旦山东周围局势平定，那他们就很快灰飞烟灭。可知这是何故？"

耿京与贾瑞一起摇头。说到兴亡旧事、前朝掌故，他俩自然是如听天书。

"很简单，山东三面受敌，缺乏回旋余地。只要一处不守，便会处处尽失，成了瓮中之鳖，更何况是小小的泰安！如今河北金人的兵力十分薄弱，那是因为完颜亮无故犯我大宋，精兵强将尽数随他南下。一旦回师北上，我们仅凭区区几个城池、数万义军又岂能抵挡得住？"

"这……"耿京恍然大悟，"这可如何是好？"他看了一眼贾瑞，贾瑞也答不上话来。老实说，此前贾瑞所打的算盘，就是在泰安关起门来做小皇帝而已。至于以后会怎样，他还真没考虑到。

"取地图来！"辛弃疾霍然而起，长身虎立。他的气势把耿京和贾瑞都吓了一跳。

"诸公请看，泰安之西南，有兖州、亢父，依山临河，雄踞一方。苏秦有云：'亢父之险，车不得方轨，骑不得比行，百人守险，千人不敢过也。'若能取此二地，进可西联大名义军王友直部，南通淮泗水道，扰袭金军之后；退也可凭黄河之险，扼守泰安西南门户。"

耿京和贾瑞连连点头。辛弃疾继续说道："再看这里，泰安北有济南，为我屏障。若我不得济南，则无以进取河北。若我不守济南，则金人可越河而渡，泰安危夫哉也！因此，若有志天下，则必取济南；若坐守泰安，也非取济南不可！"

辛弃疾又指向地图中泰安的东北角："再看这里——淄川乃古之齐都，右有山河之固，左有负海之险，可以说是山东的关中、河内！不取淄川，就无以立足于山东！"

看着耿京和贾瑞，辛弃疾卷起地图，朗声道："立足泰安，西取兖州，北克济南,东连淄川,南通淮泗。进,可以出河北以窥天下。退,不失归依大宋而自守。这才是如今的上上之策!"

一席话惊醒梦中人,耿京情不自禁地站起身来,一把握住辛弃疾的手:"高见,高见!我军中缺的就是公子这样经天纬地的大才啊!"

自此以后,辛弃疾便成了耿京义军中的一员,手下的两千人也尽数投入耿京军中,义军声势又为之一振。

耿京将辛弃疾视为自己的左膀右臂,任命他担任掌书记一职。可别小看这个职务,要知道,当年北宋开国皇帝赵匡胤自领宋州节度使之时,其元勋赵普即为掌书记。可见,能担任这一职的人不啻军中谋主,就好比刘邦身边的张良、刘备身边的诸葛亮那样举足轻重!

举凡军中大小事务,耿京都要与辛弃疾商量定夺,同时还将一应机密文书,甚至自己的印信都交由他保管,真可谓倚重有加。耿京知道,自己胸无点墨,不过是仗着血气之勇才有了今天的小小局面,光是目前对泰安和莱芜两地的管理就够让自己头疼的了;如今有了满腹经纶的辛弃疾相助,还愁不能成就一番事业吗?他对辛弃疾那真是推心置腹的敬重。

而辛弃疾也是一力辅佐耿京恢复山东局面。他自担任掌书记以来,一方面协助耿京将义军内部和新攻克的泰安城治理得井井有条;另一方面,按照自己的计划四处攻城略地,南平兖州、西取东平、北克济南。东平府被攻克后,耿京随即自任知府,又自称天平军节度使。一时间,耿京部义军可谓威名远震,声势浩大。就连山东、河北诸路起义军如王友直、开赵等部也纷纷表示愿受其节制。

不过,在辛弃疾的既定部署中,唯有淄州城久攻不下。前线义军接连损兵折将,告急文书雪片一般飞来。辛弃疾和耿京都急了!

"我看,既然辛公子的战略计划大半皆已实现,不如放弃淄州为好!"贾瑞捻着胡须摇头道。

"万万不可,淄州乃我之关中、河内,绝非其他城邑可比,怎能说放弃就放弃呢!"辛弃疾急忙反对。

"公子言之有理,可是前去攻打淄州的王离乃我军中有名猛将,他都没有办法,怕这块硬骨头不好啃啊!"耿京犯难道,"现在咱们是发展得不错,可家业大了,手头也紧张了。那么多的地界都需要分兵把守,部队也急需休养生息,再拖下去,怕是胜负难料。我看不如缓一缓?"

耿京的口气听似商量,实则是最后的决定。

"节度使所言甚是,师老兵疲乃兵家大忌!"贾瑞也连忙附和,"此事还需慎重才是。"

辛弃疾拍案而起:"淄州要地,怎可轻弃! 辛某不才,愿亲身前往淄州军中。不出十日,定当夺旗斩将。若有迟误,甘受军法处置!"

"这……"耿京犯难了。他向来把辛弃疾看作读书人,倚重他的才学和谋略。要说排兵布阵、上阵杀敌,又怎么能与常在刀头舔血的武夫们相提并论呢?

没想到,反而是贾瑞站出来支持辛弃疾:"辛公子的这份担当,贾某实在佩服! 节度使大人,我看不妨让辛公子前去一试,莫冷了他的心肠!"

见二人都一力坚持,耿京无可奈何,只好同意了辛弃疾的主张。

其实,贾瑞自有一把小算盘——自从辛弃疾来后,他在耿京心中的地位就直线下降。这一次天赐良机,让这个不知天高地厚的年轻人去触触霉头也好。先别说军法处置,等他铩羽而归,看还能这么嚣张不?

贾瑞的小心眼,辛弃疾可全然不知。这还是他投效耿京以来,首次上阵杀敌呢! 对于耿京让他多带兵马钱粮的好意,辛弃疾也谢绝了:"兵贵精而不贵多,更何况其他地方也需要人手。大人,您就坐等我的好消息吧!"

他点选了两百精锐士兵,带上忠心耿耿的家仆辛虎奴,昼夜兼程向淄州赶去。等待他的,将是人生中的第一场恶战!

血战淄州城

淄州城的战局,似乎比辛弃疾的预想糟糕得多。

这里的金人守军不过一千来人,其中还有五百马军。然而,义军却在城下碰了前所未有的大钉子。

淄州城城高池深,大有一夫当关、万夫莫开之势;守将完颜拔速也称得上是山东一带有名的悍将,他镇守淄州数十日以来,多次随机应变挫败义军的攻势,万余精锐义军硬是无可奈何。

"可惜,可惜,如此虎将竟然是出自敌军之中!"

辛弃疾与义军将领王离一同策马侦察地形,遥望旌旗林立的淄州城头,他摇首叹息。

王离听了这话心里老大不是滋味:"掌书记,不是末将不用命,实在是这完颜拔速狡猾得紧,守城不出。俺们整日里强攻不休,伤亡实在太大,这个仗怕是没法打下去了。"

辛弃疾心知王离说得有理。先前他视察大营,许多义军都带了伤,呻吟的、叹息的、叫骂的,此起彼伏;后勤粮草也接济不上了。再围攻下去,恐怕还不等敌人反击便要溃散。

"王将军说的是,仗再这样打下去不是办法。"辛弃疾镇定自若,"我倒是有个主意,不知将军觉得如何……"

他侧身在王离耳边低语一番。听完,王离连连摇头:"书生之见,书生之见!这完颜拔速久经沙场,怎么可能看不出掌书记您的计策?"

辛弃疾微微一笑,按剑道:"王将军不必多虑,节度使大人已将这里的指挥权全权托付与辛某,在下心中已有成算。总之,辛某决不负王将军,决不负淄州城下的万余将士!你依我的计策行事便是!"

见面前这个年轻书生口气强硬，又是义军首领耿京面前的红人，王离不敢再多说什么，叹了口气，点头道："一切全凭掌书记吩咐便是！"

当晚，辛弃疾便按自己的主张大张旗鼓地干将起来。在他的调遣之下，义军开始井然有序地从大营撤出，向后方退去。紧接着，辛弃疾又找来虎奴，对他耳语一番后，虎奴连连点头，带着人马领命而去。

一直到天色将曙，等城头巡哨的守将发现异动时，淄州城下的义军营垒早已是空空如也。

守将不敢怠慢，连忙禀报主帅完颜拔速。拔速听说此事后也是一惊，马上带了七八员官佐前去查看义军营地。查看片刻，拔速突然大笑道："南蛮子久攻不克，连夜逃去了。我看他们炉灶中的灰烬还带余温，想必还没有逃出多远。若立刻起兵追击，定能全歼这伙贼人！"

旁边一员副将质疑道："将军留心，别是南蛮子的诱敌之计！"

完颜拔速哂笑道："敌军乃是乌合之众、强弩之末，哪里还有诱敌深入的胆量！退一万步讲，对方多为步卒，而我方却有五百精甲，正利于平原驰骋追击，就算他们设下圈套，也正好一举踏杀这股贼人，显显我大金铁骑的威风！"

见主将如此说，其他官佐自然不敢多言。完颜拔速赶紧回到城中，点起兵将，开城沿着义军留下的痕迹追击而去。

其实，那员金朝将佐的担心不无道理，辛弃疾早已在离城三十里远的地方扎下营垒，埋下伏兵，就等完颜拔速前来追击了。

他所选择的这片伏击阵地乃是一片荒芜的原野。义军在原野上摆开阵势，左右两翼分别依托着土山和一座废弃的村庄。而正前方，就是毫无遮拦的平野，通往淄州城的官道就在数里外延伸开去。

见辛弃疾如此排兵布阵，王离急得直跺脚："掌书记，不怪俺老粗多嘴，完颜拔速手下可都是万里挑一的精骑，这步卒虽多，可挡不住骑兵冲锋啊！"

王离从过军，多少次出生入死，深知在铁甲骑兵的集群冲锋面前，缺乏组织和训练的步兵往往只有死路一条。要靠步兵挡住骑兵的攻势，全凭训练有素、经验丰富，再加上精良的装备和有利的地形。而手下这帮人呢，大多是从十里八乡征募来的乡民，凭一时的血气之勇冲锋陷阵还行，真要在平地里用自己的血肉之躯去抵挡敌人的铁骑，那简直是集体送死！

辛弃疾倒是胸有成竹："王将军少安毋躁，这阵地还没有布置完成呢……啊，虎奴，你回来了！"

辛虎奴翻身下马，一把抹去脸上的汗水，说道："少爷，您要的东西到了！"

原来，辛弃疾吩咐虎奴带上一队士卒，拖回了不少木头椽子。

"这、这是要派什么用场啊？"王离丈二和尚摸不着头脑。辛弃疾顾不上解释，忙命人将木头椽子削成一丈来长、尖头锋利的尖桩。

"来，大家听我号令！"

辛弃疾命站在阵线最前列的一排士兵紧挨着站直，一手扶着各式各样的木盾甚至门板作为屏障，一边将尖桩扛在肩上。木桩的尖头从盾牌上方长长地伸了出去。

紧接着，辛弃疾又命第二排士兵站在前排士卒身后五步远的地方，弯腰扎马步，牢牢地扶住尖桩支在地面上的一头。而后面的士卒则手持板斧、阔刀，严阵以待。

"我明白了，你是用削尖的木桩来代替长枪，摆一个长枪阵！"王离恍然大悟——盾牌、密集阵形加长枪是克制铁骑的标准战术。

"如何？"辛弃疾微笑道。

"胡来，胡来！"王离不喜反怒，"你上过战场吗？你见过厮杀吗？要知道，他们前些日子还是面朝黄土背朝天的泥腿子，这辈子都没有和骑兵交过手！"

王离咽了一口唾沫，继续道："等看到乌压压的铁骑迎面冲过来的时候，只要有一个人害怕了，腿软了，向后跑了，敌人的骑兵就会毫不留情地从那个缺口砍杀进来，像砍瓜切菜一样。你以为你这几根破木头桩子真挡得住金人吗？纸上谈兵，真是纸上谈兵！"

辛弃疾没有为王离的冒犯而动气，他冷静地说道："王将军的顾虑，辛某不是没有想过——来呀，埋上！"

一声令下，立刻有后排的士卒动手挖坑，将前两排士兵从脚踝一直埋到了小腿肚子。王离恍然大悟——这样一来，即便是有人在骑兵的冲锋面前吓得失去战意，也很难扭头逃走！

对缺乏实战经验的战士来说，这或者是最有效的办法。但，同时也是最残酷的办法。

王离扫了眼面前的士卒，许多人还面带惶恐。他心有不忍——这里面许多人都是自己带出来的子弟兵啊。王离又冷冷地横了辛弃疾一眼，话里带话地说道："果然妙计，真是一将功成万骨枯啊！"

辛弃疾没有搭腔，而是径直走到队列前面，俯身扛起一根尖桩顶在肩头，回头对虎奴道："照样把我也埋上，快！"

"少爷，这……"虎奴犹豫了。

"别多话，这是军令！"辛弃疾厉声道。

众目睽睽之下，虎奴无奈地将辛弃疾的双脚也埋在了土中。

"今日之战，有进无退！辛某人一定和各位兄弟同生共死到底！"

这番话掷地有声，当场气氛一派肃杀。虽没有人答话，但大家心里都清楚，眼前这位白面书生是铁了心要和大家死守这里了。先前许多人心里还打着小鼓，抱怨辛弃疾拿自己的性命去赌战功，现在，所有的人都横下了一条心——死战不退！

王离也为辛弃疾所感动："奶奶的，大家都给我瞧好了。是男儿汉的，决不后退半步。要有人临阵脱逃，俺这口钢刀可认不得他！"

哐啷啷一声，佩刀出鞘。传令官和旗鼓迅速将这一幕传遍开去。万余义军齐声高呼："誓死不退！"这喊声震天动地，一支先前还垂头丧气的疲惫之师瞬间变得斗志高昂。

突然，数骑探马从前面疾驰而来，扬起一阵烟尘："禀将军，那金人的追兵马上就到!"

"来得好!"辛弃疾朗声道。他运足中气,刻意让身边更多的人感受到自己的自信。随即,辛弃疾又将王离和多名义军将领召集到自己身边,面授机宜。

光靠死战不退还不足以制敌,但辛弃疾心中早已胸有成竹。只不过,这是他第一次真刀实枪地指挥战斗。一切真能如自己所料吗?

来不及犹豫,来不及怀疑,上了战场,他辛弃疾就不再是那个运筹帷幄的书生,而是刚毅如铁的统帅。万余人的性命全在自己掌中!

片刻之后,前方尘土大作。金将完颜拔速亲率五百铁骑和数百步卒出现在义军面前,两军阵线相去不过一里左右。双方射住阵脚,完颜拔速仔细观察起义军阵形来。

"唔,想不到贼人中也有略懂兵法的,竟能想到用这一招来克制我的骑兵……"完颜拔速连连点头。

边上一员将领道:"将军还是慎重为好,看这阵势,他们多半是有备而来!"

另一员将领道:"不如避其中坚不攻,由左右两翼迂回?"

完颜拔速一摆手:"我观敌人阵势,左右两翼都有所依托,难以发挥骑兵所长。不过你们大可放心,虽说眼下摸不准敌方是否换了得力的主将,可他们的士卒咱们却心里有数啊!"

看着众人不解的目光,完颜拔速解释道:"对方都是些平日里毫无训练的乌合之众,前些日子仗着人多势众,再加上在淄州城外搞深沟高垒来围困我们,即便咱们的铁骑再厉害,也难以一展所长。我几次想出城与他们野战,都不能如愿。现在他们放弃营寨,主动求战,这正是以短击长、以卵击石啊!"

一员副将点头道:"没真刀真枪的跟咱们的铁骑对仗,是扛不住咱们用铁骑突阵的。别看他们排得还算齐整,那只不过是方便咱们一路砍杀过去罢了。哈哈哈!"

完颜拔速冷笑道："正是此意，诸君且看，待我等铁骑冲杀到百步之内，敌阵必动；十步之内，敌阵必乱！阵线一溃散，就算他们再多上两三倍兵力，也不过是我等刀下亡魂而已！"

言毕，完颜拔速右手高高扬起，又迅疾落下："传我号令——突阵！"

鼙鼓大动，五百铁骑在旗鼓的指挥下转换成突阵队形，向义军战线猛冲而来。马蹄蹚踏得地面都随之抖动。最前面几列的许多义军士兵都不由自主地心慌意乱起来，手心开始冒汗，两腿也开始发软。要不是双腿埋在土里，说不定早已经有人丢下尖桩和木盾掉头逃命去了。

"传我号令！仰头视敌者，斩！脚步移动者，斩！未能尽死力抵住尖桩木盾者，斩！"辛弃疾厉声大呼，传令官们赶紧将他的号令传遍整条阵线。

排在前列的士卒们赶紧眼一闭、心一横，用肩膀死死顶住木盾和尖桩。左右都是个死，干脆豁出去了！

顷刻之间，金军铁骑已冲到了百步之内。

"再传我号令——弓箭手，放！"

从义军两翼的阵地内射出了密集的箭矢，朝敌阵内飞去。然而，由于义军缺少强弓硬弩，箭矢的质量也是参差不齐，因而对身着铁甲的金军并没有造成多大的杀伤效果。

不过，这一阵齐射或多或少打乱了金军的攻势，扰乱了对方的阵线。而此刻完颜拔速心中也是直犯嘀咕——已经突进到如此近的距离，何以对方阵线竟然还没有溃散松动的迹象？

但此刻也管不了许多了，狭路相逢勇者胜，完颜拔速深信这道理，他起身从马上站起，将长枪挟在腋下，声嘶力竭地大吼："给我杀，杀光这群蛮子！"

话音刚落，金军已突杀到十步之内。面前的盾墙尖桩依旧岿然不动，许多战马仓促间直立起来，将骑手都掀到了地上。还有许多骑兵急切中没勒住马匹，一头朝尖锐的木桩上撞了上去。更有人匆匆拨转马头，向后退去。

"后退者斩!"完颜拔速大吼。在他的督战下,排在后列的骑兵不得已继续向前突杀。有少数人依靠马匹的冲撞突破了木盾组成的防线,但在如林的尖桩前一筹莫展,徒劳地用手中佩刀左劈右砍,却仍旧杀不出一条血路来。

"下马,死战!"完颜拔速率先跳下马来,扔掉长枪,拔出佩刀砍杀进去。他手起刀落,一连劈倒了两名木盾手,又朝后面的义军逼去。前两列的义军双脚都埋在土里,分毫也移动不得,加上还要紧紧顶住木盾和尖桩,如此再应付下马骑兵的砍杀,顷刻间方寸大乱。

几乎与之同时,辛弃疾也下达了命令:"全线反击,上马者砍马脚,下马者砍人腿!"

义军第三、四线阵列之后,一群手持板斧阔刀的汉子越阵而出。他们抡圆了手中兵刃,专门向敌军的马腿乱砍。一时间血肉横飞,惨叫连连。

这一头,辛弃疾也拔出佩剑,奋力与想要突杀进来的金人骑兵格斗。在金军的拼死进攻下,身边的义军正一个接一个地倒下。他身边,虎奴正手忙脚乱地刨着土,想要把自己的少主人从土坑中挖出来。

就在此时,杀红了眼的完颜拔速也冲杀到了离辛弃疾十步开外的地方。眼前的战况实在是出乎他的预料之外。怒不可遏的完颜拔速使出了浑身力气,想要在战阵中杀出一条血路。突然,一个偶然的转身,他和辛弃疾两人竟四目相对。

没有言语,但这一个照面就立刻使两人明白过来——对方才是自己要找的那个敌手!

完颜拔速大喝一声,提着战刀便朝辛弃疾冲来。

辛弃疾深吸了一口气,下意识想要挪动脚步,却发现双脚依然动弹不得——虎奴为完颜拔速的杀气所震慑,手上的动作更加慌乱,还在徒劳地刨着泥土。

此刻,完颜拔速早已近身上前。辛弃疾心一沉,佩剑一横,接下了完颜拔速这一刀,随即脚下重心不稳,眼看便要向后倒去。辛弃疾急中生智,一把扯住完颜拔速的甲胄，两个人同时滚倒在地上。完颜拔速怪叫起来，右手丢下佩刀，从腰间拔出一柄短刀便要朝辛弃疾面门刺去。辛弃疾赶紧一把架住，无奈这完颜拔速实在是臂力惊人，眼瞅着刀尖一寸寸地朝自己逼来。突然，对方手一软，整个身子竟软绵绵地朝一边歪了下去。

辛弃疾大惊，赶紧推开尸体坐将起来，这才发现虎奴从背后捅了完颜拔速一刀。虎奴哆哆嗦嗦地握着带血的钢刀，哭丧着脸大喊："少主人，您没事吧？"

辛弃疾顾不上搭理虎奴，赶紧用刀尖将自己刨了出来，又三下五除二割下完颜拔速的头颅，跑向一个小土包，奋力大喊："你们的主将已死，还不快快逃命！"

这消息犹如晴天霹雳，立刻在金军中引起了一阵大哗。有少数人还想负隅顽抗，但更多的人是乱哄哄地向后退去。突然，阵线的一翼尘土大作，那里的金军如同炸窝的蚂蚁一般纷纷溃散，辛弃疾不由得大为纳闷："这是何故？"

有传令官回禀道："从敌人阵后突然杀出了一彪来历不明的人马！"

辛弃疾疑惑归疑惑，此刻却也顾不得追根究底。他立刻下令义军全线反击，当即杀得金军尸横遍野，溃不成军。

"幼安兄，别来无恙！"

正当辛弃疾指挥追击敌军的时候，一人一骑从烟尘中闪出，老远就朝辛弃疾打起了招呼。定睛细看，这人光头圆脸，一副僧人打扮，可僧袍之外又披着甲胄，提着两口戒刀，实在是不僧不俗，不文不武。

"啊，这不是义端师父嘛！"见到熟人，辛弃疾大喜过望，连忙策马上前叙旧。

面前来人叫作义端，虽说是个出家人，实际上却是不甘寂寞的草莽豪杰。要说起天文地理、兵法韬略，还真没几个人是义端的对手。几年前，辛弃疾在上京赶考途中和义端有过一面之缘，两人一见如故，当下便结为知交。分别之际，辛弃疾和义端约定日后一旦中原有事，定当相互援引。山东义军起兵后,这义端和尚也招募了一千来号人马,以举义反金为号召。他听说耿京所部的义军围攻淄州城不克,便亲率部众前来接应,没想到却在这里遇上了好友辛弃疾。

两人叙旧完毕,义端赶紧建议利用金兵溃败的大好时机,直捣淄州城下。这正中辛弃疾下怀。当即两人合兵一处,向淄州城进发。

淄州守军本来不多,其中半数又被完颜拔速带出城去,大部为义军所歼灭。剩下的守军见义军声势浩大,主将又丢了性命,哪里还敢再守下去?当即开了城门四散逃命。久攻不克的淄州城就这样落到了义军手中。

前身曾是青兕

初次以统帅的身份出征便大获全胜,老实说辛弃疾之前也想不到能取得这样的战绩。在凯旋的义军簇拥下,他和好友义端重新回到了泰安城中。城中无分老幼,都竞相要一睹这位少年英雄的风采。辛弃疾亲冒危险大破敌军猛将的事迹早已传遍了整个泰安城。

再次见到辛弃疾,耿京的兴奋之情自然是难以言喻,此前他还为自己这位军师捏了一把汗呢。而贾瑞却是羞愧不已——面前这位年轻人不仅见识过人,更是智勇兼备的将相之才。自己跟他相比,实在是差得太远了!他暗暗告诫自己,以后可要对这个年轻人刮目相看。

辛弃疾兴奋地向耿京和众位将领介绍起了义端和尚。听说这位和尚是辛弃疾的好友,又文韬武略,十分了得,还在淄州之战中帮了大忙,耿京当然十分高兴:"辛公子的朋友,就是我的朋友。承蒙义端师父看得起在下,大家一起同心协力,好好干出一番事业来!"

他当即委任义端和辛弃疾一道,参与义军的机密事务,成为自己的左膀右臂之一。

拿下淄州之后，义军的实力也飞速扩张。加上开赵等诸部义军的兵力，身为盟主的耿京实际上已经指挥着一支三十多万人的庞大力量，同时更占据了东平府、齐州、兖州、淄州和泰安军等五州之地，再加上其他诸部义军所占领的密州等地，山东义军迎来了一个全盛局面。

不过，在快速发展的背后，也潜藏着不安的种子。

被辛弃疾视为知己、引荐到义军之中的义端和尚，实际上更像是一位乱世枭雄般的人物。他素来自视甚高，早就立志要在乱世中闯荡出一番自己的事业。当初起兵反金，实际上也是为了能拥兵自雄、伺机而动。在投效到耿京军中之后，义端自认为找到了这样的良机。

借着单独同耿京商议机密事务的机会，义端和尚刻意装出一副忠心耿耿的样子，劝说耿京拥兵自立："如今将军已经虎踞山东，手握控弦之士数十万，而金主完颜亮南征未归，这正是将军收取中原、成就霸王之业的大好时机啊！"

耿京有些动心："可……我等毕竟打的还是大宋的旗号，做的是大宋的子民啊，自立为王似乎不太妥当吧。"

义端急忙道："古语有云，秦失其鹿，天下共逐之！河北的天下是赵官家丢掉的，将军现在不过是从金人手中夺回来而已，跟大宋又有什么关系呢？请将军三思！"

耿京犹豫半晌，缓缓道："师父的一番苦心我全明白，不过，这件事情还得容我再想想。今日的谈话，可千万不要跟外人说才是。"

义端见状，也不好坚持己见，只得暂时退了出去。

其实，要说非分之想，耿京心里还是有的。然而，他从一介农夫到今天，总觉得一切来得太快，心里也相当的不踏实。对于义端的提议，耿京还想问问另一个人的意见。那就是辛弃疾。

听了耿京的想法，辛弃疾急忙道："将军，万万不可！"

平心而论，辛弃疾倒并非执着地效忠于一家一姓。他举兵反金，一方面源于在爷爷辛赞身边长期以来的耳濡目染；另一方面，也是金人欺压中原百姓的暴行激起了辛弃疾胸中的血性。从这个意义上来说，只要能将金人赶出中原，到底是姓赵的来做皇帝，还是换别人来做，辛弃疾其实并没有太大的意见。

然而，辛弃疾实在是太了解耿京了。割据三五个城池还可以，真要自立为王，那就超出了耿京的能力范围之外，更别提入主中原了。在辛弃疾的一腔雄心之下，从来不缺谋定而后动的深思熟虑。正因如此，他宁愿带着自己的两千人马为耿京效力。也正是出于现实的考虑，辛弃疾认为在目前的情势下，抛开大宋自立为王，实在是急功近利、自取灭亡的下下策！

耿京一向对自己这位掌书记言听计从，在辛弃疾一五一十陈述利害之后，他便打消了据地自雄的念头，转而一心一意尊奉南宋的号令。

然而，耿京的决定，却使得义端心灰意冷了。义端本打算说服耿京自立为王，自己也好从中获取功名富贵，这个计划化为泡影之后，自然感到十分失望。再加上他在义军军中虽然名为谋士，受人尊敬，可实际上既无兵权，又不像其他老资格的义军领袖那样坐镇一方，拥有地方上的行政大权。对不甘寂寞的义端来说，投效耿京实在是下错了赌注！

痛定思痛，义端又心生一计——凭借这些日子来他对义军内部的了解，盗取义军的官印作为见面礼，前去归降金人。到时金人定然会对自己另眼相看！

说干就干。义军的印信平常都由辛弃疾保管。凭借自己与辛弃疾的关系，义端略施小计便盗取了天平军节度使的金印，一人一骑朝金人的控制区域逃去。

等辛弃疾发现大印失窃、义端失踪的时候，已经是第二天的早上了。得知消息的耿京一反平时对辛弃疾的尊重和谦让，简直是暴跳如雷地大骂起来："你们肚子里装了点墨水的读书人打的全是鬼主意！先是引荐这个狼心狗肺的义端来投奔我军，接下来又劝我造反。这下可好，连大印都丢了。用人不察，家里出了内贼，我这个主帅还有什么面目统帅三军？"

顿了顿，耿京还是怒气难消，干脆拔出宝剑，指向辛弃疾："这个义端，既不仗义，又品行不端。我看你怕是也脱不了干系，我今天先杀了你，再去追杀那个贼子，替义军清理门户！"

贾瑞见状，急忙拦住："掌书记向来忠心耿耿，大家有目共睹。岂可因为一时的失察而怪罪于他？千万莫做出这样亲者痛仇者快的事来啊！"自淄州一役后，贾瑞彻底服了辛弃疾。这会儿自然也挺身而出，替他求情。

辛弃疾的心里本也十分难受，此刻见耿京如此震怒，反而镇定下来："一人做事一人当，今天的局面是我造成的，我来收拾！给我三天时间，一定会抓到这个叛徒。如果抓不到，辛某甘愿领死！"

耿京略一思索，同意了辛弃疾的主张。辛弃疾孤身一骑，拔马朝义端逃走的方向追去。人不解甲，马不卸鞍，经过近两天的辛苦跋涉，终于在离金军营地不到十里远的地方追上了义端。

见辛弃疾怒气冲冲地赶来，义端吓得浑身发抖。他压根没有想到辛弃疾会孤身追来，更没想到会来得那么快。不得已之下，义端只好拔刀迎战。尽管他也算是有一点功夫底子，但又怎会是自幼习武的辛弃疾的对手？十几个回合下来，义端便被辛弃疾一脚踹倒在地，他忙不迭地弃刀求饶："辛兄，千错万错，是我辜负了你！求求你看在过去的情分上放兄弟一马！"

辛弃疾向来是个重感情的人，义端的叛逃行为陷自己于不义，还差点送了性命，这些他都可以原谅，但无法容忍的是，义端竟然打算向金军告密。一旦得逞，不知义军将会遭受多大的损失！

一想到这里，辛弃疾大喝道："无信无义的小人，岂能饶你！"

义端面如土色，叩头如捣蒜般求饶："辛大哥、辛大哥，我乃是修行之人，看得出你前世真身是一头青兕，雄壮无匹，杀我这样的人就像捏死只蚂蚁一样，求求你还是放了我吧！"

青兕，古代犀牛类兽名。一角，青色，重千斤，以雄壮勇悍著称。辛弃疾相貌堂堂，又威猛过人，义端说他看得出辛弃疾的前世乃是青兕，倒不是普通的逢迎拍马，而是摸准了辛弃疾的心理——他向来吃软不吃硬，以勇武知兵自诩，最不喜别人将他看作寻常书生。这么一说，或许辛弃疾会放了自己也说不定。

然而，义端失算了，辛弃疾并没有为这番花言巧语所动。他手起刀落，斩下了这个叛徒的项上人头，搜出金印，连忙赶回义军大营复命去了。

经过这番风波，耿京心中的误会皆消除，对辛弃疾也更加敬重起来。在辛弃疾的谋划之下，义军又接连干下了几件大事。

首先是解海州之围。魏胜在海州起义之后，屡次受到金军围攻，情势危在旦夕。而金主完颜亮用以攻宋的水军也驻扎在胶东一带，准备由水路直取南宋首都临安。在这样的局势下，辛弃疾为耿京策划了围魏救赵的计策——义军派出李铁枪为六路策应，下辖马军将领王世隆、都统制开赵等人前去增援海州。山东各地豪杰如明椿、刘异、李机、郑云等人也群起响应。另一方面，南宋沿海制置使李宝也挥师北上，援应各路义军。绍兴三十一年（公元 1161 年）的十月一日，李宝大军抵达海州，和各路义军大破金军，解除了海州之围。

海州解围后，山东诸路义军又与李宝一道向屯驻在胶州湾的金人水军发起进攻。金人不惯乘船，其水军力量大多是强行征发来的汉人，士兵们心无斗志，许多百姓暗中转投义军一方。在他们的协助下，李宝水军在离金军陈家岛驻地三十里外的地方下寨，随即乘南风大作之际发起火攻。南宋水军用火箭从四面八方环射敌船，一连三昼夜都烟火不绝。为金人操舟掌舵的汉人也乘机弃船登岸。紧接着，李铁枪、开赵等部义军将领也从陆上对金人旱寨发起总攻。这场恶战，阵斩金人统帅完颜郑家奴等六人，焚毁敌舰数百首。完颜亮从水路夹击南宋的计划也由此破灭。而辛弃疾在其中的策划之力，自然是功不可没！

然而，就在义军在胶东战场上大显身手之时，整个战局却发生了微妙的变化！

首先是胶州海战之前，完颜亮以势如破竹之势连下南宋淮河南北许多重镇，宋军接连败退。金人兵锋所及，已经直指长江。

没想到就在这个时候，完颜亮的后院却起火了！

　　十月八日，留守金朝东京辽阳府的完颜褎在对完颜亮心怀不满的各方势力的拥戴下，自立为帝，也就是金世宗；随后下诏声讨完颜亮过去的残暴罪行。完颜亮闻讯大惊，在进退两难的情势下，决心一意孤行，自采石渡江与南宋决一死战。然而，在南宋虞允文等将领的阻击之下，完颜亮在采石等地连遭败绩。暴怒不已的完颜亮于十一月二十七日在扬州大会诸将，约定在三日后大举渡江，否则便尽数以军法处置。被逼得走投无路的金军将领忍无可忍，群起攻杀了完颜亮，接着与南宋议和北返。一场惊扰天下的南征大计，竟然就此落下帷幕。

　　南方形势的巨变，超出了辛弃疾原来的预料。按他本意，完颜亮南征必败，而中原义军以耿京所部为核心，在金人腹地坚持作战，待完颜亮大军于长江天堑前土崩瓦解之际，乘金人内地空虚之势，南宋北伐之师则有希望重新恢复徽钦二帝所失去的大好河山。然而，南宋朝廷的兵马并没有乘胜追击！辛弃疾的期望完全落空了！

　　一方面，南征金军的残部开始挥师北上；另一方面，在辽阳府称帝的金世宗也即将进入燕京，亲自指挥各路兵马镇压中原义军。一旦这两股力量形成合击之势，耿京所部义军必然凶多吉少！

　　自己所指挥的是一支什么样的部队，辛弃疾和耿京心里都很清楚——大多数士卒都是拖家带口来投奔的老百姓，虽然号称数十万之众，却没有多大的战斗力，仅限于对付一下周边的留守部队而已。真跟金军精锐硬碰硬地交手，怕是讨不了多大便宜。

　　再说，耿京在山东义军中也就相当于一位盟主而已，还远远谈不上指挥如意、令行禁止！别的不说，胶州海上大捷之后，派遣出去的义军名将如李铁枪、王世隆、开赵等部干脆脱离了山东义军，追随李宝水师前往南宋境内。这也使得留在山东的义军力量有所削弱。

　　何去何从，此刻成了摆在辛弃疾面前的一道大难题！

万众中取上将首级

经过几个不眠之夜的深思熟虑,辛弃疾终于向耿京谈起了自己的想法:"为今之计,只有立刻决策南下。否则,我们很有可能成为别人砧板上的鱼肉……"

他从怀里摸出了一张黄表纸,这是金世宗即位后所下的赦书,由义军在北方的探子快马加鞭送来:"宋国讲和之后,聘礼不阙。顿违信誓,欲行吞并。动众兴兵,远近嗟怨……旧有军器,尽行烧毁。却令改造,遂致公私困竭,生灵飞走,无不凋敝……昨来签军……赦书到日,不问新旧,尽行放免。"

"这是什么意思?"耿京斗大的字不识几个,茫然道。

"新皇帝下诏大赦天下。"辛弃疾解释道,"我们的士卒为什么起兵造反?还不是因为完颜亮强行征发大家去打仗?如今不打仗了,大家自然更愿意回家安心种田,过太平日子去!"

"你说的有道理……"耿京抚着胡子沉思道,"再拖下去,怕是不等金人来剿灭,弟兄们就要先散了伙。来呀,传我号令,汇集诸将,共商南渡大计!"

当夜,耿京的中军营帐灯火通明。在经过一番紧张激烈的会商之后,几乎所有的义军将领都赞同辛弃疾的主张。接下来,就是派遣人选去南宋接洽联系的问题了。

耿京本打算命贾瑞代表自己前往,然而贾瑞却有些不自信起来:"咱们都是粗人,从来没上过朝廷。万一被宰相们抢白几句,俺可不知道能不能回答上来。自个儿丢脸事小,让朝廷小看了将军您却是大大的不好!"

"这倒也是,你看如何是好?"耿京觉得贾瑞所说确实很有道理,这些人不久前都是山野莽夫，哪里见过朝廷的威仪呢。

"请将军派掌书记随我一道前往。"

"这……我可片刻离不得辛公子呀！"耿京为难道。

"掌书记他博学多才，处变不惊，定能完成将军所托付的重担。"贾瑞顿了顿，又说道，"若是让朝廷小看了咱们，怕是于弟兄们的前程不利呀！"

一番话提醒了耿京，事情就这样决定下来——贾瑞以诸军都提领的身份率领刘震、刘伯达等十一名将领前往南宋，而辛弃疾则以掌书记身份作为贾瑞的副手陪同前往。一行人预定于十二月启程南下临安。

不过，在出发之前，辛弃疾还要去见一个人。

他就是辛弃疾最好的朋友——党怀英。

党怀英和辛弃疾为少年同学。党氏少年贫寒，能四处求学游历全靠了辛弃疾的援引。两人感情向来十分亲密，平日里无话不谈。党怀英家乡本来就在泰安，自辛弃疾投归耿京后，也多次与党怀英商议军中要务，可以说是义军不挂名的参谋。这回辛弃疾决意南归，自然也希望能说服这位同窗与自己同行。

听完辛弃疾说明来意，党怀英踌躇半晌，道："我素来知道辛兄有吞吐天地之志，怀英只是一介书生，对辛兄只有敬佩的份。只是，离乡南下之事，还须三思啊！"

党怀英搬起指头，向辛弃疾道出了自己心中的顾虑：他二人都谈不上什么世家大族，在江南更是没有什么根底。孤身南归，要想立足谈何容易？

"辛兄，你饱读经史，难道不记得温峤、郗鉴的教训吗？"

温峤、郗鉴都是魏晋南北朝时期，由北方归晋的中原豪杰。然而他们南归之后，却受尽排挤猜忌，常有郁郁不得志之感。党怀英提起这两人，正是想要提醒辛弃疾切莫意气用事，重蹈覆辙。

好友的担心，辛弃疾不是没有考虑过。不过他天性果于进取、一往无前，即便是刀山火海，也要闯上一闯。对于南宋朝廷可能的猜忌和排挤，辛弃疾并没有过多担心。

两位好友促膝长谈了一夜,谁也没有说服对方。不得已,最后决定用卜筮的办法来决定去向。辛弃疾先卜得离卦,而党怀英后卜得坎卦。按卦词之意,"离"乃是附丽之义,表示得其所在,而前往附着。而坎卦有艰险之名,象征着固守旧道,不可前行之义。这表示不管是走是留,彼此的选择都合情合理。两位少年时代的好友就这样分道扬镳,从此再也没能重逢。

挥别好友后,辛弃疾一行人历经艰险,辗转赶到建康,终于见到了正在那里犒师的宋高宗。辛弃疾不但奉上了自己为耿京起草的归顺表文,还陈上了自己一路上深思熟虑的八条恢复大计,面奏高宗。读罢表文和恢复大计,高宗大为高兴,很快便封授耿京义军上下二百多人以官职。耿京实授天平军节度使,贾瑞敦武郎、阁门抵侯,皆赐金带;其余统制官一概封授修武郎,将官成忠郎。至于辛弃疾,则先授右儒林郎,后改授右承务郎。耿京部正式进入到了南宋官场的序列之内。

说起来,辛弃疾在官场上的起点并不高,承务郎是文官里的最低一阶。不过,这一官阶因为属于京官序列,所以又增添了不少含金量。按照当时的官制,一般地方官需要经过身份显要的举荐者保奏,才能获得改官选任的机会。而辛弃疾能超越这一阶段,直接进入京官序列,可见朝廷对这位年轻书生还是十分看重的。

辛弃疾也十分重视这次来到南宋的机会。他抓紧时间到处结交新朋友,四处拜会在南宋政坛有影响的头面人物,比如时任宰相的陈康伯,以及判建康府的老将张浚等人。老实说,辛弃疾并非甘心就这样带着十数万义军南渡,他心里还存有一线希望,希望自己能说服当朝执政者出兵北上,在义军的配合下收复故土。

然而,南宋朝廷上下早已习惯了苟且偷安的局面,再加上辛弃疾人微言轻,他的意见根本不可能造成什么有力的影响。在宣布了义军将领的官职之后,朝廷便派出两名使臣和辛弃疾、贾瑞一道返回山东宣召。没想到,才到楚州,这两位钦差大臣便不敢再往前走,而是要求在海州等待耿京前来迎接。辛弃疾实在拗不过他二位,只好同意先行北返。这时正好遇上此前打过交道的京东招讨使李宝，他特意派遣早已南下的王世隆率数十骑与辛、贾等人一路同行。

然而，刚走到半路上，大家便迎来了一个晴天霹雳——耿京遇刺了！

原来，自金世宗入主燕京之后，立刻采取恩威并施的方式分化瓦解山东义军。他一面大赦天下，安抚百姓；又一面派遣大将开府山东，讨伐仍坚持作战的义军。一时间，山东形势变得异常严峻。再加上耿京身边的左膀右臂如辛弃疾、贾瑞、李铁枪等均不在身边，一些宵小之徒便蠢蠢欲动，意图拿自己主帅的项上人头出卖给金人，以换取荣华富贵。

终于，在一番谋划之下，叛将张安国、邵进等人杀害耿京后投敌。义军大部都被遣散归农。盛极一时的天平军义军从此烟消云散，不复存在。

听到这个消息后，大家一时陷入到了进退两难的困境之中。何去何从，不得不作出一个决断。

首先提出意见的是贾瑞，他认为主帅已死，大军星散，继续往北走已经失去了意义，同时更是凶多吉少。不如就此南返，向朝廷据实以报。

"多亏天子圣明，待咱们可说是恩重如山，赐咱们官职，赏咱们爵禄。回到临安，安安生生做几年太平官，也不枉此生了！"贾瑞叹息道，言下竟多少有几分如释重负的感觉。

对于贾瑞的主张，大多数将官都表示赞成。只有辛弃疾持异议："大家不要忘记，我们是受耿将军的嘱托才南渡归朝的。如今又是受了圣上的差遣，北返宣布诏命。如今主帅身死，咱们就这样夹着尾巴逃回去，岂不让江南的豪杰看扁了我们？"

顿了一顿，辛弃疾又说道："诸位不想再搏命，想做官了，很好。可没有耿将军和他的数十万大军，朝廷会如此重视抬爱我们吗？哼哼，只怕没有大家想的那么美妙呢！"

贾瑞哭丧着脸，苦笑道："辛公子，就算被南边人当作胆小鬼，老夫也认了，总比做枉死鬼强。你坚持回去，可回去又能做什么？"

"很简单，至少也要杀了叛贼张安国，替主帅报仇！"辛弃疾一字一顿，掷地有声。

在场诸人都被辛弃疾的豪气所震慑，然而却依然畏畏缩缩不敢作声。还是以前曾在耿京帐下做过统制官的王世隆第一个站出来响应："脑袋掉了碗大个疤，掌书记，我跟你干！"

于是，辛弃疾约请王世隆和另一位将领马全福相助，并选定王世隆所部二十人，加上随行义军精锐三十人，共五十骑兼程北上，誓要取得叛将张安国的首级，为耿京报仇。

一行人才走到半路上，突然迎面奔来一骑。大家正惊讶间，来人已奔到面前。辛弃疾这才看得分明，正是自己留在义军后方的家仆辛虎奴。

只见虎奴蓬头垢面，下马大哭道："少爷，可把你盼回来了！"辛弃疾连忙将他扶起，一番追问才知道，原来张国安在接受金人招安之后，已经做了济州知州。在他手下，还有五万不愿散去的义军残部。大营就设在济州，看来，辛弃疾这回要做好闯一闯龙潭虎穴的准备了。

经过一番思索，考虑到大家已经深入金国腹地六百里有余，辛弃疾当即安排每隔五里留下一人作为接应，便于大家得手后立即南返。同时又派遣辛虎奴回家乡安顿好自己的家人乡邻。如此分拨停当之后，辛弃疾随即与三十名义军一道，马不停蹄地直扑济州张安国大营。

待大家来到大营之外，已是黄昏时分。军营内灯火通明，营寨四处不时有巡逻士兵走动。更让人不安的是，这其中还夹杂着金人士卒的身影。看来，这营帐可不是硬闯能闯得进去的。在远处观望了一会儿后，王世隆皱眉道："戒备森严，要硬闯进去只怕是不太可能了。怎么办？"

辛弃疾没有作声，沉思片刻，道："谁说我们要硬闯了？我们可是张大人请来的！"

他看着一头雾水的王世隆，以低沉而不容置疑的语气道："留几个人，跟马匹先藏在这里，剩下的人跟我来。不管遇到什么事都别慌张，一切听我号令。"

王世隆、马全福等人虽不明白他葫芦里到底卖的什么药，不过辛弃疾在义军中的名声他们是知道的。当下大家也不再多问，跟着辛弃疾便径直朝营帐大门走去。

才到门口，早有十数个门卒提着长枪迎了上来："站住，你们是干……这这这，这不是掌书记吗？"

在义军中，辛弃疾向来平易近人、不端架子，故而许多士兵不但听过这位年轻书生的大名，更跟他打过照面。而辛弃疾也叫得上来其中很多人的名字。

"曹定，怎的，连我都敢拦？"辛弃疾故作气恼状。

"误会误会，掌书记，俺们不知道您回来！"叫作曹定的小头目连忙挥手，让身边人退下，又瞟了一眼远处的金兵，满脸堆笑凑到辛弃疾面前，"掌书记有所不知，张知州……不，姓张那小子这会儿正招待金人的将官呢，说是过几天要点编咱们的人马。他奶奶的，多半又要把咱们给卖了……"

说到这里，曹定话锋一转："掌书记，您怎么回来了？不是都说你们去南边的朝廷做大官了吗？"

辛弃疾故作神秘地低声说道："什么大官！我们这次来，是有极其重要的机密事宜，要与张知州面议！"

"啊……"曹定顿时哑了，他还以为辛弃疾是来声讨张安国弑主之罪的。可看这情形，两人不但没矛盾，反倒挺亲密。到时该不会把自己的话泄露出去吧？他一定神，赶紧道："张大人正陪同金人那边的将领一道饮酒，估计喝得正高兴呢。您稍等，容小的前去通报一声！"

辛弃疾一把扯住曹定："且慢，我早已与张大人约好了的，用不着你通禀。再说，这可是天大的机密……"

说到这里，辛弃疾故意朝远处的金兵使了个眼色："尤其是不能让他们知道。你这冒冒失失地闯进去，搞不好就走漏了风声！到时候你们张大人怪罪下来，我也不好替你求情。"

"是是是……"曹定擦去满头的汗水，连忙把辛弃疾一行人朝里面带，"多亏掌书记提点，我这就带你们去找张大人。悄悄的，悄悄的……"

约莫拐过几处岗哨，辛弃疾突然道："我们用不着这么多人，留几个兄弟在这里歇息一下。"边说边朝马厩方向使了个眼色。马全福当即会意，留下十余人，道："听掌书记吩咐，人多眼杂，我们也留在这里。"

又是七拐八拐，辛弃疾的身边只剩下王世隆和其他五名壮士。眼看就要走到张安国的大帐之外，里面觥筹交错之声不绝于耳。看来，这位新任知州和金人将领喝得正高兴呢。

"掌书记稍待，俺设法进去给张大人打个招呼，免得引起金人注意！"曹定讨好地笑道，却不料一口寒光闪闪的宝刀突然架上了脖子。

"想活命，就别乱动！"王世隆低声喝道。

紧接着，大家一拥而上，拔刀砍倒守在帐外的金人卫士，直冲而入。这时候，张安国和金人将领早已喝得面红耳赤，迷瞪着两只大眼看着来人："尔……尔等怎的如此面熟？好大的狗胆，竟然没有通禀就擅自闯入。来人呐……"

还没等他把话说完，辛弃疾早已大踏步赶上前去，一脚将张国安踹翻在地："无耻的叛徒，今天我们就要为耿将军讨个公道！"

辛弃疾拔剑出鞘，顶在了张国安的胸膛。刚才还神气活现的张国安，此刻像一摊烂泥般仰躺在地上，手脚乱抖："掌……掌书记，兄弟我……我这也是被逼无奈呀！"

一旁喝酒的几个金人将领见势不妙，借着酒劲就想冲过来拼命。王世隆和几名义军战士眼疾手快，唰唰几刀将他们砍倒在地。外边的卫士们听到动静，想闯进来，也全部被拦在了帐门口，只能眼瞅着干着急。

辛弃疾和王世隆一左一右，将张安国架起来就往外推。出得帐门外，辛弃疾厉声对在场所有人喝道："张安国卖主求荣，人人得而诛之。当日耿将军待你们不薄，何苦为这狗贼卖命！"

众人大哗，纷纷朝后退去，只有金将带来的士卒还想动手。辛弃疾赶快命手下壮士们将此前砍伤的那几个金人将领也架了出来。金人士兵本想冲上去抢人，但又怕伤了自己的长官，一时间全都犹豫起来。

辛弃疾抓住这个机会,带着大家朝大营外走去。突然,旁边又传来一阵喧闹声:"起火了!马厩起火了,马都跑光了!"

王世隆和辛弃疾会心一笑。先前留下马全福他们,就是为了火烧马厩,一方面转移人们注意力,另一方面也是为了放走营内的马匹,使得追兵不至于赶上自己。

到营门口,带进来的壮士们尽数前来会合,一个不少。此前埋伏在大营外的同伴们赶紧牵上准备接应的马匹。辛弃疾将张安国像粽子一样捆在马上,又对追出来的士兵们拱拱手:"人各有志,大家好自为之!"

言毕,五十骑勇士一起翻身上马,扬鞭朝南方疾驰而去,留下曹定一屁股坐在地上,号啕道:"这下可坑苦我了!"

在辛弃疾的感召下,原义军部下又有数千人相继反正,并陆续南渡到南宋境内,这是后话不提。

当夜,辛弃疾一行人衔枚束马,披星戴月,从山东济州直趋淮河。两昼夜疾驰六百余里,甚至连饭也顾不得吃上一口,终于摆脱了金人的追击,成功将叛将张安国押解回了南宋。

朝廷沸腾了,临安沸腾了,南宋的文武百姓都沸腾了!

以区区数十人直扑重兵把守的敌军大营,深入虎口,竟然还能在金人的眼皮子底下将贼将生擒活捉带回来。古往今来的英雄豪杰虽多,有如此胆识的又有几人!

绍兴三十二年(公元 1162 年)闰二月,张安国被献于高宗行在,被斩于市。百姓皆拍手称快。

冤死在张安国之手的耿京也可以在九泉之下瞑目了吧,辛弃疾这样想。看着张安国受刑的样子,他并没有多少欣慰之情,反而有一丝失落。

毕竟,自己不能再为耿京做更多了。

或者,并不是为了耿京。也许是因为自己此刻也没有再多做些什么的能力。

当初举义山东,是因为对金人横征暴敛的义愤,是因为爷爷长久以来的鼓励和期待，更是因为自己扫清胡虏、光复汉家河山的雄心壮志。

然而现在，他只不过是南宋庞大官僚队伍中一个小小的文官而已。尽管现在自己成了满朝上下刮目相看的大英雄，然而辛弃疾心中有数，那也只不过是增添了人们茶余饭后的谈资。可供自己驱驰指挥、一展抱负的数十万大军早已风流云散，而光复河北故土的大好时机也就这样蹉跎而过……

党兄，党怀英！难道真的被你不幸言中了吗？

在辛弃疾的心中，第一次泛起了难以言说的寂寞感。如同壮士迟暮，空对锈迹斑斑的铁枪。

万字平戎策

辛弃疾的担心并非多余。对朝廷来说，这些南渡来归的义军将士们只不过是装点门面、显示大宋声威的炫耀品而已。在一心想与金人言和的高宗看来，他们更像是食之无味、弃之又可惜的鸡肋。

跟自己共过患难的那些战友们，如开赵、王友直等所辖兵马一部溃散，成了等待安置的流民，一部被改编为南宋军队，然而同样过着缺衣少粮的困苦生活。他们备受歧视却又求告无门，就算间或有人发发牢骚，没人理会不说，搞不好还会招来朝廷的严惩呢。

对此，辛弃疾满腹愤懑，可他又毫无办法。南宋朝廷委给这位大英雄的新差遣，是从八品的江阴军签判，负责江阴军的日常行政事务。江阴军实际只管辖江阴区区一县。在官场上，江阴向来有"两浙道院"的说法，其实也就是养老的胜地。对才二十三岁的辛弃疾来说，这里却谈不上什么胜地，反而是一种煎熬和折磨。

不过，对于南宋朝堂来说，作出这样的人事安排或许还是出于照顾辛弃疾的考虑呢。他的妻子赵氏等家人在辛虎奴的接应下也辗转来到江南。这位赵氏原本就是江阴县人，在北方嫁给辛弃疾，这次也算是重归故里了。绍兴三十二年（公元 1162 年）的十二月二十四日，正好是隆兴元年（公元 1163 年）的立春，辛弃疾携着夫人的手，写下了南渡后的第一首词《汉宫春·立春日》：

春已归来，看美人头上，袅袅春幡。无端风雨，未肯收尽余寒。年时燕子，料今宵梦到西园。浑未办黄柑荐酒，更传青韭堆盘？

却笑东风从此，便薰梅染柳，更没些闲。闲时又来镜里，转变朱颜。清愁不断，问何人会解连环？生怕见花开花落，朝来塞雁先还。

遥望家乡的春光，应该跟江南大不一样吧？怕看花开花落，塞燕先还。怕在这不起眼的小小军州中蹉跎度日。辛弃疾决定要像战国时齐国太后砸碎秦国的玉连环那样，为自己找到一条出路。

出路还是有的。凭借自身的名气和活动，辛弃疾在朝中结识了一些大人物，老将张浚就是其中之一。他早年因为坚持抗金得罪了秦桧，在官场上一直遭到排挤和冷落。如今高宗退位，刚刚登基的孝宗怀着一腔热血，要收复北方失地。先是为岳飞平反，接着又大力提拔重用那些因主张抗金而被排挤的大臣们。一时间，朝野上下气象为之一新，张浚也被起用为江淮宣抚使。他上任之后，广揽人才，对南渡的"归正人"更是器重有加。这对辛弃疾来说，无疑是一个难得的机会。

那么，拿什么去打动张浚呢？辛弃疾根据自己起兵以来的经验和心得，撰写了一整套收复中原的用兵方略。他相信张浚对此一定会感兴趣的。

辛弃疾敏锐地看出金人由于内部矛盾纷纭，并没有足够的兵力对南宋实行全线防御战略。而南宋过去的主攻方向长期集中在关陕、中原和淮北地区，造成了金人把过多的注意力放在这些地域之上，山东已是防守最为薄弱的地区。假如能组织一支精锐力量，在其他各路兵马对敌展开佯攻之时，出其不意直捣山东，从关陕到淮北一带的重兵防线自然土崩瓦解，接下来要收复中原和燕京，也就是轻而易举的事了。

说实话，这个方略凝聚着辛弃疾太多的心血。他所筹划的大计，并不仅限于恢复北宋的故土，而是要一举夺回燕云十六州等战略要地，重现汉唐盛景！

因此，当辛弃疾终于找到机会拜访张浚，并在对方面前侃侃而谈的时候，心里实际上是激动得很的。他想象着这样一幅画面——在听完自己的想法后，这位老将的双眸灼灼放光，仿佛遇到了难得的知音！

张大人，就让晚生协助您好好干一番惊天动地的大事业吧！

然而，辛弃疾失望了。

听完他的主张，张浚只略微抬了抬眼皮，含糊不清地回答道："幼安老弟少年雄才，佩服佩服。老朽是望尘莫及了。只是……老朽只不过受命一方，这么大的通盘计划，实在做不了主哇……"

稍通人情世故的人都听得出来，张浚只不过是借故推脱而已。辛弃疾叹了口气，只好告辞。他心里清楚，这位英名在外的大人物，并不是自己所要寻找的伯乐。

其实，对于辛弃疾建议的价值，张浚心里不是不清楚。直觉告诉他，这一计策很有可能彻底改写宋金两国战略相持的局面。这位老将并不像他自己所说的那样，在对金战略方面毫无影响力。其实，他正和宋孝宗一起，策划发动一次针对金人的军事行动。这场还停留在纸面上的大战，规模将会是空前的。

只不过，张浚起了私心：他想把辛弃疾的建议据为己有。一旦获得大胜，那他将会成为万人景仰的英雄、宋孝宗最为倚重的左膀右臂。而且，张浚毕竟是久经官场的老人了，已沾染一种习气，那就是凡事四平八稳，力求各方面都照顾到。长期以来，南宋对金用兵方略并不统一，大体说来有川陕和两淮汴京这两个主攻方向。在辛弃疾献计之时，镇守川蜀的大将吴璘正深入关陕，与金兵相持数月而难分胜负。张浚乘势向宋孝宗献计："关陕一带的敌军此时正为吴玠所牵制,圣上若能临幸建康,展示出北伐的决心,一面命两淮之师虎视河南,另一面派遣舟师沿海路袭取山东,同时号召中原豪杰于中起事,金人必定首尾不能相顾!"

看上去,张浚似乎采纳了辛弃疾的主张。不过他压根没能理解这一战略的精髓所在。辛弃疾所构想的,是声东击西,以敌人空虚的侧后为主攻方向。而张浚所计划的,则是三线同时出击,以山东方向作为牵制,重点还是为进攻关陕的吴玠部创造机会。又或者,当金军的两淮中原防线出现破绽时,则由淮河流域一带出师攻取河南故地。总的来说,还是一个平均分配兵力的方案,跟过去相比并没有太大的变化。

甚至就连这样一个大打折扣的方案,也遭到了失败。还没等到东线起兵配合,吴玠便不得已退出了关陕战场,并在金兵的追击下大败。而朝臣们也对张浚提出的奇袭山东方案提出了怀疑,其中的代表人物便是史浩和陆游。在他们看来,张浚怎么能保证奇兵一进入山东境内,当地百姓就能箪食壶浆来迎,金人守军就会望风而逃呢?

史浩更是提出异议:"我们能想到出兵山东来牵制川陕方向的敌军,难道金人就想不到侵犯两淮荆襄之地,来一个围魏救赵吗?万一敌人突袭到都城附近,引起骚乱,又由谁来担起这个责任?"

最后的结果,是张浚再也不提攻略山东的计划了。但作为主战派代表人物,他若就此偃旗息鼓,那么肯定会失去宋孝宗的宠幸。张浚把心一横,决定绕过史浩等反对者的阻挠,直接在孝宗的支持下出兵北伐。

隆兴元年(公元1163年)四月,李显忠、邵宏渊二将率大军渡淮,决定由宿州直取汴京,与金军来一个硬碰硬的大战。在这一场战役中,宋金双方动用兵力达到十余万人。由于指挥笨拙、主将不和,宋军先胜后败,全线溃不成军。这就是世上有名的符离之战。

符离惨败带来的影响是巨大的。不但国家多年的蓄积为之消耗殆尽,朝野上下主战派的信心也遭到了沉重的打击。张浚在政敌的排挤下逐渐被赶出了决策中枢,一时间,主和的声音甚嚣尘上,就连一力主张恢复的孝宗也不得不接受了这个现实。

当辛弃疾听到前线传来的败讯时，气得挥剑猛砍庭前的大树。然而冷静下来之后，他发现自己所能做的也就是摇头叹息而已。

是啊，我不过是一个小小的签判。朝堂上的风风雨雨、疆场上的刀光剑影跟我又有何干呢？

抱着这样的心情，他挥毫泼墨，写就了这样一首《满江红·暮春》：

> 家住江南，又过了、清明寒食。花径里、一番风雨，一番狼藉。红粉暗随流水去，园林渐觉清阴密。算年年、落尽刺桐花，寒无力。
>
> 庭院静，空相忆。无处说，闲愁极。怕流莺乳燕，得知消息。尺素如今何处也，彩云依旧无踪迹。谩教人、羞去上层楼，平芜碧。

南宋的对金战事如今是一番风雨，一番狼藉。自己更是久等不到朝廷重用南渡将士的"尺素"和"彩云"。看上去是伤春迟暮，实际上更是辛弃疾对自己处境的叹息。

不过，短暂的消沉之后，辛弃疾又重新振作起来了。他仔细总结了一下此前的教训，觉得大家对出兵山东的方案疑虑重重，一方面是因为张浚并没有理解自己的想法，另一方面也是因为知音太少、应和者寥寥的缘故。

这一回，辛弃疾决定不再走某位朝堂重臣的路子，而是把自己的恢复大计详详细细地写出来。上至皇帝，下至黎民，让所有人都听一听自己的意见。如此一来，总会收获一些支持的声音吧！

隆兴二年（公元1164年）的夏天，经过深思熟虑的辛弃疾终于完成了这组文章。他将之定名为《美芹十论》，取嵇康《与山巨源绝交书》中"野人有快炙背而美芹子者，欲献之至尊"的典故。在辛弃疾看来，用这个典故作为篇名，恰好体现了自己位卑而忧国的一片赤诚。

《美芹十论》共包括十篇文章和一篇奏进札子。前三篇《审势》、《察情》、《观衅》主要分析了金国内部的军政形势，指出敌人虽然貌似强大，但内部充满矛盾，并非不可战胜。后六篇《自治》、《守淮》、《屯田》、《致勇》、

《防微》《久任》则详细论及针对南宋政局、边防后勤、军队训练、人事任免等方面的问题和建议。

最后一篇文章,也是辛弃疾的心血之作,叫作《详战》。其内容,主要是再一次阐述他两年前向张浚所提出的战略主张。只不过,这一次,辛弃疾的论证更加缜密,气势更加磅礴,从多个角度总结了过去用兵的成败得失,同时也回答了人们此前对这一战略构想的疑虑。

《美芹十论》呈上去了,辛弃疾焦急地等待着。可他等来的却是南宋迫不及待向金朝求和的消息。一心息事宁人的南宋君臣自然不可能对辛弃疾所献上的"美芹"有什么回应。不久,辛弃疾便被调任为广德军通判。这一职务同样是无所事事的闲职。差不多又苦等了两年,才又被调任为建康府通判,但在当地的职官序列中仅仅属于处理临时杂务的所谓添差通判而已。

祸不单行的是,妻子赵氏在其广德军通判任满之后,于江阴的寓所病故。在江南本就形单影只的辛弃疾更添孤寂。他南渡之初,曾天真地以为不久便可以随北伐大军一道返归故里,故而迟迟没有在江南为自己购置寓所。赵夫人去世后,辛弃疾才在家仆虎奴的劝慰下,计划选处地方,好好安顿下来。

"桓温说过,京口酒可饮、箕可使、兵可用。且过去向来就是朝廷北伐的必经之道。要住,我就住在京口吧!"

辛弃疾拒绝了虎奴将全家迁往建康或临安的建议,执意要在京口卜地而居。对此,辛虎奴也只能笑笑。他知道这位脾气执拗的少主人心里在想些什么。

建康府的生活十分闲散,并不适合辛弃疾的脾性。不过,对他来说倒也有一些益处。首先,他的顶头上司建康府知府史正志以锐意恢复著称,正是孝宗面前的大红人。两人既然志同道合,自然惺惺相惜。辛弃疾就曾多次写词赞颂史正志的政绩,推崇之情溢于言表。在史正志府上,常常聚满了高谈阔论恢复大计之士。辛弃疾厕身其间,虽然心里清楚他们中的许多人不过是纸上谈兵、大言炎炎,然而或多或少还是能感受到一些激情。

另外，这里是江南仅次于临安的大都会，四方军政要员、文人墨客多会于此。辛弃疾自然有相当多的时间与他们周旋来往，诗词唱和。如叶衡、赵彦端、韩元吉、严焕等人，都相继成了辛弃疾日后的好友。

这一天，辛弃疾正在寓所中闲坐无事，辛虎奴突然风急火燎地冲进来通报："少主人，叶大人来了！"

辛虎奴口中的叶大人就是叶衡。他年长辛弃疾二十六岁，两人算得上是忘年之交。辛弃疾敬仰叶衡的为人和才干，叶衡也十分看重辛弃疾的过人胆略。两人平日里几乎无话不谈，自然，最喜欢谈的还是经国方略和恢复大计。

"幼安兄，你写的好词，好词啊！在下实在是望尘莫及！"

叶衡一走进书房，就哈哈大笑起来。他口中的好词，指的是前不久辛弃疾呈给史正志的一阕《念奴娇》。词中云：

> 我来吊古，上危楼，赢得闲愁千斛。虎踞龙蟠何处是？只有兴亡满目。柳外斜阳，水边归鸟，陇上吹乔木。

辛弃疾不好意思地笑笑："不过是借题发挥，抒发心中块垒而已。梦锡兄赞誉太过了。老实说，写一百首这样的词，还不如到战场上去，真刀真枪地走上两个回合。"

叶衡微微一笑，闲聊了一会儿其他话题，突然神秘地说："老兄可有耳闻？虞彬父最近怕是要大用了！"

虞彬父，就是在采石之战中大败金主完颜亮的虞允文。他以一介书生力挽狂澜，在主战派心中向来被看作精神领袖。

"此言当真？"辛弃疾为之一振，不由自主地向前探了探身子。

这段时间以来，辛弃疾十分留意朝政的变化。与金人签订了屈辱的和议之后，孝宗并不甘心，总想寻找机会再次对北方用兵。无奈朝中主和派大臣的意见占了上风，孝宗空有雄心壮志，却无法实行。如今虞允文若真能被起用为宰相，朝中局面怕是要为之一新。

叶衡看了他一眼，呷了一口香茗，笑着摇了摇头继续说道："也不可太乐观。虞彬父，我打过交道。才具是有的，当年也跟你一样，敢作敢当，有一股子横劲儿。不过现在，老啦！"

叶衡口中的虞允文似乎并不像传说中的那么伟岸，反而有许多缺点，冲动、急躁、小心眼、喜欢做表面文章……这是真的吗？还是说文人相轻，叶衡对虞允文有太多的成见？辛弃疾心里疑惑不已。

看着辛弃疾复杂的表情，叶衡乐了。他站起身来，拍了拍辛弃疾的肩膀："你还太年轻，多历练历练就明白了。虞允文若真能拜相，不管怎么说对你我都是好事一件！"

他解释道，宋孝宗是因为锐意恢复才决定重用虞允文。不管虞允文实际上推行什么政策，面子上都必须要依托主战派人士，这样做也是为了对抗主和派的压力。到时候，势必也是主战派出头的良机。

"虞允文已经试探过我的意向。他若能进入中枢，我怕也会前去助他一臂之力。幼安兄，好好等待，也许不出多久你就能有一显身手的机会了……"叶衡握住辛弃疾的双手，郑重地说道，"只是，老哥哥要提醒你一句话——官场上不是非黑即白，别对一个人寄予太多的期望。要不，会吃亏的。"

送走叶衡，辛弃疾仔细琢磨着他的话，却又想不太明白。难道朝中政局真有叶衡说的那么凶险复杂吗？他从来就不屑于去琢磨这些为官做人之道，怕是叶衡过于悲观敏感了吧！

不过，事实证明叶衡的内线消息是很准确的。不久之后，也就是乾道五年（公元1169年）的八月，虞允文被拜为尚书右仆射，正式成为宰相中的一员。而叶衡也在第二年调任户部侍郎、枢密院都承旨，身兼要职。在叶衡的大力推荐下，辛弃疾被召到行在，在延和殿上向皇帝当面陈述他对于恢复问题的看法。

这对于辛弃疾来说，是一个难得的机会。经过精心准备，他向孝宗陈述了自己对训练民兵守备两淮的意见。孝宗大为满意，很快就下诏辛弃疾留朝任司农寺主簿。

这一年，辛弃疾正是三十而立、意气风发的年纪。虽然只是区区七品的小官，但总算是进入了庙堂之上。他期望着能在这个位置上，和自己的好友叶衡一道，共同辅佐孝宗和虞允文干出一番大事业来。

然而，辛弃疾很快就发现自己的一腔热情落空了。正如叶衡所说，虞允文并不是他们所等待的人物。

在宰相任上，以恢复著称的虞允文都有哪些重要举措呢？

简单说来，一是面子活，一是里子活。

所谓面子活，其一是设立《材馆录》，将大批知名人士如朱熹、吕祖谦、汪应辰等人延揽到自己门下，辛弃疾自然也是其中之一。其二是以恢复为名在各地大兴土木，希望借此宣扬国威，同时也能增加自己的影响力。其三是派遣使臣前往金国，希望以卑辞厚礼来说服金人归还河南失地。虞允文的考虑是，若金人能应自己所请，那是再好不过；若是断然拒绝，那就是给了自己用兵的口实，正好可以兴兵恢复失地。

这一招真的奏效吗？不论主和还是主战，朝堂上许多大臣都暗暗摇头。金人又不是三岁小孩，哪有那么好打发的？不过，对于虞允文的这番布置，宋孝宗却很是相信。

若金人不允所请，爱卿又该如何应付？

相信归相信，宋孝宗也不傻。他认为遣使请地只不过是与虎谋皮，真正的问题还是要以武力为后盾来解决。

不怕，除了这些面子活，虞允文也有里子活的准备！

所谓里子活，就是一面在边境防线上增修防卫工事，一面拟定了以四川和两淮相互呼应、东西并举夺取河南的战略计划。

"如此，大事可定也！"虞允文对自己的构想胸有成竹。

宋孝宗似乎也吃了一颗定心丸。毕竟，虞允文是当年采石战场上的大英雄，没有理由不相信他！

辛弃疾却十分忧心，他发现虞允文的举措潜藏着失败的种子。

别的不说，对于南宋的归还北宋皇帝陵寝之地的乞求，金人不仅严词拒绝，甚至宣称要出动三十万骑兵，把北宋诸位皇帝的陵寝给送回江南来！

金人也敏锐地嗅到了南宋的战略企图，开始大量征发士卒防守前线。在这样的情况下，虞允文的用兵方略遭到了巨大的挑战。

其实，这位老宰相压根就不准备真的用兵。在他看来，倡言北伐只不过是政治手段而已。真要主动与金国开战，凭借南宋之力是压根不可能的事。虞允文所真正关心的，还是南宋内部的政局。

不过，就连关起门来做个太平宰相似乎也越来越困难了。虞允文大力推行加强中央财权，剥夺地方财、赋的政策在群起反对下遭到了失败。就连其助手，辛弃疾的好友史正志也作为替罪羊被贬斥到地方。至于专门用以延揽人才的《材馆录》，也门庭冷落，许多士人都持冷眼旁观的态度。朱熹就曾直接批评道："遣使求地，本末倒置，能有什么好结果！"

看着虞允文左支右绌的窘相，辛弃疾再也忍不住了。他不顾好友叶衡的劝告，想要再一次直言劝谏当国者一番。就在乾道七年（公元 1171 年），辛弃疾奋笔疾书，又写出了一篇可与《美芹十论》相媲美的政论文章——《九议》。

在《九议》中，辛弃疾苦口婆心地从用人、治国、用间、迁都等各方面分析了当时的政策，提出了自己的主张。其中再一次强调了自己突袭山东的战略构想。

因为心情急切，对虞允文这位自己心目中的长者和英雄，辛弃疾也不客气起来。在文章中，他甚至含蓄地将虞允文所推行的政策比作胡乱用药的庸医。可想而知，当虞允文看到辛弃疾的文章时，会是什么样的心情了。

因此，辛弃疾接下来的经历也是能够想象得到的。尽管他也是名列《材馆录》的士人之一，尽管虞允文表面上还对他十分客气，但内心并不喜欢这个看上去"冒冒失失"的年轻人。辛弃疾做了两年的司农寺主簿都没有得到进一步升迁，后来更是被调出了朝廷，派往地方为官。

在接到调令的那一天，辛弃疾不禁长长地叹了一口气。老朋友叶衡是对的，以自己的脾性实在不适合立足于朝堂之上。

那么，自己的用武之地又在哪里呢？

第二章　中流砥柱

滁州小试牛刀

辛弃疾所要走马上任的地方，是滁州。他新的差遣职衔，是滁州知府。比起以前来，职务上也算是提升。

这里正当南北之冲要。南方要确保淮河防线无虞，就要固守滁州；而北方若要入寇，也必须先占据滁州才能大胆南下。正是所谓的兵家必争之地。

辛弃疾在中央为官时，曾上过一份《论阻江为险须藉两淮疏》，在那封奏疏中详细讨论了滁州战略地位的重要性。或许由于这个缘故，虞允文才动了派他去镇守滁州的念头。

这个年轻人大言不惭，纯属站着说话不腰疼，让他到艰苦的地方去历练一下也好。

估计虞允文心中正是这么想的。因为，在当时的官场上，滁州实在算不得好去处。

"少主人，我真搞不懂了。这么个鸟不拉屎的鬼地方，大家都避之唯恐不及，您的心情怎么还那么好？"辛虎奴满脸丧气地抱怨道。上任之前，辛弃疾仍然将家人都留在京口居住，自己只带了虎奴一道赴任。

虎奴说的是实话。短短十多年间，滁州就两次遭遇金人入侵，整座城池几乎夷为平地。金人退兵后，又经年旱涝不断。再加上这里的地方官也多是尸位素餐之徒，以至于直到现在，滁州也还是一副兵荒马乱的萧条景象。一说到去那里做官，在许多人看来就如同充军一般。

"虎奴你有所不知，"辛弃疾的兴致倒是很高，"正是这样的地方，才有机会让我一展身手。江阴六年，建康两年，朝中为官又两年，我的屁股都快要坐出茧子来了！"

话虽如此说，但真到了滁州，辛弃疾才知道自己所要面对的是一个什么样的局面。

几番兵火洗礼之后，原有的高大城池早已荡然无存。举目望去，满眼都是一片狼藉。房屋早已被拆毁烧光，滁州百姓只能用茅草搭成草棚栖身。还有许多人连草屋也没得住，只待在瓦砾中暂避风雨。上一年年景不好，商旅绝迹，物价高昂，就连鸡犬之声也听不到——人都饿得快死了，又怎会有多余的粮食来喂养它们呢？

辛弃疾在虎奴的陪伴下巡视完全城，心情沉重地说："这不仅仅是因为兵灾，更是守土者的过错啊！"

要解决好虞允文给自己出的这道难题，无疑有许多事要做。辛弃疾经过再三思考，决定第一步从宽简民力着手。

所谓宽简民力，就是将滁州百姓这十余年来所积欠的巨额赋税，大约五百八十余万缗一笔勾销。其实，对一贫如洗的滁州百姓来说，他们压根没能力偿还这笔天文数字般的巨债。只不过，若能明令加以勾销，不仅会使得当地居民心情轻松许多，更有利于其他地方的移民迁来定居。要使得人烟稀落的滁州重新繁盛起来，这无疑是至关重要的一步。

历年积欠免除了，辛弃疾仍不满足。在这年的秋天，他又多次上书，争取减免了滁州当年的上供钱八万缗。当然，在户部任职的好友叶衡无疑也在其中帮了大忙。

辛弃疾的第二步举措，是要让大家住有定所，安居乐业。他动用官府之力，将百姓们组织起来伐木烧砖，重建家园。滁州人丁稀少，辛弃疾便广招流散百姓，一方面提供给他们田地、耕具和种子；另一方面又把他们编为屯田民兵，加以训练。这一系列措施，实际上正是当年《美芹十论》中所提到主张的应用。

好在天公作美，在一番努力经营之下，滁州夏麦大熟，许多流民也被轻徭薄赋的政策所吸引，纷纷到此定居。四方商旅又重新汇集到滁州。财税也有了较大的增长。辛弃疾抓紧时机，又出台了优惠商旅的赋税措施。同时，他还大力整修原有的酒肆客店，力图为过往商旅和滁州百姓提供一个和乐的环境。

为了实现这一目标，辛弃疾动用公余钱款修建了一座官邸，取名繁雄馆。又在官邸上起楼一座，命名为奠枕楼，寓意从此以后，久经苦难的滁州百姓终于可以奠枕而休，坐享安乐繁盛的生活。奠枕楼落成之后，当地父老尽欢而庆。辛弃疾在各地的友人们闻讯后也纷纷致信庆贺。

回顾自己一年多来的辛劳，辛弃疾心中也颇有几分自得。事实已经证明，他当年的种种建议并非纸上谈兵，而是卓有成效的方略，只可惜未曾真正遇到赏识自己的伯乐。

想到这里，辛弃疾满饮一杯，随即情绪又有些低落下来。不久前他得到消息，虞允文罢相去职，改为宣抚四川，独当一面。朝堂众臣仍在为是战是和而争论不休。至于宋孝宗，他依然寄希望于坐镇巴蜀的虞允文在那里整军经武，实现当年东西并举的战略计划。

只可惜，宋孝宗的期望又一次落空了。虞允文到任巴蜀之后，一直以军需不足作为借口推托出师北伐。而他在宰相任上之时，曾经夸海口道："我之所以迟迟不出兵北伐，并非兵员和财用不足。试想，到时候义军一出，所到之处前来响应者皆我之兵，前来依附者不是皆我之财吗？"

一想到这些，辛弃疾就忍不住摇头。几年来的磨炼，使得这位年轻人成熟了许多。现实告诉他，那些成天高谈阔论、以主战自我标榜的炎炎君子未必就真是自己的朋友。而一意主和之人，也不见得就是苟且偷安之辈。

不过，南渡以来，他还是结识了不少意气相投的朋友的。叶衡就是其中之一，还有同为归正人的范邦彦父子。

说到这位范邦彦范老先生，还是徽宗宣和年间的太学生，后在金国治下的蔡州新息县担任县令。金主完颜亮南侵兵败身死之时，范邦彦曾经亲自率众打开新息县的城门，迎接北上的王师。也就在这一年，范邦彦举家南迁，在京口定居下来。他跟辛弃疾一样，都是所谓的"归正人"。共同的经历使得大家相见恨晚、无话不谈，给时常感到孤寂的辛弃疾带来了许多慰藉。不过，乾道五年时，范邦彦因病去世。那时辛弃疾尚在司农寺主簿任上，为此还很是难过了一阵子呢。

范邦彦之子范如山更是辛弃疾的知交好友。他性格沉稳，故而对敢作敢为的辛弃疾十分倾慕。辛弃疾也很敬重范如山的稳重。在治理滁州之时，范如山还数次远道前来拜访，给辛弃疾出了不少好主意。

这一天，辛弃疾又接到了范如山邀请他抽空回京口寓所一聚的信函。正值奠枕楼落成，滁州的日常政务均已上了正轨，且近来操劳不息，辛弃疾也觉得身体颇有些微恙，正考虑喘一口气，顺便理一理自己心中混乱的思绪。

或者，也是时候回京口的家中，看一看阿大和阿二了！

故去的妻子赵氏为辛弃疾留下了两个可爱的孩子，长子叫作辛稹，次子叫作辛柜，都是辛弃疾的掌上明珠。只是苦于事务繁忙，无暇陪伴着孩子们共享天伦之乐。这也让辛弃疾心中时时觉得歉疚。

于是，乾道九年（公元 1173 年）的冬天，辛弃疾告病暂归京口。没想到却成就了一段意想不到的姻缘。

听到辛弃疾回来的消息，范如山一早就在自家备好酒菜，邀约好友前来畅饮几杯。辛弃疾当然不会客气，他独自一人，青衫小帽踏雪而来。在初晴的雪光辉映之下，显得说不出的潇洒不羁。

"幼安兄,快来快来!"范如山热情地拉起辛弃疾的手,将他请入花园,"早就想要与你小斟几杯了,一直没有机会。贵人就是事多啊!"

"我哪里又是什么贵人了?"辛弃疾苦笑着摇头。他一边随范如山往前走,一边打量着院子里的景象——几株红梅还怒放如昔,然而却掩盖不住四下里衰颓的气象。看来,范老太爷过世之后,范家的境地是每况愈下了。

范如山看出了辛弃疾的心思,自嘲道:"家大口多的,要当家,难啊。上个月才又辞退了两个家人。说起来,这席薄酒还是全靠舍妹帮忙备办的呢!"

"哦?令妹也……"辛弃疾话音未落,突然看见廊檐拐角处转出来两位妙龄女子。一位丫鬟打扮,倒是极为普通;另一位一袭鹅黄色的衣衫,衬着清丽的脸庞,显得说不出的楚楚动人。

那女子也发现了辛弃疾,她羞涩地喊了一声"辛大哥",赶忙施了一礼。辛弃疾也忙不迭还礼,道:"这不是文婉小妹吗?"

别看她唤辛弃疾"大哥",两人其实是同岁。范邦彦对子女要求甚严,在父亲的教诲下,文婉也出落得锦心绣口,知书识礼。对此辛弃疾早就有所耳闻,只不过每次前来范府拜访,都只是浮光掠影般打个照面而已。

文婉嫣然一笑:"我大哥听说你回来,可高兴得折腾了好几天呢。一点粗茶淡饭,你可不要嫌弃。"

辛弃疾正要客套几句,文婉又施一礼:"大哥可要好好款待辛大哥啊,奴家这就先告退了……"

辛弃疾目送文婉的身影消失在廊后。范如山一把将辛弃疾扯往后花园:"快来,酒菜可要凉了!"

酒过三巡,菜遍五味,两位好友的话也多了起来。从朝堂上下的昏庸无为直说到心中的一腔块垒,从南渡以来遭受的种种不公,又说到家乡故土的人物风光。突然,范如山话锋一转:"辛兄,有几句话不知当讲不当讲——弟妹已经故去多时,你可曾想过续弦的事吗?"

辛弃疾苦笑着摇摇头:"范兄也看到了,我是宦游之人,俗务缠身,四方漂泊。就算有心，也无这个力呀。"

听辛弃疾这么说，范如山反倒来了精神。他故作神秘道："倘若辛兄有心，不如我这个当大哥的做主——就把舍妹许配给辛兄，你看如何？"

辛弃疾一口酒差点没全喷出来："范兄，你这是开的哪门子玩笑？不可不可，万万不可。辛某人拖家带口的，这样做岂不是委屈了令妹吗？"

范如山正色道："辛兄，我可是当真的！"他从怀中郑重其事地摸出一方绣帕，递到辛弃疾手上，"这是我偶然从舍妹窗下拾到的，辛兄请看。"

辛弃疾满脸疑惑地接过绣帕，却见上面用娟丽的蝇头小楷抄录着一首词：

> 鹏翼垂空，笑人世、苍然无物。还又向、九重深处，玉阶山立。袖里珍奇光五色，他年要补天西北。且归来、谈笑护长江，波澄碧。
>
> 佳丽地，文章伯。金缕唱，红牙拍。看尊前飞下，日边消息。料想宝香黄阁梦，依然画舫青溪笛。待如今、端的约钟山，长相识。

"这……这不是我在建康任上时所作的《满江红》吗？"辛弃疾更诧异了。

范如山点点头："自打家父结识了你这个朋友，我妹妹的心啊，可就被你牵走了。别说你写的诗词，就是那篇脍炙人口的《美芹十论》，舍妹她也时时吟哦在口，默记在心呀。"

"她……"辛弃疾一时不知道说什么好。

范如山顿了顿，又说道："辛兄，你可别以为我妹妹乃是寻常女子。她自幼受先父教诲，知书识礼固然不在话下，要说到心怀家国、慨然恢复，我看怕是比一些因循度日的男儿汉都强。若能有她伴在你身边，我看也是美事一件。"

范如山叹了口气，声音突然低沉下来："再者，我家这个样子，辛兄你也见到了——先君见背，家境是每况愈下。舍妹日后的出阁之计，我这个做大哥的不能不操心呀。辛兄你是人中雄杰，慷慨磊落的奇男子，若能把舍妹交到你手上，我也就安心了——自然，你若无意，我这个做哥哥的也决不迫你。"

辛弃疾心中五味杂陈，他知道以范如山的个性，是不会轻易以这样大的事相托的。辛弃疾赶紧斟上酒道："范兄切莫多虑，做小弟的答应下来便是。来，你我二人满饮此杯！"

实在是没想到，一场普通得不能再普通的朋友小饮，竟然成就了一桩数十年的姻缘。

会子大显身手

没过多久，京口就引来了一场热闹而简朴的婚礼。辛弃疾将范氏迎进了家门。

婚后的生活是安宁而和乐的，辛弃疾和范氏平日里以书画自娱，有时辛弃疾也会跟娘子谈起自己的满腔雄图，谈到兴头上时，便会亲自下到庭院中拔剑起舞，每当这个时候，范氏总会以崇敬而又满足的眼神看着自己的丈夫。到辛家之后，范氏以自己的贤惠和能干将一切都打理得井井有条，很快便得到了辛家上下的认可和赞许，对此，辛弃疾也是喜不自胜。这京口的闲居生活在坐不住的他看来，竟也变得有滋有味起来。

不过，这种闲适的生活还没有持续多久，辛弃疾的雄心便又被鼓动了起来。

他的好友叶衡这数年来历任方面大员，最近刚刚接到调令——前往建康担任知府一职，兼领江东安抚使。

这时已是乾道九年（公元 1173 年）十二月末了，叶衡闻讯后，设法请朝廷将辛弃疾任命为江东安抚司参议官，作为自己的左膀右臂。他向来十分赏识辛弃疾的才华,此番自然希望能请辛弃疾前来助自己一臂之力。

得知这个消息,辛弃疾兴奋之情难以言喻。在他南渡后结识的朋友之中,叶衡要算为数不多真正有恢复之志的知交——他有才识、有胆略、有担当,同时还深谙官场之道。过去辛弃疾在担任建康府通判时,因为自己心高气傲,没少得罪周围的同事和上司。还多亏叶衡在其间周旋解围,帮了他不少的忙呢。

此番携手,倒正可以干出一番大事业!辛弃疾这样想着,他连忙修书一封,向叶衡致以思慕之意。随即又准备急急收拾行装,走马上任。

只是,这样一来,岂不是冷落了新婚的妻子?一想到这里,辛弃疾又有些犹豫了。

"夫君何必像小儿女那样婆婆妈妈的?大丈夫志在天下,家中万事有我。你放心便是!"

范氏看出了丈夫的心思,一力劝慰辛弃疾前去赴任。有范氏如此体贴,辛弃疾心中颇感宽慰,道:"此去若诸般措置顺心如意,我自然尽快回来迎你。"

怀抱着激动的心情,辛弃疾去了建康。只不过,再次见到旧友的激动心情还没有平复下来,叶衡就又接到了一纸诏令——朝廷要征召他入朝为官。据可靠消息说,这回是要起用叶衡为相了。

叶衡没有想到,辛弃疾更是没有想到。两个意气相投的好朋友还什么都没做就又要分别。在送别叶衡的路上,辛弃疾大笔一挥,草就了一首名为《金陵赏心亭为叶丞相赋》的《菩萨蛮》:

青山欲共高人语,联翩万马来无数。烟雨却低回,望来终不来。人言头上发,总向愁中白。拍手笑山鸥,一身都是愁。

叶衡知道辛弃疾的心情,安慰他道:"何苦有这许多愁,此去中枢若能得意,自然少不了借重辛兄的地方。你就老老实实在这里委屈一段时间,静候我的佳音吧!"

辛弃疾知道叶衡说得有理，自我解嘲地笑了笑，道："朝廷上下如王夷甫辈甚多，是和是战，议论不休。只怕我兄到了那里，很难施展得开手脚呀。"

"事在人为，我辈只需尽力做去便是。叶某总不相信这神州大地会百年陆沉。辛兄，你还年轻，何愁没有机会为国效力！"

辛弃疾点头称是，送走叶衡，心中的离愁别绪却始终难以释怀。

屈指一算，南归来已经十二年了。自己虽只区区三十五岁，却仍然屈居下僚。何时又能像过去少年起兵时那样，驱驰万众于刀光剑影之中？跟随自己南来的家人虎奴两鬓也已开始斑白，他的许多亲人旧友还在山东老家。自己当初在虎奴面前夸下海口，不出三五年便能重新回到故土，如今虎奴虽从来不提，却不止一次地看见他望着北边的方向暗暗拭泪。自己又如何能向虎奴交代？古人张季鹰官场失意，还可以回到自己的家乡坐享鲈鱼脍的美味，可自己有家难回、有乡难归，就算是想要效仿能潇洒地求田问舍的张季鹰也不可得，更不要说此举还有可能遭到英雄们的耻笑呢！

抱着这样的心情，在当年秋天，辛弃疾再登赏心亭，写下了这首《水龙吟》：

> 楚天千里清秋，水随天去秋无际。遥岑远目，献愁供恨，玉簪螺髻。落日楼头，断鸿声里，江南游子。把吴钩看了，栏杆拍遍，无人会，登临意。

> 休说鲈鱼堪脍，尽西风、季鹰归未？求田问舍，怕应羞见，刘郎才气。可惜流年，忧愁风雨，树犹如此！倩何人，唤取红巾翠袖，揾英雄泪？

不过，辛弃疾愁闷的心情并没有持续太久，便迎来了人生中第二次大展拳脚的机会。

叶衡于乾道九年（公元1173年）末调任建康府，第二年年初，也就是淳熙元年（公元1174年）入朝担任户部尚书。四月便又升任签书枢密院事，才两个月后，便任参知政事。十一月拜为右丞相兼枢密使。其提升速度之快，在当时是十分少见的，从中也可见宋孝宗对叶衡的器重。

在宰相任上，叶衡没有忘记自己的老朋友辛弃疾，一有机会他便向孝宗皇帝力荐辛弃疾"慷慨有大略"，值得重用。淳熙二年（公元1175年）年初的时候，宋孝宗终于下诏召见了辛弃疾。不久便改任辛弃疾为仓部员外郎，很快又迁为仓部郎中。

仓部隶属于户部，而郎中正是仓部的主官，负责国家仓储及给受之事。叶衡这次拜相，整顿财政是他施政的重心所在，自然希望能有辛弃疾这样有才干担当的朋友来替自己分忧。对于叶衡的一片苦心，辛弃疾心知肚明。才接到任命的当天，他便兴冲冲地前去拜谢叶衡。

二人才一落座，辛弃疾便发现这位老朋友满面愁云，似乎是遇上了什么棘手的事。

"相国所为何故？"辛弃疾不解地问道。

叶衡摆摆手："幼安兄，老哥哥我这回可对不住你了，都怨我自作主张设法把你调到仓部。说老实话，你是个满腔雄图大志的人，如今却成天要面对这些枯燥无比的钱粮数字，怕是连头都疼了吧？"

辛弃疾赶紧摆摆手："只要能为国分忧，就算是给钱粮埋死砸死，也算得偿所愿了。总比在建康府终日闲坐的好。"

"给钱粮砸死？哈哈，你倒是想得美！"叶衡扑哧笑出声来，"老实告诉你，钱多了还真是会烦死人。知道会子的事吧？"

辛弃疾点点头。会子是绍兴末年所创设的一种纸币，由朝廷统一发行管理，跟铜钱等"现钱"并用。会子的使用，大大便利了民间商旅流通，故而广受好评。不过近来，会价兑换金、银、铜钱的比价跟过去相比，却有了大幅度的贬值，老百姓们对此颇有怨言。看来，叶衡正在为这件事发愁呢。

"唉，不光是我，就连圣上也愁呀！数日前他还说，为了这会子的事，都睡不好觉。"叶衡端起一碗香茶，无心品尝，又放回桌上。

"问题竟有如此严重？"辛弃疾正色道。

"那是自然，不然你以为圣上为什么会让我拜相？很大一部分原因，还不是希望我来把这个家给当好！"叶衡讲到这里，用两个指头在桌上指指画画，为辛弃疾解释起来，"会子数年发行一次，过去信誉尚好，百姓也都乐于使用。官家本来一直有规定：赋税、上供、请买支发这几项收入中，现钱和会子要各占一半，这样才能保证会价和钱价相等。可现如今，各地官府从民间收纳时都喜欢收现钱，拒绝用会子。如此一来，民间的现钱越来越少，会子越来越多，这会价不就噌噌地往下掉嘛……"

"七百七十文钱可换一贯会子，一贯会子却只能换五六百文钱。这样一来，谁还愿意用会子呢？"辛弃疾喃喃自语。

"可不是嘛！我曾建议全面回收湖广等地的会子，只限于保留原有京城一路的会子数量限额。后来又经过圣上首肯，从国库中拿出金银铜钱，从民间回收会子。这么一来，才使得会子价格又暂时有所上涨。"

"也就是说，以后不再发行会子了？"辛弃疾试探着问道。

"若如此，倒是省心的法子。可这行不通啊。民间一方面抱怨会子价贬值，另一方面又要求继续发行流通会子——这也可以理解，对来往客商来说，带上一沓会子，可比沉甸甸的金银现钱方便多了。既省商税，又省了脚夫的工钱，好处多着呢。就算是寻常百姓人家，也还是愿意用会子的。只是，我始终担心，若继续发行新会子，早晚又会像去年那样，会子价大跌，钱价紊乱。不要说对国家财政可能会有大害，老百姓们也吃不消呀。"

"这倒是个问题……"辛弃疾沉思起来。

见他不说话了，叶衡反倒宽慰起他来："得得得，这会子问题千头万绪，也不是一时半会儿能理清楚的，容我再慢慢想办法。"叶衡向来视辛弃疾有古来儒将之风，下意识地觉得他怕是对整理财务这样的琐碎事不感兴趣。

"梦锡兄，我倒是有些浅见，不知当不当说？"辛弃疾突然抬起头来，正色看向叶衡。

"喔？但说无妨！"叶衡鼓励辛弃疾道。

"会子本为利民执政，何以反倒变成了害民之弊？一言以蔽之，病之在急，病之在争！"

"这话怎么说？"叶衡也来了兴趣。

"梦锡兄也是看得见的，这民间百姓其实并不排斥会子。不但不排斥，反而对其情有独钟。民间百姓排斥的，只是不值钱的会子而已。"

叶衡点头："是呀，地方官府有令不遵，这民间的现钱少了，会子多了……"

"令出而不能行，这是弊病之一。戒之在争，与民争利。不过，这不是问题的全部。会子至今已经发行三届，发行量过大，流通不广。这就是病之在急，就如同洪水全部郁积在一处，无法流出，这价值不就日益贬低吗？对此，我倒是有一疏导之计。"

"哦？速速讲来！"叶衡急着追问。

"首先，暂停印造新会子。让过去的旧会子继续流通，这就相当于釜底抽薪。"

"其次，要泄洪就得多路宣泄。可由朝廷下令——福建、江、湖各路百姓，民间上三等户缴纳租赋，须得用七分会子，三分现钱。其他交易也须执行会钱中半一法。再加上民间商旅本来就需用会子，如此一来，不出两年，会子需求量必然逐渐增大，同时也会逐渐流通向偏远地区……"

"然后再发行新会子吗？"叶衡问道。

"还不可，会子之数有限，而民间之需不已。就只能拿现钱到各处驻屯军人处购买——其驻屯用度，朝廷可以会子而非现钱给付。到时候，会价必然继续上升。而民间渴求者自然更多。等到这个时候，朝廷再加印新会子，并令各路有司根据当地需求出卖。务求做到两点——其一，以现钱交易新会子；其二，以平抑会子与现钱价格为准。如此一来，则会子大行于民间，金银等现钱复归朝廷库房。这不是两全其美吗？"

"我明白了，你这是固欲取之、必先予之的办法！"叶衡高兴得一拍大腿，"妙极呀妙极！圣上前两日还要求群臣共商良策呢，这样，你现在就在我的书房里起草一份奏疏，就谈刚刚的观点，以你的名义！"

"梦锡兄……"辛弃疾大感意外,"我这是替你想的主意,理应由你上奏皇上才是……"

"怎么?咱们什么时候也这样客套起来了?幼安呀,你虽然是我下属,年齿上我又长上几岁,但我可从没有掠人之美的打算。"叶衡诚恳地说道,"过去我一直以为你是大将之才,今日才发现竟然还是宰相之器。难得呀难得!幼安兄,你还年轻,日后的路还长得很。为兄是特意要替你把握住这个机会,好在圣上面前崭露头角!"

叶衡为国培养人才的苦心让辛弃疾大为感动。与张浚相比,两人的品行气度不啻有天壤之别。当下辛弃疾也不再推辞,就在叶衡处洋洋洒洒拟就了一篇《论行用会子疏》,详尽地提出了整顿会子的意见,并在隔天上朝时呈奏了上去。值得一提的是,南宋朝廷在会子问题上的政策几乎完全采用了辛弃疾的建议,此后会子流通良好,兑换价格也基本稳定。终孝宗一朝,会子再也没有出现过大的弊病。这是后话不表。

不过,对当时的辛弃疾来说,他可是怀着焦急不安的心情,等待着叶衡的消息。辛弃疾很想知道皇帝在看过自己的奏疏后,会作出什么样的评价。

叶衡终于回来了,他看了正在客厅等着自己的辛弃疾一眼,意味深长地笑了笑,自顾自地坐了下来。

辛弃疾可按捺不住了,他站起来,焦急地问道:"梦锡兄,圣上是怎么说的?"

"圣上看过你那篇奏疏后,高兴得很呐!"叶衡不紧不慢地说道,"他连说了好几遍:'好,好。是个人才!'"

辛弃疾有些兴奋。想当初,他呈进《美芹十论》的时候,也没换来皇帝如此的评价。正想多问几句,叶衡话锋一转,说道:"不过嘛,当圣上看到你名字的时候,有些犹豫……"

"犹豫?这是怎么回事啊?"辛弃疾大惑不解,下意识觉得怕是没好事。

"哎,本来我正想趁热打铁,进言找机会重用你呢,圣上倒是先开口了。"

"说什么?"

"圣上说,这辛弃疾人才难得,可就是太年轻气盛了一些。听说为人比较躁进,好大喜功,跟同僚们往往也处不好关系。本想提拔重用于你,但考虑到这些,还是先历练一段时间的好。"

听叶衡这么说,辛弃疾只觉得心里堵得慌。没想到自己一心为国家建功立业、恢复故土的热忱竟会被说成好大喜功、急躁冒进。在仕宦生涯中,他见多了那些尸位素餐、不学无术的庸官,自己当然不屑于跟他们为伍,言行中不经意地流露出轻蔑之意也是有的,竟然这也会被说成是跟同僚处不好关系。刚才的喜悦之情瞬间消失得无影无踪,只觉得好像吞了只苍蝇似的不是滋味。

叶衡看辛弃疾面色有异,连忙安慰道:"无风不起浪,圣上倒不是真的对你有成见,只不过有人在他耳边搬弄是非而已。哎,皇上本来也是想干一番事业的明君,只不过耳根子软,架不住周围的人欺哄。你别往心里去……"

辛弃疾没有答话,只是点点头。叶衡又劝道:"你的性子呀,也是该收敛一下了。以前你不是写了首《水龙吟》吗?那首词写得真好,读来使人豪气顿生……不过,里面是不是有这样几句:求田问舍,怕应羞见,刘郎才气?哈哈,我跟你说呀,有人就是为了这几句词对号入座,认为你是在讥讽他们呢!"

"欲加之罪,何患无辞!"辛弃疾再也忍不住了,气愤愤地说道。

叶衡收起笑容,换上了一副严肃的脸孔:"老弟,这就是朝廷,这就是官场,不是你在北边当草莽英雄时候的山寨!除非是太祖皇帝再世,否则,你到哪里去都一样。要在官场上混,要借此实现自己的抱负,你就该学会这里面的机窍。听为兄我一句劝,男子汉大丈夫,有时候不得不做一些看上去违心的事。可……只要不违初衷,那又有何妨!"

辛弃疾沉默了,他知道叶衡说的没错。难道自己真的要为此而作出改变吗?

不过,有一点是肯定的:皇帝和朝廷对他还心怀顾虑。要想有出头之日,就必须继续等待。

幸好,辛弃疾并没有等太久,老天把一个大好的机会送到了他面前。

这个机会,就是茶商军暴动。

棋逢对手茶商军

两宋年间,饮茶是人们十分重要的生活习惯。不分高低贵贱,人人都离不开南方所出产的茶叶,而北方的金人对此更是嗜好。因此,茶叶贸易成了最为兴盛的行业之一,茶税自然也成为南宋政府极其重要的财源,跟盐一样被列为严禁私自交易的物资。要想做茶叶生意,商人们得先从政府那里购买"茶引"。有了这个,才能按照规定的时间、地点和数额进行商贸往来。

不过,茶引的价格实在太高,因此私茶贩子便应运而生。为了对抗政府的查禁,他们甚至还组织了自己的武装——茶商军。少则百人,多则上千,以武力冲破官府的重重关卡,甚至攻掠州县、惊扰乡野,因此也被称为茶寇。茶寇的存在,逐渐成了南宋政府的心腹之患。

淳熙二年(公元1175年),也就是辛弃疾提出整顿会子建议后不久,又有一支四百多人的茶商军在湖北闹出了大事。

说起来,这支茶商军的领头人赖文政不过是一个六十岁的老头子。但别看他老,为人却足智多谋、精明强干,故而被举事者推为首领。在湖北辗转了一阵子之后,五月份,这支茶商军开始进入湖南境内。

一开始,朝廷压根没把这支武装当回事。然而很快败讯传来——素以知兵著称的湖南安抚使王炎被打得大败,官兵死伤无数。接着,茶商军又在江西等地再败官兵,甚至在永新县扎下脚来,声势也越来越大。

这下子,宋孝宗急了。他先是派遣了一员叫贾和仲的老将引兵前去剿杀。贾和仲自恃兵多势大,压根没有把茶商军放在眼里。没想到刚一交手,就被熟悉地利的茶商军打了个溃不成军。贾和仲吃了这个闷亏之后,自然赶紧收敛,准备改用围而不攻的战术拖垮茶商军。没想到赖文政又来了一个金蝉脱壳之计,借假投降哄过了畏敌如虎的贾和仲。待他醒悟过来,敌军早已溜之大吉了。

一路路朝廷军马竟然都在小小的赖文政面前败下阵来,宋孝宗简直是气得七窍生烟——连个区区数百人的"茶寇"都对付不了,真要是跟金人打起仗来,这些老爷兵将还不知会成什么样子呢!

一怒之下,宋孝宗接连查办了好几位办事不力的大臣,又派出了一位叫方师尹的老臣前去镇压。可怜这位方大人年已七十有五,对他来说这一任命无疑是充军告示、催命文书,自然死活也不肯前去江西接下这个烫手山芋。孝宗只好又撤职了事。这个时候,宋孝宗才深深地感到自己身边的可用之才实在是少得可怜。

可是,茶商军此时已然在江西成了气候。若是再迁延时日,搞不好会酿成方腊那样的巨变。该撤职的都撤了,可是这个仗还是得打下去,派谁去好呢?

就在这个节骨眼上,辛弃疾挺身而出:"别人不去,我去!"

作出这个决定,辛弃疾是经过了深思熟虑的。要想在宋孝宗面前脱颖而出,这是天赐良机。再说,辛弃疾在仓部郎中任上已经待得够久,他迫不及待想要重新找回昔日驰骋于沙场之上的感觉。

有辛弃疾站出来自告奋勇,宋孝宗龙颜大悦,更别提辛弃疾还在皇帝面前夸下了海口——给我一个月时间,保证将茶寇尽数荡平!兴奋之余,宋孝宗也忘记了先前对辛弃疾的顾虑,很快便下诏任命辛弃疾为江西提点刑狱,全权负责讨伐茶商军事宜。就连此前调来追捕茶商军的鄂州、江州、赣州、吉州军马和诸邑民兵,都归由辛弃疾统一节制。同时,又颁布了十分慷慨的赏格——凡杀死一名茶商军头目,便可补授进武校尉;能杀贼二到五人,便补授承信郎至承忠郎的官阶。

看得出来,宋孝宗是把所有的期望都寄托在了辛弃疾的身上。他的担子实在是不轻,就连极力推荐他的叶衡也为之捏了一把汗——此次若有个什么闪失,怕是不再容易有出头之日了。

至于辛弃疾本人,则是兴奋之情多于焦虑和不安。所面临的挑战越艰难,反而越能激发他的斗志。此番出征,除了少数亲兵之外,他只带上了总是伴随在身边的家人辛虎奴。辛虎奴劝他抽空前往京口家中,与妻子范氏告别。虎奴知道自己这位少主人动不动就喜欢亲冒矢石的脾气。不料辛弃疾一口回绝了:"时机紧迫,不能因为儿女情长而误了国家大事。再说,娘子已有书信给我,正是叮嘱我切莫为家事分心呢!"

就这样,在七月中旬之时,辛弃疾由临安抵达江西提刑司的治所赣州。赣州知州陈天麟早就听说过辛弃疾南渡以前的威名,再加上得知他乃是丞相叶衡身边的红人,自然不敢怠慢,赶紧备好宴席,准备为这位新任提刑大人接风洗尘。却没有想到辛弃疾到任的第一件事,并不是联络感情,而是召集各位地方官员,共商讨贼之计。

"乖乖,好久没有见过这样的官了!"陈天麟暗暗咋舌,明白在新提刑面前可打不得半点马虎眼,否则惹恼了他,怕是于自己的仕途也多有不便。他连忙会集僚属,前去拜会辛提刑辛大人。

面对已经给茶商军搅得焦头烂额的地方官员们,辛弃疾并没有像他的前任江西安抚使汪大猷那样自以为是,胡乱指挥一通,而是言语温和地向大家请教起来:"辛某人初来乍到,还要多多仰仗诸位。大家都是朝廷命官、天之骄子,何至于让小小的茶商军纵横来去?俗话说得好,三个臭皮匠,顶个诸葛亮。今天务必请大家畅所欲言才是!"

在辛弃疾的鼓励下,在座官员们的话逐渐多了起来。首先开腔的是潭州通判赵善括:"以卑职愚见,这茶寇中的许多人本来也都是良民,只是由于走投无路,才被裹挟了进去。若是能给他们改过自新的机会,自然不会顽抗到底。再有,过去剿寇,全凭官府正规军。他们远道而来,不明地势,自然不是茶寇的对手。莫如在赣、吉、袁、许四州招募土豪，多设山寨，困住茶寇的去路，再由大军进剿就好办多了。"

辛弃疾频频点头，赣州县丞孙逢辰也说道："乡兵贵精，不贵多。一定要严加训练。赣州出步卒，郴州出弓手。还有，我们可以招募一批敢死军，分派给各路偏将，并分别派定任务。有的负责把守冲要关隘，让茶寇无路可逃；有的负责从后追赶茶寇，使得他们无有喘息之机。而从荆、鄂来的大部队则养精蓄锐，等到贼人疲乏不堪的时候，再一举歼灭！"

其他官员也纷纷提出了自己的看法。辛弃疾兴奋起来："诸位说的都有道理。江、鄂大军连遭败绩、士气低落，而且对这里的地形也不熟悉，要让他们跟茶寇在大山里周旋，实在是以短击长。要避免重蹈覆辙，就得先由当地乡军结成小股力量，在山野间分头兜剿茶寇。不能给他们经营巢穴、休养生息的机会。至于江、鄂来的正规部队嘛，就负责把守各处要隘关卡，使之不至于夺路而逃，流窜到其他地区。如此一来，我们是以逸待劳，茶寇却以劳击逸。不出几个回合，必定束手就擒！"

"妙极！"在座官员都纷纷拍起掌来。辛弃疾见大家都很拥护自己的主张，连忙趁热打铁逐一分派起任务来。

赣州知州陈天麟心中暗暗佩服。面前这位新任提刑跟过去的钦差大人可大不一样，他既能察纳忠言，办事又雷厉风行。官场上那种敷衍推诿、独断专行的作风在他身上一点儿都看不见踪影。见辛弃疾分拨已定，正想再借机表达一下敬慕之意，不料辛弃疾反倒主动迎了过来："陈大人，辛某人还有一事相求……"

"啊，辛大人您这是什么话？有什么吩咐，下官一定照办就是！"

辛弃疾也不客套，低声才耳语了几句，陈天麟的脸色大变："闻所未闻，闻所未闻！这太冒险了，提刑大人万万不可呀！"

辛弃疾究竟提出了什么要求，让陈天麟如此为难呢？

原来，他想要以剿寇主帅之尊，乔装改扮一番，前往茶寇所出没的乡野附近去一探究竟！

因此,辛弃疾希望陈天麟能从帐下选派一位忠勇可靠、当地出身、熟知地形的亲兵,陪伴自己一同前往。

陈天麟擦了一把头上的汗水,说什么也不肯答应。要是朝廷命官在自己的治下有个什么三长两短,那自己的前途也就没啥指望了。

不过,他又怎么拗得过辛弃疾呢?辛弃疾向来胆略过人、不按常理出牌,要不然也不可能演出万众中生擒叛将南归的那一幕活剧了。

想来想去,陈天麟终于应允下来。为防走漏消息,他亲自出马挑选了一位叫作张忠的心腹亲兵作为辛弃疾的向导。同时更是千叮咛万嘱咐,要张忠一定保护好提刑大人的安全。

就这样,辛弃疾在没几个人知道的情况下,冒险踏上了前往茶寇出没的山野之路。

他随身仅仅带上了老仆人辛虎奴以及张忠二人。辛弃疾扮作不第秀才的模样,而辛虎奴和张忠则打扮成辛弃疾的僮仆。这张忠约莫二十来岁,长得浓眉大眼,虎背熊腰。辛弃疾对这位憨厚的壮士很有好感,一路上不停向他打听当地的风土人情、官民关系。一会又问起了张忠家里的情况。这使得张忠受宠若惊,这还是第一次有这么大的官如此关心自己呢。

"大……大人……"

"别这样叫,出来的时候不是已经说好了吗?"辛弃疾眉头一皱,正色道。

"是,先……先生。说起来,这茶寇刚流窜到咱们家乡的时候,也就是借个道,躲避官府追剿,跟乡民们都还相安无事。不过时间久了,慢慢地也祸害起来了。"

"听说茶寇首领赖文政倒是个驭下有方的人。你知道这里有谁见过他吗?"辛弃疾追问道。

"嗨,赖大啊。"张忠撇撇嘴,"不瞒您说,俺姑丈就见过赖大一眼——隔得远远的——据他说那赖大还算和气,不过他那些下属嘛,再怎么说也是山贼草寇一流,总免不了有些偷鸡摸狗、强抢强占的习气……"

"再说了,咱们有句俗话,不知大人听过没有:贼过如梳,兵过如篦子。俺自己就是吃兵粮的,这话可不是有意污蔑。一般下乡剿匪,陈大人的亲兵都是本乡本土出身,还知道收敛一下;可江州、鄂州来的那些老爷兵可真是凶神恶煞,怕是还不如茶寇——辛大人,啊不,先生,俺这个做大头兵的斗胆向您请求一件事,可别让他们再祸害俺家乡了。"

辛弃疾一时沉默不语。没想到江、鄂官兵与当地百姓的关系如此之差,怪不得他们会在茶寇手下连吃败仗了。日子一久,搞不好当地老百姓反倒要倒向茶寇一边了。这可是个大问题。他正思索间,突然张忠又指着前面道:"先生,前面有个茶铺,不如在那里歇歇脚也好。再往前走,就是茶寇经常出没的地方了,太危险,咱们还是别去了吧?"

"对对对,少主人,您要有个闪失,这天大的责任俺这把老骨头可担待不起呀!"辛虎奴一开始就反对辛弃疾微服出行,此刻也赶紧附和道。

辛弃疾抬眼望去,前面百来步远倒真有一间东倒西歪的茶铺,坐落在小道的一旁。再往前走,就是丛林茂密、通路崎岖的大山了。看来这里是来往客商的必经之地,说不定能从这里探听出些消息。他又举目看了看周围——草木葱茏、野径丛生。难怪此前官兵怎么也讨不到便宜,自以为是的官老爷们怎么可能是熟知地形的茶寇的对手!

"也罢,我们且去前面歇歇脚再作打算。"

三人到得茶馆,甫一坐定,愁眉苦脸的茶博士赶紧迎上前来:"客官要喝什么茶?"

"你这里生意不甚好啊。"辛弃疾四下里打量了一番,打趣道。

"哎,兵荒马乱的,商家都不敢打这儿过了,能好吗?卖完今天,小的我也要歇业了。"茶博士端来三盏茶,抱怨道。

突然,山林里传来一阵嘈杂的人声,紧接着,钻出了十几条大汉。为首一人指着茶博士的鼻子大叫:"快给兄弟们摆好桌椅,他娘的累死了!"

辛弃疾冷眼瞧去。这些人清一色的短打扮,腰间还挂着朴刀,看上去非兵非商、不伦不类,不由得大感兴趣。

为首那人也注意到了辛弃疾一桌人，又叉手向茶博士大喝道："这桌是什么鸟人？快快将他们打发了，咱老子要坐那张桌子！"

张忠大怒，偷偷瞧了辛弃疾一眼。只见他镇定如常，只管不动声色地瞧着那大汉。心下不由得大为佩服。

茶博士为难极了，看看辛弃疾，又看看大汉，苦苦劝解。这汉子正待动怒，却被身后一人喝住："赵五，若是再撒泼，拖翻先打二十杖再说。"

这声音不大，却沉稳有力。赵五闻言，先前的嚣张气焰全无，赶紧退到一边，连声称是。

辛弃疾大感好奇，举目望去，赵五身后缓缓踱来一位老者。约莫六十来岁，颌下三缕黄须，看上去干瘪精瘦，却透着一股精明强干的劲儿。

那老者向辛弃疾抱一抱拳，辛弃疾也还了一礼。只见他们在另一张桌子坐定，茶博士赶紧上去招呼喝什么茶。老者淡定地一挥手："你这里能有什么好茶！我自带了上好的峨眉贡堂雪芽，替我点上即可。"

言毕，他又向辛弃疾道："公子若不嫌弃，不如共饮几杯如何？"

辛弃疾也不推脱，当即大模大样地带着虎奴和张忠坐了过去。双方寒暄一番，老者自称自己姓符，乃是前去广东做生意的客商。辛弃疾也声称自己乃是跑单帮的生意人，正好从外地游历到此处。

"生意人？"老者眯眼看了看辛弃疾，"只怕不是吧？近来这里颇不太平，南来北往的客商都绕道而行，哪有如此胆大的生意人？"

"老丈不也是来此做生意吗？"辛弃疾毫不慌张。

"是，可我们都是结伴而行，而你就只带了两名家仆。老实说，我还从没见过胆子这么大的生意人。"老丈回头瞥了一眼，立刻有三个彪形大汉站到了他的身后，"再说了，做生意的，指尖会有茧巴，那是长年累月打算珠磨。你和这两位朋友的指尖却干干净净——你怕不是生意人，而是官府的探子吧！"

老者话音刚落，几名大汉的手已经按到了刀柄上。张忠和辛虎奴心中暗叫不好。张忠下意识瞄了一眼放在地上的行李担子，为防万一，他在里面藏了三把腰刀。可真厮杀起来，却没把握能安然冲出一条血路。

第二章　中流砥柱

出乎两人意料的是,辛弃疾依然气定神闲,朗声道:"老丈好眼力,在下确实不是什么商人。而是区区秀才……还是不第秀才,说来真是羞煞人啊……"

张忠也灵机一动,赶紧道:"这位张公子,乃是俺们庄赵檀越延请的西席。赵檀越家原来的西席上月急病去了,这才命我请来了张公子!"

老者两眼一翻,看了看身后一位大汉。那汉子略一点头,似乎是说确有这么回事。张忠暗叫好险——他们庄是有个赵檀越,赵檀越家的西席亡故,如今正张罗着重新聘请一位教书先生这也是事实。没想到这伙人对本乡本土的情况摸得如此清楚,还好自己没有胡说一气。

老者又问道:"既是读书人,那可真是失敬了。可不知公子为何又要称自己乃是生意人?俺们身份低贱,可不敢跟公子比肩啊!"

辛弃疾假意长叹一口气:"唉,科名蹭蹬,屡试不中。钱能通天,钱能通神。眼瞅着一个个不学无术的同窗依靠打点考官骗取功名,我却依然名落孙山。又有什么面目说自己是读书人呐!"

没想到,这一席话倒引起了老者的感慨。他冷笑道:"公子以身为读书人为耻,可知我们这些商人日子也不好过呀!朝廷捐税繁重,整日风里来雨里去,赚的铜板还不够他们办几桌筵席的钱。大家近来都说茶寇造反,为害一方。其实,茶寇原本也是老老实实的生意人。但凡有条出路,他们又何尝想反?咳,咱们左不过同病相怜而已。"

辛弃疾见老者话中有话,顺势道:"当今天子圣明,那些茶寇若能悔过自新,朝廷怕是会网开一面吧!"

"咳,什么圣明!要真圣明,何至于年年给金人上贡那么多岁币?又何至于拼命让咱们生意人来填这个窟窿?年轻人,那些茶寇也是可怜人。只要走上造反这条路,就再也回不了头了。你明白吗?"

听老者这么评价孝宗皇帝,辛弃疾颇有些尴尬。正当他琢磨着怎么敷衍过去时,老者又开腔了:"年轻人,我看你颇有些胆量见识。科考怕是难有出头之日了,区区一个塾师也是委屈了你。不如来帮老朽一点小忙如何？老朽身边正缺个识文断字的秀才——那赵檀越家付与你多少束脩，老朽保证三倍于他！"

辛弃疾大感意外，连忙以自己性格闲淡、不乐四处奔波为由加以推辞。他心下对这老者的身份已经猜了个八九不离十，心下颇有些感慨。这一幕，与自己当年孤身投奔耿京军中倒有几分相似。只不过，那时大家是为了保大宋。而如今，却是拉他一起反大宋。造化有时真是奇妙无比。

老者见辛弃疾婉言相拒，便也不再强求。二人饮尽盏中茶后互道珍重，准备分别上路。行前，老者道："山水会相逢，这位公子，我们总有一天还会见面的！"

目送老者离开，辛弃疾轻声道："他一定就是茶寇的首领——赖大赖文政！"

"哎哟我的妈呀，少主人，你心也太宽了。刚才我可是一身冷汗啊，生怕有什么闪失！"辛虎奴拍着自己的心口道。

"既如此，为什么咱们当时不当场拿下他？"张忠急忙道。他见对方虽然人多势众，但若是突然出手制住赖大，贼人却也拿他们无可奈何。

"别看这人区区一个茶商出身，却是个人物……"辛弃疾自信地说道，"我倒是更愿意跟他在战场上见个真章。"

回到赣州城之后，辛弃疾心中对自己所要面对的敌手算是有了数。只是没想到，另一个难题又摆到了他面前。

那就是兵源问题！

按照辛弃疾的设想，他需要一支能够冲锋陷阵、与茶寇生死相搏的敢死军，而且这支部队一定要由熟悉当地情况的士兵组成。合乎情理的做法，自然是在当地的州郡乡兵中进行汰选，挑出最为精锐善战的壮士来。

然而实际情况让辛弃疾大失所望。当地凡是精壮一些的士兵，几乎都被各个军政衙门给抽调去充当杂役了。剩下来的，大多是一些老弱病残而已。他检阅了一千多名亲军，敢于挺身而出充当敢死军的，竟然只有先前陪他深入险境的张忠一人而已。后来几经鼓励，又才有了一十八名响应者。要想再多增募一人也不可得！

"这样如何能够上阵？"辛弃疾大为光火。身边的随从幕僚也十分尴尬。还记得几天前商量讨寇之计时，一个个都说得头头是道。可现实告诉他们，这一切不过是纸上谈兵而已。

"这仗，不能打！要打，得先练兵！"辛弃疾没有责怪任何人。他知道，这一习气由来已久，不是那么简单可以改变的。

"可……可圣上怕是不能等啊！"陈天麟小心地提醒道。他听说辛弃疾出京之前可是在金殿上夸过海口，要在一月之内全歼茶寇的。

"放心，天塌下来由我辛弃疾顶着，各位大人只管协助我募兵练兵便是！"辛弃疾的口吻不由分说。他又朝在场众位官员团团一揖："多多仰仗大家了！"

辛弃疾早已不再是过去初出茅庐的那个毛头小伙，他深谙"一个好汉三个帮"的道理。

尽管陈天麟等当地官员久已浸染大宋官场上的因循之风，但看得出来，他们还是想做点事的。再说了，诸如征募训练、后勤粮饷、调动乡民等杂务千头万绪，离开了他们，就算自己有三头六臂也操持不过来。辛弃疾说这番话不是客套敷衍，而是真的有心要把大家的积极性给调动起来，使得他们能够心往一处想，劲往一处使。

"赖文政，千万要等着我，等着和我堂堂正正地过过招啊！"辛弃疾不止一次这样想道。

初露头角

就在辛弃疾在赣州苦练敢死军之际，事态又发生了新的变化。

茶商军估计也嗅到了一丝危险的气息，趁着官兵重新调整部署的机会,其主力意图离开江西,夺路而出。

然而,湖南早已加强了沿途关卡的戒备。茶商军在这里找不到什么空子可钻,只好冒险南下广东,没想到却遭到了当地摧锋军的迎头痛击。茶商军损失惨重,只得再次退回江西南部。

这个时候,辛弃疾已经练就了一支过硬的乡兵武装,并借机控制了当地许多有利地形。茶商军此次返回江西,从主人变成了客人,原来依仗的便是在深山密林中穿插来去的看家本领,如今却大打折扣。八月二十八日,在安福、萍乡一带正好撞上鄂州官兵,碰了个大钉子后不得不向兴国方向逃去。

这正是辛弃疾所要的结果。他亲提自己训练出来的敢死军一路猛追,最后将茶商军堵截在了瑞金。茶商军进退不得,变成了一头掉到陷阱中的困兽。

然而,困兽犹斗。被逼上绝路的茶商军看上去并不准备缴械投降,而是要做最后的殊死一搏。辛弃疾在张忠和虎奴的陪伴下,探看着远处茶商军的营寨,不由得锁紧了眉头。

先前信使来报,赖文政已经接受了辛弃疾的挑战,约定明日开营迎战。

看来,必将是一场恶斗啊!辛弃疾看了看手中的佩剑。对手人数虽少,而又屡遭败绩,可战意丝毫不减,也没有看出溃散逃亡的迹象。他不由得对这个赖文政佩服起来。

"吩咐下去,明日定要小心应战。还有,各处小路的埋伏接应官兵都要打起十二万分的精神,或巡哨,或堵截,一定不能出半点差池。明白吗?"辛弃疾吩咐张忠等亲兵代为传令给各路副将和队官。

其实,大多数官兵都认为茶商军已经是强弩之末。他们连遭败绩,损失惨重,人数已经大为减少,不用说,士气也已经低落到极点。接下来的战斗,只需要等他们乖乖投降就可以了。

然而,第二天甫一交手,官兵们就发现茶商军的战意比预想的要强烈得多——他们早已占据了山林中的有利地形。在这里,马军发挥不了什么作用，弓手也只能不顾准头地瞎射一通，而茶商军则可以居高临下，向仰攻的宋军展开反冲击。一度把官兵的阵势打得大乱。

再加上茶商军在林中布置了不少陷坑圈套，这使得官兵们的战线更显混乱不堪，在许多地方都露出了可以给对手溃围而出的破绽。这使得在后督战的辛弃疾大为心焦，他亲提宝剑在后指挥，好不容易才压住阵脚。

不过，许多来自鄂州和江州的官兵都学乖了。他们一面高声呐喊叫骂，另一面又止步不前——这些都是久经战阵的老兵油子，本来还想来捡个大便宜的，没想到碰了个硬钉子。碍于后面主帅亲自督战，不敢退却，只好使出了虚张声势的蒙混手法。

辛弃疾看在眼里，急在心里。他不顾辛虎奴和左右亲兵的劝阻，想要亲自带头突阵。

"大人危险，使不得啊大人！"张忠紧紧抱住辛弃疾苦劝道。

正僵持间，突然敌阵中跃出一条大汉。此人黑铁塔一般的身材，当胸一部长胡须随风飘荡，威风凛凛，好似天神下凡一般。只见他弯弓搭箭，一连射倒了两个站在最前面的宋兵。紧接着扔下弓箭，举起长刀，大喝一声便朝官兵阵中杀来。

原本就军心不稳的官兵发一声喊，纷纷朝后面退去。倒是把作为主帅的辛弃疾给暴露在了最前面。眼瞅着黑大汉凶神恶煞般朝辛弃疾冲来，张忠也急红了眼："兄弟们，这时候不豁出去，怎么对得起辛大人？"

他率先拔刀出鞘，第一个迎了上去。

在张忠的激励下，辛弃疾自练的亲兵纷纷大喝着冲杀上去，与乘势杀来的茶商军们战作一团。一时间，兵刃撞击声、叫骂声响作一团。

辛弃疾对张忠果然没有看走眼，他不光忠勇可嘉，身手也十分了得，只一个照面便挡住了黑大汉的凌厉攻势。十几个回合下来，黑大汉刀法逐渐散乱起来，呼吸也变得十分重浊，且战且向后退去。

"哪里走！"张忠赶上前去，手起刀落将黑大汉砍翻在地。受此鼓舞，大家更是奋勇上前。而茶商军则士气大衰，纷纷朝山上退却。

"兄弟们,给我杀!"看见敌手露出了颓势,自后面赶来的江、鄂州统兵军官也重新威风起来。他们挥舞着腰刀,急不可耐地驱赶着士卒冲杀上去争功。这一头,辛弃疾可顾不上这些。敌人阵势已经全面动摇,此时正是一鼓作气破敌的大好时机。在他的亲自指挥下,茶商军溃不成军,丢下满地的尸首和伤员朝四处溃逃——自然,按照辛弃疾的布置,他们就像网中之鱼、笼中之鸟,是插翅也难飞走的。

然而,攻入茶商军营寨之后,辛弃疾才发现事情并没有自己想象的那么简单。

整个战场上都没有找到赖大赖文政的身影,清点尸首及伤员、俘虏后也未发现踪迹。另外,根据辛弃疾此前所掌握的情报,一定还有相当数量的茶商军溃围而出了。按理他们是压根冲不出辛弃疾所设下的包围圈的。

辛弃疾焦急地等待着各路伏兵所带回的消息。各处都有虏获,只有向兴国方向的一路伏兵还没有消息,那支官兵是江州前来助剿的,故而辛弃疾最为担心。

"来了,来了!"林子里一阵骚动。

赶来报信的传令官满脸血污,盔甲不整。他向辛弃疾行了个礼,嗫嚅道:"贼人甚……甚是厉害,他们冲破了我们的伏击,朝山里逃去了……"

"什么!"

辛弃疾面色大变,右手紧紧地握在剑柄上。他最担心的事情果然还是发生了。

一旦从包围圈中逃脱,赖文政就有如鸟回山、鱼入渊,日后还不知道会掀起多大的波澜呢。

要是自己的直属部下,依照辛弃疾的脾气,此时一定要严惩玩忽职守的有关将领。然而对方是江州军统制的属下,不管怎么说自己也得顾及三分官场上的情面。

现在首先要做的,是赶紧调整部署,将茶商军余部牢牢地围困起来,谨防他们再次脱逃。一旦转移到其他地区重新死灰复燃起来,那可就前功尽弃了。

在当地乡民的指引下，辛弃疾重新部署了包围网。茶商军余部被逼到了一块巴掌大的角落里，要想夺路而出是绝对没有可能了。然而，他们最后的藏身之处地势极为险要，大有一夫当关、万夫莫开之势。看来，赖文政是铁了心要跟官府耗下去了。

该怎么办？辛弃疾犯起了踌躇。若是挥兵强攻，必然会造成极大的伤亡。这个损失，江、鄂州的官兵肯定是不愿意承当的。最后只能是落到当地乡兵和敢死军身上。

辛弃疾并不畏忌伤亡，然而，这样的伤亡实在是太没有意义了。如今大势已定，他实在是不愿意看到自己一手训练出来的勇士们前去送死。

若是围而不攻，坐待茶商军出来投降，似乎也是一个办法。不过辛弃疾从乡民那里得知，赖文政早已在藏身处囤积了大量的粮食，看来他早就留了一手。如此旷日持久地耗下去，怕先遭不住的还是辛弃疾。毕竟，如此劳师动众地坐困一地，每日里的粮饷供应就是一个大问题，时间拖得再长一点，怕是皇上也会对自己失去耐心的。

再说了，赖文政手下兵微将寡，这是他的软肋，但同时也是他的优势。时间一久，包围圈自然会出现纰漏，到那个时候，很难保证对手不会悄悄溜之大吉。

思来想去，辛弃疾决定以不战而屈人之兵——劝降！

"提刑大人，卑职愿意冒险前往一试。"江西兴国县尉黄倬主动请缨。

辛弃疾赞许地点点头，道："你可替我宣慰赖文政，若能主动归降，我愿担保他们性命无虞。若是继续顽抗天兵到底，那就休怪辛某辣手了。"

沉思片刻，辛弃疾又道："若他有犹豫之意，你可告诉他——是否还记得当日以贡堂雪芽相待之意。"

"这……"黄倬听得一头雾水。不过见提刑大人胸有成竹的样子，也只好领命而去。

一天之后，黄倬便带回了好消息——赖文政同意归降。

不过，他也有一个条件——一定要单独见一见辛提刑辛大人。

辛弃疾同意了赖文政的请求,当帐下亲兵将被绳捆索绑的赖文政带进帐篷的时候,两个人都沉默了。

"果然是你……"

两人异口同声道。辛弃疾当日猜得没错,那位在茶铺中偶遇的老者就是纵横数地的茶商军大当家——赖文政。

此时的赖文政憔悴不堪,两鬓须发散乱,看上去不复当日的神采。

"给他松绑,然后你们可以暂且退下了!"辛弃疾吩咐道。

"这……大人?"手下亲兵担心辛弃疾的安危,疑惑道。

"放心,你们守在帐外就好。"辛弃疾不动声色,亲兵们不敢违拗,赶紧给赖文政松开绑绳,然后恭敬地退了出去。

"其实,老夫那天心中一直存着一个疑问……"赖文政活动着双手,不卑不亢地打量着面前这位胜利者。

"什么疑问?"

"你绝不是一个普通的书生,老夫走南闯北多年,这点眼力还是有的。"赖文政叹息一声,"我一直在猜测,你是个什么样的人。却没有想到,竟然会是我的对手。更没有想到,老夫会败在你的手里……"

"对了,据提刑大人说,若老夫率众归降,还可以保得一条性命?"赖文政话锋一转,突然问道。

"我可以担保你部下的性命。"辛弃疾委婉而又不容商量地说道。

"果然……"赖文政眼中希望的光彩逐渐暗淡下去,随即又以不无怨恨的眼神紧盯着辛弃疾,"提刑大人……不,公子所言原来从头到尾都只不过是笑谈妄语,哈哈。"

辛弃疾正色道:"国家法度所在,恐难宽贷。再说了,你当初领头作乱之时,就该想到这后果。"

"领头作乱……哈哈,提刑大人太抬举我们了。"赖文政凄惨地笑道,"一介草民,本来所求的也只不过是一条活路而已。"

"可想过,你们所谓的求一条活路,给国家、百姓带来了多少灾祸兵劫,又有多少人为此而流离失所，困顿不安？"辛弃疾喝道，"如今北方强虏窥关，骚扰不休，汝等却为了一己私利侵扰地方，动摇国家根本。这不是作乱又是什么？"

赖文政叹息一声，颓然坐到地上："不用再说了，提刑大人。你我本不是同路之人，老夫既然败了，也该当认命才是。不过，你可知道你我之间的区别吗？"

"你说说看？"辛弃疾突然有些好奇，所谓人之将死，其言也善。

"老夫只不过乡间一介草民，做点私茶生意糊口。仗着平时视钱财如粪土，又爱好打抱不平，也算有点虚名。没想到变乱陡起，同业们都说老夫有勇有谋，足以带领大家做出一番事业。这钢刀架到脖子上，竟然是逼老夫做了大家首领，干起了这掉脑袋的营生。你说可笑不可笑？哈哈！"

辛弃疾沉默不语。他突然想起当年太祖皇帝不也是这样黄袍加身，被大家"强迫"做了皇帝的吗？

"老夫一开始只为保住一条性命便足矣。没想到后来，确如大人所说，打了几场胜仗，这心里呀，也蠢蠢不安起来。想着没准儿也能列土封疆，称孤道寡一番……王侯将相，宁有种乎？"

"住嘴！"辛弃疾低声喝道，"再说下去可是大逆不道的罪名，那就不是一死能够了事的了！"

老实说，辛弃疾对面前这老者并没有像寻常叛逆恶徒那样看待，故而才阻止他继续说下去。要是真能有办法免其一死，辛弃疾也不是不会考虑。但是他知道，作为巨贼大盗，这个与自己共饮过的老者非死不可。

"提刑大人，老朽啰唆这么多，只是想说明一点——我不过是个普通人，所做的一切，不过是被时势推着走而已。"

"被时势推着走？"

"是呀！想老老实实地做富家翁，老婆孩子热炕头也好；想像蝼蚁那样苟活一条性命也好；还是想要做皇帝老儿也好，都不是我自己选的。时势所逼，人不得不这样做。被时势推到了那个地位，也自然而然会生出这样的念头……可是你不一样！自打见到你的那天起，老朽就知道，你不是甘心被时势推着走的人。你是想要推着时势走的那种人！"

辛弃疾心中一震，不由不承认赖文政说的有道理——他自少年时代起，最难以忍受的就是被动地接受命运的安排。从山东举义南渡，再到现在，都是在为自己当年的恢复大计而挣扎进取，丝毫未敢懈怠。

赖文政大笑几声，站起来转身朝帐外走去："大人，你我毕竟有一面之缘，老朽临死前赠你一句话——像你这样的人，在官场上是没有什么出路的，你会让所有的人都感到不安！"

守在帐外的亲兵们听到动静，还以为赖文政想要逃走。他们急忙冲进来将老者架了起来。辛弃疾本来想说些什么，想了想，只好挥挥手，吩咐将赖文政带下去。他最后看到的，是这个茶商军首领略微带着一丝揶揄而又同情的眼神。

不过是一介草寇而已，难道真的能看透我的内心和困境吗？

或者说，只是他死到临头时不甘心的报复？

辛弃疾有些茫然，他唤来虎奴："这样对赖大，算是出尔反尔吗？"

"少主人瞎想些什么呢？像他那样的大盗头子，要不早些抓到正法的话，还不知要祸害多少人呢！"辛虎奴赶紧安慰自己的主人。

"所谓小忍即为大仁，非常之时，也免不了要用非常之法。"辛弃疾也这样自我安慰道。要做的事还有很多，他实在是没有时间为赖文政的话而扰乱心神。

辛弃疾在桌前坐了下来，提笔饱蘸浓墨写下了这样一行字："……今成功，实天麟之方略也……"

这是上奏朝廷的请功奏章。在围剿茶商军的行动中，辛弃疾不是一个人在战斗。赣州知府陈天麟除了力保给养供应不缺之外，还提出了许多好建议。另外，赣州县丞孙逢辰、龙泉县令范德勤、瑞金县令张广等人都立下了功绩，这些都需要向朝廷奏请表彰。另外，还有率先冲阵的张忠等军人也需要得到犒赏，地方上因为兵灾而带来的损失需要设法加以弥补。至于江、鄂等地的助剿官兵嘛，他们虽然在战场上表现不力，但也勉勉强强说得过去，论功劳的时候还是得夸上一笔，至于批评的话就算了吧……

辛弃疾觉得自己的处置已经算得上是四平八稳。南渡以来，官场上的那一套他已经见多识广，只要是为了大局着想，他也愿意采用一些手腕来求取所谓的平衡。如此，赖大最后留下的警告岂不是危言耸听吗？

其实，要是叶衡此刻在辛弃疾的身边，他一定会婉言批评辛弃疾的天真："你呀，要说作为独当一面的主帅，这样的手法确实是可以让下属尽心为你所用。可是别忘了，你同时还是皇上的臣子，朝堂衮衮诸公的后辈——甚至还可能是会威胁到他们的后起之秀。你这点小心思要想在朝堂上混出一条路来，还远远不够呢！"

辛弃疾就是这样的性子——他雷厉风行却不鲁莽，从善如流却又绝不会随波逐流。不管是在下属和同僚面前，还是在上司面前，只要为了成就事业，他总是习惯于以自己的想法和干劲来带领所有人的步伐。这样的性格，只适合做事，却不适合为官。能处理好跟下属的关系，未必就能处理好与同僚或君王的关系。

只是那个时候的辛弃疾，还不明白这一点。

另外，就算是叶衡自己，也在这个问题上栽了一个大跟头，直接导致被罢相，被排挤出朝廷。

那还是淳熙二年（公元 1175 年）的八月，辛弃疾正全力与茶商军在江西相持之时，宋孝宗作出了一个新的决定。

他要派遣一位使者前往金国，向金人请求归还先帝陵寝，其实也就是归还河南失地。

这本来是虞允文的既定方略——以求地为名试探、激怒金人。若能求到当然好，若是激得金人翻脸，正好以此为借口兴师北伐。

虞允文并不真的相信自己这个计划能成功，然而宋孝宗却深信不疑，以至于在虞允文逝世之后，他还忍不住想要再尝试一次。

当然，要执行宋孝宗的这一计划，首先得挑选一位合适的使臣。他必须得能言善辩,同时又要威武不屈,在金人面前绝不能有辱国体、有失臣节。说白了,这就是去送死的活儿。谁会愿意主动请缨呢?

宰相叶衡在宋孝宗的再三垂询下,推荐了一个叫汤邦彦的左司谏充任使臣。这个汤邦彦平日里在朝堂上议论风生,一副公忠体国、正气凛然的样子。在叶衡看来,他必定可以不辱使命。

然而,汤邦彦其实是个沽名钓誉的胆小鬼。听说是叶衡推举的自己干这桩苦差事,他恨得牙都痒痒了。汤邦彦发誓报复,经过他多方探听,终于刺探到叶衡曾经私下里说过对宋孝宗不敬的话。

这还了得,汤邦彦立刻加以弹劾。宋孝宗勃然大怒,立刻罢免了叶衡的宰相一职,很快又将他发配到郴州居住,流放出了朝廷。一度大受重用的叶衡就此一蹶不振,离其拜相还不足两年。

其实,叶衡之失,就在于他和辛弃疾都是同一类人——自负才气,一不小心便凌驾于自己的主人之上。除了唐宗宋祖那样的英豪之外,寻常人是很难加以驾驭的。宋孝宗时常也想以英主自居,却发现他所赏识重用的臣下压根就不把自己放在眼里。这让他怎能不光火?

因此,叶衡的今天,很可能就是辛弃疾的明天!

当然,这时候的辛弃疾还顾不得去思考这个问题。即便想通了,他也未必会拗着自己的性子去曲意逢迎。真那样做了,他就不是辛弃疾了。

再说了,尽管辛弃疾在朝中唯一的靠山叶衡倒了,却并不影响他接下来的仕途——宋孝宗对辛弃疾在湖南的功绩大为满意,一扫过去对归正人的成见:"这个辛弃疾捕寇有方,是个人才,应当好好嘉奖才是!"

"陛下所言甚是!不过、不过……"侍立一旁的太监刘信似乎欲言又止。

"怎么?"宋孝宗扫了一眼刘信。

"老奴听外面人说,这辛弃疾辛大人虽然平寇有功,可他在当地大起乡兵,粮饷劳役催逼得又紧,百姓们和当地官吏颇有怨言啊。"

"非常之时,必当有非常之人,这才能建功立业。像汪大猷那样玩忽职守、畏缩不前，难道就不算扰民吗？那是放纵贼寇扰民，扰乱朕的江山！"

"是是是……圣上圣明！"刘信的头点得跟鸡啄米一般。

"总之，这个辛弃疾确实不简单。要北伐，还真离不开他这股子剽悍之气。"宋孝宗抚摸着髭须自言自语道，"我要好好重用他！"

那么，孝宗口中的重用是指什么呢？很快，辛弃疾就接到了朝廷的诏命——他被授予从六品的秘阁修撰这一贴职。

什么叫作贴职呢？按照宋代制度，凡是以他官兼领诸阁学士或三馆职名者，便称为贴职。如果是宰相级别，往往授予观文、资政、端明诸殿学士的贴职；而卿监一级的官员则带修撰、直阁等贴职。

可别小看了这个从六品的秘阁修撰。自乾道年间以来，宋孝宗把官员职名看得十分重要，非有功者不除授。只有那些资历深厚的大臣，才能由直龙图阁这一贴职升为秘阁修撰。而辛弃疾这次却是连越数级，可见宋孝宗对他的赏识之深。另外，有了这个职名，也就意味着辛弃疾从此有了进一步担任东南诸路帅、漕、宪等地方大吏的资格。

可以说，这是辛弃疾南渡以来，仕途上迈出的重要一步。光明的前途正在他眼前展开，也许一展抱负的机会就要到了！

不过，当辛弃疾得到这个消息时，并没有感受到太多的喜悦。也许是叶衡的离去在他心中蒙上了一层阴影。但更多的，是对现实的焦虑。

小小一支茶商军，竟然能在朝廷的心腹之地来去自如，朝廷出动数路大军都奈何不得它。这样的战斗力在金人面前，又能走得上几个回合呢？

这一忧思无时无刻不在困扰着辛弃疾，即便是他在江西提点刑狱任上四处巡视时，也在苦苦思索着。

光有奇谋妙策，也不过是屠龙之术而已。把这样的部队交给自己，就算空有补天之志，怕也没有回天之力呀！

一声轻唤打断了辛弃疾的思绪。

"少主人，前面就是造口了！"辛虎奴在船头指着前方。

"哦，造口！是造口吗？"辛弃疾对南方并不熟悉，但造口他是知道的。

建炎三年（公元 1129 年），也就是四十七年前，南侵的金兵一路烧杀抢掠，百姓们流离失所，就连隆佑太后也被金人追赶得慌不择路。她一路乘船逃亡，最后就是在造口这个地方弃舟登岸的。

"虎奴，研墨，取笔来！"

辛弃疾奋笔疾书，在江边的石壁上题下了数行词句：

> 郁孤台下清江水，中间多少行人泪。西北望长安，可怜无数山。青山遮不住，毕竟东流去。江晚正愁余，山深闻鹧鸪。

长安望断，也望不到乡土故国。虽说重重险山能阻隔视线，却阻隔不了江水东流。可自己能够像曲折蜿蜒的江水一样，不顾一切地奔流北上吗？

辛弃疾心中没有底。如果说此前在闲适不得意的仕宦生涯中常伴的是牢骚和愤懑的话，那么，这时候的他竟感到了一丝孤寂。

第二章　中流砥柱

第三章　楚天寥廓

旋起旋落

淳熙三年（公元1176年）的秋天，辛弃疾由江西提点刑狱转任京西路转运判官，同时兼任提点刑狱及提举常平茶盐之职。

有宋一代，为防封疆大吏和权臣坐大，行政权力被划分得犬牙交错。每一路不设单独的地方长官，而是由四位监司官分享过去州牧或节度使的权力。这四位监司官就叫作帅、漕、宪、仓。所谓"帅"臣，指的是一路安抚使，主管辖区兵工民事，掌军旅禁令；而"漕"则是转运使，负责财赋储供；"宪"为提刑按察使，主管司法刑诉；"仓"则负责本路常平、义仓、免役、市易、坊场、河渡、水利、盐茶之事，也被称为"外台"。

辛弃疾此前担任江西提刑，算是宪臣。如今以转运使之职兼任当地提刑和仓臣。无怪乎好友罗愿在为辛弃疾送行时，特地作诗祝贺他"三节萃一握"——离飞黄腾达已经指日可待了。

"辛兄，京西路离汴京最近，如今又是与金人虎视相持的重地，圣上调你去那里为官，该不是要大举北伐、加以重用的信号吧？"罗愿如此分析道。

"哈哈，真若如此，我倒想披坚执锐，在战场上和金人一较高下呢！"辛弃疾也为罗愿的话所感染，豪气顿生。

"不过，晚生倒是有一句忠言相告……"罗愿欲言又止。

"喔？端良兄，有话不妨直言！你我知交，何必吞吞吐吐的。"辛弃疾很看好面前这位青年好友的才华，也曾多次上奏举荐他。罗愿若说有言相劝，那一定值得一听。

"辛兄气概过人，真性情令人倾倒。只不过，在官场之上反而容易为人所侧目，未必不会有嫉贤妒能之辈。我想圣上的意思也是准备好好栽培磨砺辛兄一番的，可若是时不时就有些闲言碎语传到朝廷那里，怕是会影响圣上的观感。三人成虎，辛兄不是不知道吧？"

"这……"辛弃疾有些发愣，他没想到罗愿是劝他遇事谨慎，收敛一下自己的豪气。

"端良，大丈夫处世，何畏人言？圣上英明，谁在认真做事，应该还是看得见吧……罢罢罢，我听你的劝便是，如何？"

老实说，辛弃疾并不以罗愿的忠告为意。他此时心中的郁闷孤寂都一扫而空，正想挽起袖子大干一番呢。辛弃疾握住罗愿的手："端良兄，此去经年，但愿彼此珍重，努力为国效力！"

不过，辛弃疾并没有在新任上如愿以偿，就又被调走了。这离他前来京西路襄阳府上任刚好也就三个月。

当然，这次调动，依然是升迁，而不是贬斥。而且，这次升迁大有深意。

因为，辛弃疾的新职务乃是知江陵府，兼湖北安抚使。也就是说，他成了独当一面、令人称羡的帅臣。

湖北安抚使，治所也在江陵府。湖北，历来都号称上游强藩，它一方面屏蔽下游江南，另一方面又虎视北方金国；在地理格局上进可攻、退可守，是天下的枢纽之地。不是重臣良将，是绝不会派驻此地的。在辛弃疾之前镇守此地的官员不是孝宗身边的近侍心腹，就是朝中的当国重臣。值得一提的是，与辛弃疾亦师亦友的叶衡也曾担任过湖北安抚使一职，而最终拜相。

由此可见，湖北帅乃是南宋官员们进入中枢的重要跳板。更重要的是，辛弃疾在被授予此职务之时，资历还比不上他的前任们。这是一个信号——孝宗皇帝很快就会委以大任，就好像罗愿为辛弃疾所分析的那样。届时，辛弃疾早年所提出的种种治国方略也就有了实现的可能性！

辛弃疾自己也清楚这一点，他满腹雄图壮志，都要倾注到江陵这片土地之上。只不过，他面对的局面并不比过去知滁州，或者讨伐茶商军时来得简单。或者说，有过之而无不及。这是因为江陵府的地势正当冲要，民风剽悍，易动难安。别的不说，单说困扰南宋朝廷多年的私茶武装问题，就足够这里的地方官喝一壶的了。再加上湖北路紧邻边境，各类走私活动层出不穷。若说是贩点盐茶之类的生活物资，那还只不过于国家财政有损。然而像用来制造盔甲的水牛皮、竹箭这一类物资，因为是北方极为稀缺之物，所以向来受到国家的严格管控，作为战略物资禁止贩卖，如今却也成了各路走私客商最为青睐的商货。面对这样的局面，辛弃疾不得不出重拳了。

很快，新任安抚使大人便颁布了新的法规——凡客商以耕牛或战马运茶越过国界的，按照走私通敌的重罪，以军法论处。若有知情不报，以及帮助向导、转运、窝藏者，无论百姓还是官府公差，也一律同罪。另外，若有人能加以举报的，无官职者补进义校尉，有官职者加转两官。同时还有两千贯的赏钱可以领。

应该说，这个赏格十分慷慨，足以让许多人为之动心。至于顶风抗命的，辛弃疾更是拿出了雷厉风行的手段来加以打击。一时间，猖獗一时的走私现象竟大为敛迹，就连作奸犯科之辈也少了许多。能在短时间内取得如此的成绩，这让辛弃疾也大感兴奋。

当然，他是绝不会仅仅靠严刑峻法来震慑人心的。在江陵治安初定之时，辛弃疾便开始大修水利，开垦荒地，加固堤防，招徕流离失所的百姓回乡归农。这本来也是在治理滁州时所取得的经验。没过多久，江陵和湖北地区便一派欣欣向荣的景象。一提到新来的辛知府辛大人，老百姓们都赞不绝口。当地许多士绅本来对辛弃疾雷厉风行的手段还有所怀疑,这会儿也由衷信服了。

看来,这个辛大人将来必定是国家的栋梁之材啊。

辛弃疾对自己所取得的成绩倒也十分欣慰,不久前他还特地派人将娘子范氏和孩子们从京口家中接到江陵帅府团聚,以便共享难得的天伦之乐。处理公务之余,辛弃疾都要抽时间与范氏对饮几杯,顺便说说话,散散心。自京口一别,他们已经太长时间没有这样的相聚了。

"夫人你治家辛苦了,为夫我敬你一杯。"辛弃疾温情款款地替范氏斟满杯中酒,"日后只怕愈加忙碌,还要你多多担待才好……"

"相公何出此言?如今江陵一切都步上了正轨,也正好歇歇肩才是。"范氏接过酒杯,不解地问道。

"你有所不知,近来朝中朋友有书信来。看圣上的意思,怕是不出几年便会调我入朝为官。就如同当年叶梦锡兄一样。"

"喔……"范氏抬起头,看着颇有些兴奋的丈夫,了解他的意思是为自己有可能得到拜相的机会而高兴。

"若是那样,离京口老宅倒是近了许多。京官比地方官清闲些。"范氏显得有些平静。

"清闲不了,如今看上去虽然是太平盛世。可你也瞅见了,这盛世之下,潜藏着的问题也不少哇。再说了,圣上锐意北伐,倘若此事一旦实行,那个时候只怕比现在还要忙上百倍! 夫人,总有一天,我要带你去看看山东的老家,拜会一下我在那里的父老乡亲。哈哈!"

范氏明白了,辛弃疾这是在给自己打预防针。夫妻俩这种聚少离多的日子已经过了好几年,像今天这样闲适地共饮,以后怕是更少有了。

"相公志在天下,妾身自当为相公分忧才是。只是,我常听父亲教诲说:为人不可过刚,过刚易折。施政也不可过猛,过猛难以持久啊。"

"你的意思是?"辛弃疾又斟下一杯酒。他知道妻子不仅贤惠,对许多事情也往往有独到的主张。

"我听虎奴说,外面也有些人说相公您治理盗贼的法子太过严厉了一点,难免会有错杀枉死之人,这……"

辛弃疾闻言有些激动:"我知道这是谁的话!都是一些尸位素餐的昏官。更难听的我都听到过,什么草菅人命、什么凶暴不仁。其实,他们在其位不谋其政,要说草菅人命、不理老百姓的死活,只怕是他们。"

见辛弃疾动气,范氏赶忙温言相慰:"我当然是知道你的。只是人言可畏,要是你真有一天能大展拳脚,可不能由着性子来啊。"

辛弃疾冷静下来,道:"夫人说的也有道理。所谓上有所好,下必过焉。还记得前几天,江陵县抓到了一个偷牛贼。因为没有发现有走私嫌疑,按律应当判处流放的。可谁知道当地官吏为了逢迎我,说什么不杀不足以儆效尤,竟然决定要把他给扔到江里淹死。多亏江陵县令前来向我禀报,他才算捡回了一条小命。平心而论,这笔账是应该算到我的脑袋上。不过,乱世须用重典。等到日子太平一些了,就用不着这些严刑苛政了。所谓衣食足而知荣辱嘛。"

范氏看着丈夫嫣然一笑,正待还说什么,突然辛虎奴心急火燎地从外廊闯了进来:"少主人,可不得了了!"

"虎奴,看把你急的,到底为何事惊慌?"辛弃疾赶忙问道。

"有……有人聚众斗殴,在……在大街上!"辛虎奴连喘带咳地直拍胸。范氏连忙扶他坐下。她知道这位老家人跟了辛弃疾多年,虽名为仆从,可在辛弃疾心中,却对他十分尊重。

"寻常斗殴,何至于如此大惊小怪?按律论处便是。"辛弃疾哑然失笑。

"嗐,少主人,您不知道,不是寻常斗殴,是江陵统制官衙门里的兵卒打了路边摆摊的老百姓。正好被咱们帅府的差人看见,前去劝阻,没想到也被打了。街上的百姓们群情激奋,拦着打人者不让走。谁知道,不知从什么地方又窜出来几十个拿刀弄棒的兵痞子,把百姓们打得头破血流的,硬是把人给抢走了!"

"什么?简直是岂有此理,快带我去!"在自己的治下竟然发生这种事,辛弃疾震怒了。

一到事发现场，辛弃疾立刻被百姓们围住了。

"青天大老爷，可要替我们做主呀！"

他们当中，有的人被打破了头，还流着血；有的鼻青脸肿，门牙也掉了好几颗。地上一个老者痛苦地蜷曲着，几个半大不小的孩子围着他直哭鼻子。

"这是炊饼王，平时树叶掉下来都怕打破头的老实人……"一个帅府衙门里的官差向辛弃疾禀告，"那几个兵痞寻他买饼吃，拿了饼就想走人。炊饼王不合问了一句，没想到就被打成这个样子。"他偷偷瞄了一眼辛弃疾，又道："兄弟们正巧路过，看不过眼，就上去帮了几句腔，没想到也被打了。"

"他们打了人，还把领头闹事的抢走了。临走撂下话来，他们是率统制率老虎的兵，有本事，去统制衙门里找他们……"另一个官差不服气地说。

辛弃疾皱皱眉，蹲下来查看了一番老者的伤情。发现确实伤得不轻，赶忙吩咐虎奴为老者延医诊治。这一头，围观的百姓们齐刷刷跪了一地。

"辛大人，率老虎的兵在这里欺行霸市、胡作非为已经好多年了。大家都敢怒不敢言，只有您能帮咱们说句公道话了！"

辛弃疾赶紧将大家一一搀扶起来："大家请放心，我辛弃疾不但要治盗，还要治一治这兵老虎。来呀，备轿，去统制衙门！"

对这个率统制、率老虎，辛弃疾其实早有耳闻。他叫率逢原，不过是个粗鲁残暴的武夫而已，过去因为镇压傜人举义有功而颇受朝中一些大佬的赏识。别看这个率逢原为人粗鲁，却十分懂得结交权贵的一套手法。因为这个原因，此前的几任湖北帅对率逢原都是投鼠忌器。可今天，辛弃疾却偏要捋一捋他的虎须。

不过，这个率逢原果然不是好对付的主。前两次上门问罪，都被他找借口避而不见，给辛弃疾碰了个大钉子。第三次实在躲不过去了，率逢原这才大模大样地露了面。

"辛大人，俺的兵士和百姓偶然有点言语误会，这也是难免的事，俺已经责罚他们了。再说了，兄弟们出生入死，靠的就是这股子彪悍之气。要是把人交给你治罪，挫了他们的锐气，日后还如何为朝廷效力呀？"

辛弃疾差点没被这番歪理给气得背过气去。话不投机半句多，要依着过去的脾气，辛弃疾差点就想重演当年万军中擒贼的老戏了。不过想到夫人范氏的劝告，他还是压抑下了怒火。

"既然如此，辛某就不多搅扰了！"

要人不成，辛弃疾另生一计。他派遣那天挨打的官差和十几名身强力壮的好手，每日里埋伏在统制衙门附近守株待兔。别说，十几天后还真等到了机会。领头打人的几个兵痞以为风声已过，得意洋洋地走了出来。没想到才一露头，就被扭送到了安抚使衙门。

在公堂之上，当着围观百姓们的面，辛弃疾义正词严地历数这几个兵痞的罪行——不光前些日子强殴百姓，连过去坑蒙拐骗、打架生事的罪行都给挖了出来。先前还不可一世的兵痞们面如死灰，只好老老实实地认罪受刑。公堂之下，"青天大老爷"的呼喊声不绝于耳。百姓们都奔走相告——这个辛大人，还真是个不信邪的硬骨头！

消息传到率逢原的耳朵里，他肺都要气炸了，点起兵马就想强冲安抚使衙门抢人。没想到，辛弃疾早就防到了这一着。在戒备森严的部署之下，率逢原无机可乘，只好悻悻而去。

不仅如此，辛弃疾还要趁热打铁。他连夜起草了一份奏章，详细说明了此次争端的来龙去脉，希望朝廷对率逢原加以惩处。奏章送到宋孝宗的案头，就连皇帝也震怒了。

"这个率逢原，竟然如此不尊法度，是该好好教训一下才是！"

辛弃疾和率逢原之争早就传遍了整个朝廷，许多朝臣都站在辛弃疾一边，认为太祖皇帝定下重文抑武的国策，区区一个统制官如此嚣张，这还让地方官员们怎么治理？非严惩不足以儆效尤！

不过，他们都低估了率逢原的能量。至少，宋孝宗的心腹近侍们是向着率逢原的。每逢年节，这些内侍们可没少从率统制那里得到好处。每日里与孝宗朝夕相伴的刘信就是其中之一。就在辛弃疾奏章呈上的当天夜里,率逢原的求救信和数十根金锭就送到了刘信的府上。

刘信见孝宗生气,倒也不紧张,只是自顾自地发呆傻笑。这让孝宗有些莫名其妙,半晌,终于忍不住问道:"难道你傻了不成?"

"啊,老奴不敢,老奴只是突然想起了前几日陪嘉王殿下攻书时,听老师讲的一个笑话。"

"哦?说来听听。"宋孝宗大感好奇。嘉王赵扩是太子赵惇之子,从小生性懦弱。孝宗不放心儿子将来把皇位传给这样一位孙子,故而平时对他也是多有关注。

"听说,古时候有个人,十分喜欢吃鸡子。可他拿筷子去碗里夹,却怎么也夹不起来。一来二去这人急了,干脆用手把鸡子抓出来扔到地上,拿脚去踩。这鸡子圆溜溜的会滚嘛,连踩了几脚也踩不到。这下子他更火了,干脆又用手捡起来,塞进嘴里,恶狠狠地把鸡子咬得稀烂,才吐了出来……"

"哈哈……"孝宗乐了,"这是《世说新语》里的,讲王蓝田吃鸡子的故事。真是一个莽汉啊!"

"喔?老奴倒是觉得,这个叫王蓝田的,倒是当大将军的材料。"

"何出此言啊?"孝宗大为好奇。

"如此暴烈的脾气,要是拿到战场上,一定勇不可当!"

"你这老东西又胡言乱语了。"宋孝宗又好气又好笑,"这不叫勇猛,跟一枚鸡子较劲到这个份上,这叫举轻若重,不是担当大任的料啊!"

"那,辛弃疾为了区区一个统制官,就把御状告到了陛下这里,怕也叫作举轻若重吧?"刘信试探着问道。

"唔。你倒很会举一反三。"宋孝宗点点头,沉思起来,"率逢原粗鲁无礼是该责罚。可朕派辛弃疾坐镇江陵,也是为了好好锻炼于他。他却因为军民斗殴的一点小事,就跟当地驻军将领闹得不可开交,真是让人不省心啊!这……"

刘信连忙低头躬腰道："老奴无知，老奴一时兴起妄说。该死该死！"

孝宗摆摆手："不干你事，我心中自有分寸！"

刘信偷偷抬眼，嘴角露出一丝得意的坏笑。

很快，朝廷的处理决定就到达了江陵——率逢原由统制降为副将，并削夺两官。

然而，另一个任免决定却让所有人都瞠目结舌了。辛弃疾也同时被平级调走，担任江西安抚使，兼知隆兴府。

这虽然只是平级调动，然而江西安抚使的地位自然无法和湖北安抚使相提并论。而率逢原仍旧大模大样地留在江陵不动，更不要提他后来很快又担任鄂州副都统，算是升了官。

表面看来，宋孝宗不偏不倚，各打了五十大板。然而明眼人都知道，辛弃疾吃了一个天大的暗亏。朝中为他打抱不平者大有人在，比如曾跟辛弃疾共事过的刑部侍郎程大昌就挺身而出为之叫屈。

然而，也有不少守旧庸碌的朝臣乘机落井下石，说什么辛弃疾在治理江陵的过程中好大喜功，原本就是惹是生非的人。这更进一步加深了宋孝宗对辛弃疾的不良印象。此前罗愿和范氏的担心终于变成了现实。

这对辛弃疾来说，是一个不小的打击。在隆兴任上才三个月，他就又接到了新的诏命——征召入朝，为大理少卿。

相知好友们设宴为辛弃疾送行，宴席上辛弃疾明显意兴萧索，不复往日豪气。见他这个样子，江西转运副使王希吕好意劝道："何苦烦闷？这次能得以入朝，伴随圣上身边，就还有得到圣上赏识的机会呀。"

好友司马倬也劝道："辛兄，你为人太耿直了，平素里还是该活动一下。圣上是个念旧情的人，过去的潜邸旧人如曾觌、龙大渊等人现在都炙手可热，你不如走走他们的门路？"

辛弃疾正色道："我兄此言差矣，辛某并非汲汲于功名之人。曾觌他们平素里搬弄是非，党同伐异，我情愿一辈子沉沦下僚，也不愿跟这些人混在一起！"言毕，他题词一首以明志向：

我饮不须劝，正怕酒尊空。别离亦复何恨，此别恨匆匆。间上貂蝉贵客，花外麒麟高冢，人世竟谁雄。一笑出门去，千里落花风。

孙刘辈，能使我，不为公。余发种种如是，此事付渠侬。但觉平生湖海，除了醉吟风月，此外百无功。毫发皆帝力，更乞鉴湖东。

词中所言"孙刘辈"，引用了魏晋时期魏文帝身边近臣孙资、刘放等人扰乱朝政的典故，意在表示自己绝不与这样的人同流合污。司马倬面露尴尬之色，但忍不住还是叹道："若如此，辛兄，怕是此去天子脚下，也安生不了多久呀！"

司马倬的话果然没有错，没过多久，辛弃疾便又接到调令，匆匆离开国门，再次来到湖北任转运副使。这离他前来临安担任京官，只不过四个多月！

辗转湘楚

就在辛弃疾前往湖北上任的次年正月，湖南又爆发了大规模的农民举事。义军在短时间内连破官兵，声势浩大。惊慌失措的宋孝宗这才又想起了辛弃疾的才干，连忙调任他为湖南转运副使，协助湖南安抚使王佐前去扑灭这场民变。

辛弃疾的坎坷宦途无一不被好友司马倬说中。其实，就在他入朝之初，也不是没有人想过要加以拉拢。毕竟，辛弃疾的才干和声望是朝野内外都看在眼里的。只是，以气节自负的辛弃疾对这些诱惑都一一加以婉拒。他知道，自己并不适合这种尔虞我诈、钩心斗角的权谋生活。即便是为了实现自己理想的权宜之计，辛弃疾也不屑为之。前往湖北任上时，他就留下了这样沉痛的词句：

　　过眼溪山，怪都似、旧时曾识。还记得、梦中行遍，江南江北。佳处径须携杖去，能消几緉平生屐？笑尘劳、三十九年非、长为客。

　　吴楚地，东南坼。英雄事，曹刘敌。被西风吹尽，了无陈迹。楼观才成人已去，旌旗未卷头先白。叹人间、哀乐转相寻，今犹昔。

　　回首往昔，烽火峥嵘。自己当时匹马率众南归、收复山东的誓言言犹在耳；而今两鬓竟已悄悄爬上华发，却只还是江南的一个逆旅过客而已。如此蹉跎，怎能不悲。

　　在接到调令匆匆赶赴湖南时，辛弃疾又留下了这样一首《摸鱼儿》以答送行官员：

　　更能消几番风雨，匆匆春又归去。惜春长怕花开早，何况落红无数。春且住，见说道、天涯芳草无归路。怨春不语。算只有殷勤，画檐蛛网，尽日惹飞絮。

　　长门事，准拟佳期又误。蛾眉曾有人妒，千金纵买相如赋，脉脉此情谁诉？君莫舞，君不见、玉环飞燕皆尘土！闲愁最苦！休去倚危栏，斜阳正在，烟柳断肠处。

　　宴席上，众友人尽皆沉默不语。因为词里不但满是愁绪，而且还颇给人以口实——词中提到玉环飞燕，若有搬弄是非之徒说这乃是以杨玉环、赵飞燕的典故来讽刺当今天子，岂不是大大的不妙吗？

　　其实，这首词后来还真流传到了宋孝宗的耳朵里。看到"烟柳斜阳"数句，孝宗大为不悦，但最终还是没有怪罪辛弃疾。这倒不是宋孝宗有多么宽宏大度，只是他知道，真正能干事的，还是辛弃疾这样不讨自己喜欢的人才。

　　在湖南任上，辛弃疾和新同僚王佐的合作也并不愉快。说起这个王佐来，虽为书生，但手段却颇为狠辣。他曾上奏称，对举事乡民需要一举剿除，绝不可留下任何后患。而此后的进剿行动也正是在这一计划下进行的。在王佐的分进合击之下，义军除少数被俘之外，皆被官兵屠杀一光。

　　对王佐纵兵屠戮的做法，辛弃疾大不以为然。他向来认为处理民变虽然要用快刀斩乱麻的手法,但也需要恩威并施,网开一面。对此前茶商军的处置,辛弃疾基本上就是这个思路。然而王佐却一味以屠戮立威,这只能是更加激起民变而已。

然而,辛弃疾身为转运副使,主要担负军饷供应之责,对王佐的所作所为,自然不好多说什么,只能从旁加以规劝而已。为此还得罪了小肚鸡肠的王佐,认为辛弃疾这是故意在与自己为难,耿耿于怀了好久。

辛弃疾自然没有将王佐的不满放在心上,他忧虑的是大宋江山看上去歌舞升平,实际上却危机四伏。就在湖南起义后不到一个月,又在两广交界爆发了以李接、陈志明为首的武装起义,差不多持续了快半年之久才被扑灭。而在此之前,两湖地区也多次发生大规模的农民举事,使得官兵应接不暇。这也是辛弃疾反对王佐的理由之一——靠一味诛杀,真能将造反者斩尽杀绝吗?

战乱刚刚平息下来,辛弃疾便利用公余时间四处巡查探访民间疾苦。他不要鼓吹伞轿,也不要大队人马前呼后拥地跟随,只是带着老家人辛虎奴一起,两人乔装打扮成客商的模样。这一日,他又来到了治下桂阳军地面上一个叫作陈家沟的小村子。

“少主人,不如就在这里歇歇脚吧!”虎奴牵过马来,征询辛弃疾的意见。

村落坐落在群山环抱之中,竹林掩映,微风习习;再举目往远处瞧,阡陌成片,田有蛙鸣。好一派祥和安宁的景象。辛弃疾点点头道:“走得也渴了,正好去前面人家讨口水喝,顺便也好体察一下民情。”

“好嘞!”虎奴高兴地牵着马就往前走,走着走着突然皱眉道,“不对呀!”

“怎么了?”

“偌大一个村子,连鸡鸣狗叫声都听不见。这可不像话。”

辛弃疾也发现了一些不寻常的迹象:此地还算得上是水土富饶之地,田间庄稼长势颇旺。可看这村里的房舍却破破烂烂,贫苦不堪。他皱眉想了想,敲起了旁边一扇歪歪扭扭的柴门。

"请问,有人在家吗?"

敲了半晌,门"吱呀"一声开了。从门后探头探脑地闪出一个白发苍苍的老人来。他警惕地打量了辛弃疾和虎奴几眼。问道:

"你们是什么人?"

"哦,我们是跑单帮的生意人。不小心绕了远路,走得口渴,想找老丈讨口水喝。"辛弃疾和善地笑道。

"既如此,干脆进来歇歇脚吧。庄户人家,一口清水还是有的。"老人将辛弃疾和虎奴让进屋内,端茶摆凳请他们坐下。

辛弃疾抬头四望,这户人家真可以说是家徒四壁。堂屋中只剩下了一张三条腿的桌子和几根破椅子。窗户也破了一个大洞,看上去许久没有修补过了。老者身穿补丁摞补丁的粗布衣裳,已经脏污得看不清本来颜色了。

"这里可曾遭过兵灾?"辛弃疾端起茶盏喝了一口。茶水入口又苦又咸,也不知是用什么树叶子权充的茶叶。虎奴皱皱眉连忙放回到桌上,辛弃疾倒是不以为意,目光炯炯只盯着老人。

"兵灾? 兵灾可没闹到咱们这里来。要真闹到这里,嘿嘿,也没什么,反正俺家里也没啥值钱的东西。"老者眯眼说道。

"这几年年头不坏啊,老丈家里何至于一贫如洗? 难道是膝下……"辛弃疾估摸着这是个孤老头子,故而境况十分窘迫。

"嘿嘿,这你就说错了。老朽我有五个儿子呢,只不过,儿子再多也是一条穷命呀!"

他搬起指头向这位路过的"客商"数落起来:当地的父母官——知军大人贪虐不法,横征暴敛。原本缴纳租赋只需实物,可如今非得折算成银两。这交多交少,还不是知军大人说了算。此外还有各种催罚征纳的名目,比如才二三月,便强行要征收夏季的赋税钱。到了正该纳税的日子,又非找出各种理由说你违限迟交,不罚个倾家荡产才怪。

"此外,还有什么卖醋捐、状子捐、户帖捐……嘿嘿,老朽活了大半辈子了,好些名目真是闻所未闻。总之啊,咱们穷人再怎么不要命地干活,还不够填那几个狗官的喉咙呢!"

"老先生……"辛弃疾气愤地问,"你口中的这个狗官,可是桂阳知军赵善珏吗?"

老汉还没来得及答话,"嘎吱"一声,里屋的门开了。从屋里颤巍巍跑出一个老太太来,只见她满脸惊恐之色,一把将老汉拉进了里屋。然后"啪",又将门关上了。

辛弃疾大感好奇,不由得凑上前去细听。只听见薄薄的板门后面,老太太正低声抱怨呢:"老不死的,就知道一天到晚吊着下巴胡说。万一这两个人是官府的探子,可不要了命吗?"

老汉不甘示弱,声音高了八度:"官府就官府,俺半截子入土的人了还怕啥? 要不是这刮地皮的狗官,俺那宝贝孙儿去年得病,也不至于连大夫都请不起……咳咳,要是老夫我还年轻个二三十岁,一早就跟着那些造反的好汉干了,也不至于受这个鸟气……"

门里叫骂声、哭泣声响成一片。辛弃疾有心上去劝解,却又不知道从何劝起。犹豫半晌,只好将身上和虎奴口袋里的碎银子全部摸了出来,放到桌上,然后悄悄离开了。

都说是太平盛世,百姓们却民不聊生。这"太平"二字,底下其实藏着大大的不太平! 年景好时尚且如此,一旦天旱水涝,庄稼歉收,无路可走的百姓们还指不定闹出什么天大的乱子来呢!

回到府邸的辛弃疾饭也顾不得吃,觉也顾不得睡,挑灯奋笔写下了这样一篇奏章——《论盗贼札子》,准备进呈给宋孝宗。文章里对百姓困苦之源作了鞭辟入里的分析:

> 州以趣办财赋为急,县有残民害物之政而州不敢问;县以并缘科敛为急,吏有残民害物之状而县不敢问;吏以取乞货赂为急,豪民大姓有残民害物之罪而吏不敢问。故田野之民,郡以聚敛害之,县以科率

害之，吏以取乞害之，豪民大姓以兼并害之，而又盗贼以剽杀攘夺害之，臣以谓"不去为盗，将安之乎"，正谓是耳。

且近年以来，年谷屡丰，粒米狼戾，而盗贼不禁乃如此，一有水旱乘之，臣知其弊有不可胜言者。

……

写到这里，辛弃疾早已是情难自已。想到这十多年来自己尽忠报国，却屡屡受到排挤贬斥，反倒是那些贪赃枉法的不良官吏在官场上如鱼得水，横行乡里，不由得又愤然提笔道：

臣孤危一身久矣，荷陛下保全，事有可为，杀身不顾。况陛下付臣以按察之权，责臣以澄清之任，封部之内，吏有贪浊，职所当问，其敢废旷，以负恩遇！自今贪浊之吏，臣当不畏强御，次第按奏，以俟明宪。庶几荒遐远徼，民得更生，盗贼衰息，以助成朝廷胜残去杀之治。但臣生平则刚拙自信，年来不为众人所容，顾恐言未脱口而祸不旋踵，使他日任陛下远方耳目之寄者，指臣为戒，不敢按吏，以养成盗贼之祸，为可虑耳！

如果说此前已经因为自己鹤立鸡群的作风得罪了不少庸官的话，那今天这封奏章就是在捅一个更大的马蜂窝了。从京城到地方，官吏们结党营私，官官相护。要想用疾风迅雷一般的手腕将他们一扫而空，不知又会结下什么样的仇家。不过此时的辛弃疾已经顾不得这些，所以在奏章中才有"事有可为，杀生不顾"的豪言壮语。他也清楚虽然宋孝宗并不喜欢自己，但是又赏识自己的才干，因此才多次将自己在小人们的攻讦中保全下来。那么，自己更不能畏首畏尾，坐视百姓的疾苦而不顾！

奏章呈上后，宋孝宗先是震惊，后是不悦。最后慨然道："好一个辛弃疾！好一片耿耿忠心！"

枢密使王淮见状奏道："辛弃疾所奏不为无理，然而地方是否清明无事，重在朝廷是否得人。这湖南残破之余，民穷财竭，要想好好收拾，只有……"

"敢言者必有余勇可贾。"宋孝宗沉吟道,"辛弃疾既然有自己的一番见解,这汰除污吏、安抚百姓的事自然也只有他来担当。再说了,湖南帅王佐已经立下赫赫功绩,朕正准备调他回朝予以重任。这空缺出来的湖南安抚使一职嘛,就由辛卿来接手吧!"

他用御笔在奏章上批示辛弃疾除帅湖南,凡当地贪官污吏一经查实,均可飞章上奏,加以诛罚。又吩咐下诸路帅臣监司一体遵守奉行,对辖下害民官员务必严惩不贷。

就这样,辛弃疾在朝臣侧目中再一次接手帅任。这已经是淳熙六年的秋天了。新官上任,他第一个要去的地方,就是桂阳军。

桂阳知军赵善珏曾经见过辛弃疾一次,知道他是个不好对付的主,没想到新任安抚使大人首先要来视察的就是自己治下,心里就如同十五个吊桶打水——七上八下,也不知道是祸还是福。他硬着头皮亲自带着当地有头有脸的士绅们赶往城外迎接,又在官厅备下了丰盛的酒菜准备为安抚使大人接风。

也不知等了好久,腿都站软了的赵善珏终于等来了安抚使大人一行。他赶紧满脸堆笑地迎了上去:"大人远道而来,实在是辛苦了。卑职已经备下薄酒,还望辛大人不要嫌弃才是。"

辛弃疾的脸色倒颇为和善:"赵大人真是太客气了,不过,这官厅里颇为憋闷。辛某倒知道这桂阳城外,有一处山水俱佳的好地方,不如将宴席移往那里如何?"

"这这这……"赵善珏眼珠一转,这安抚使大人提的要求虽说古里古怪,可看上去心情却是不错,自己千万不要拂了上司的意思才是。想到这里,赶紧一口答应,"对对对,乡间自有好风光。久闻安抚使大人文才武略,尤其是写得一首好词,说不定还能觅得佳句,也好让卑职拜读拜读。"

赵善珏吩咐衙役将宴席撤下来带上,自己则跟几个特意找来作陪的士绅屁颠屁颠地跟在了辛弃疾后面,谄笑道:"大人还请上轿,卑职随在后面。"

"哈哈，赵大人，今日云淡风轻，正好舒活一下筋骨。辛某准备走着去，赵大人若是不惯劳顿，请自便，自便！"

"这哪行啊？辛大人，卑职其实也早有此意，平素里也常下乡体察民情。今天能和辛大人共赏山水之乐，传出去也是佳话一段呐。"赵善琏干笑几声，不情不愿地跟了上去。

其实，赵善琏又何尝下乡体察过民情，还没走出一个时辰，两腿小肚子就抽起筋来，后面跟着的乡绅们也累得东倒西歪。赵善琏擦了一把汗水，看看前面健步如飞的辛弃疾，忍不住问道："辛大人，敢问这绝佳的山水究竟在何处？咱们还有多远啊？"

"快了，前边就是！"辛弃疾头也不回，一指前方山林中掩映的间间草屋，那里正是此前来过的陈家沟。

此时，陈家沟男女老少均已聚集在庄前。见辛弃疾等一行人联翩而来，大家赶紧迎了上去："青天大老爷！"

辛弃疾摆摆手，吩咐他们免礼："本官和赵大人都不是第一次来这里，这些繁文缛节，免了也罢。是不是啊，赵大人？"

"是是是……是啊！"赵善琏一脸尴尬。他平素里锦衣玉食，何尝踏上过这乡下地方半步？赵善琏举目四望，发现这里虽说山清水秀，可也谈不上有多奇妙的景致。难道安抚使大人是有意拿自己取笑？想到这里，赵善琏心中又不安起来。

"来来来，赵大人。"辛弃疾却不管三七二十一，拉着赵善琏就往庄子里的晒谷场上走，"难得赵大人一派盛情，备下好酒好菜招待我。辛某这里也备下了些微薄酒以作回敬，还望赵大人切莫嫌弃呀！"

赵善琏一面说着"哪里哪里"，心里一面猜疑个不停。天下哪有如此回请的道理？这姓辛的葫芦里到底装的什么药？正寻思间，一行人已经走到了晒谷场上。偌大的空地上摆着两大张八仙桌，一桌空无一物，另一桌倒是摆满了酒菜。

赵善琏不解地看看辛弃疾，只见辛弃疾也不管他，回头吩咐衙役们把带来的山珍海味摆在空桌子上，高声对乡亲们说："乡亲们备酒招待我辛某人和赵大人，咱们也不能无礼。这一桌酒菜，权当回敬众位乡亲的，大家千万别客气。"

说罢，辛弃疾一拉赵善珏的手："至于咱们嘛，就坐这桌，也好尝尝老乡们的好东西。"

"是是是……"赵善珏诺诺连声，在八仙桌旁坐下。他打量了一下桌上的饭菜：杂粮酿制的劣酒泛着一股子酸味儿，南瓜饼、炖菜羹、烂糊糊的野菜汤、略微有些发霉的糙米饭……赵善珏不由得皱起眉来，差点就想发火——这些刁民，竟然就备下这样的食物款待贵客。可一想到辛弃疾就坐在自己身边，骂人的话又好不容易咽了下去。

辛弃疾似乎完全没注意到赵善珏阴晴不定的神色，自顾自地夹起一筷子野菜就往嘴里送，边吃还边说："赵大人，请！"

"请，请……"赵善珏不好推辞，也有样学样，挑了几根野菜放进嘴里。不吃还好，这一细嚼才发现野菜的滋味又苦又涩。赵善珏的眉头都皱成了倒八字。他想吐出来，可又顾忌坐在一边的辛弃疾；想赶紧咽下去，可野菜就好像是卡在喉咙管上似的，上不来，下不去，哽得赵善珏猛烈地咳嗽起来。

"赵大人这是怎么了？快、快喝上一盏乡民自酿的米酒。"辛虎奴假装好意，递过一大杯酒来。赵善珏情急之下接过来一口饮尽，没想到这米酒的滋味也是酸苦不已。他再也忍不住，俯下身子呕吐起来，差点连苦胆都给呕了出来，直过了半晌方才止住。

看看正有滋有味吃着野菜的辛弃疾，又看看另一边开怀畅饮的乡民们，赵善珏恍然大悟，这位辛大人感情是故意拿自己开涮呀！他从先前一路走到现在，是又累、又渴、又饿，满肚子的邪火再也忍不住，干脆一拍桌子站了起来。

"辛大人，咱们同朝为官，你何苦要戏耍在下？"

"问得好，赵善珏！"辛弃疾也站了起来，指了指周围的乡亲，"何止你我，他们都是圣上的子民，一双手从土里刨食，供给我们锦衣玉食，又何尝半点亏待了你我？你既然做的是圣上的官，为何又苦苦盘剥苛虐他们！"

说得火气上来，辛弃疾从怀中摸出一沓状纸："这，都是十里八乡百姓们控诉你的状纸，你自个儿好好读一读！"

"你……你……"赵善琺的气焰顿时弱了半分。

晒谷场上围着的父老乡亲们纷纷跪了下来："辛大人，这个赵善琺鱼肉乡里，胡作非为早就不是一天两天的事，求辛大人为我们做主啊！"

此前招待过辛弃疾的老夫妻俩激动得两眼泛出了泪光，今天这一幕，还有那一桌酒菜，也都是辛虎奴吩咐他们提前备下的。看着不可一世的知军大人狼狈不堪的模样，大家别提有多解气了。

"赵善琺，本官已经奏明圣上，你贪赃枉法，苛虐百姓，实在不配做官，更不配做人。圣上已经免去你的本兼各职，依律听候查处！"

"这……"赵善琺听罢，好像泄了气的皮球一般瘫软下去，跟着他来的乡绅们也两腿打起了摆子。要说到赵大人平常干的那些好事，也少不了他们一份。而一旁的百姓们却欢声雷动，就好像过节一样。

"辛大人，辛青天，早就听说您锄强扶弱，不畏权贵，没想到，我们竟然能把您给盼来，真是祖上积了八辈子德呀！"老汉也顾不得此时面前站的是安抚使大人，紧紧地攥住辛弃疾的手泣不成声。

不过，辛弃疾此时心中却有些愧意。并不是什么样的害民贼自己都能对付得了的，此前在率逢原事件中不就碰了个大钉子吗？难道铲除一个贪墨不法的小小知军就能成为百姓心目中的青天大人？那这青天也太好做了。辛弃疾看着对自己充满期待的村民们，不由深吸了一口气。

看来，只有竭尽所能，在任上多为百姓们谋利了。处理完赵善琺的事情，辛弃疾重新回到帅府衙门，大会僚佐，想要听一听大家的意见，也好开始筹划起接下来的工作。

飞虎军成

听说安抚使大人要礼贤下士，号召大家前来献计献策，这可是许久都不曾有过的事。前任安抚使说一不二，独断专行，又有哪个人敢轻易去捋他的虎须？帅府僚佐们感奋之下，自然也纷纷献计。有说要大开堤塘、兴修水利以便民生的；有说要多募乡兵以弭寇盗的；还有说目前财政颇为困难，提议广开财源，大事蓄积，以免官库枯竭的。

座中，只有一位叫李一、字执中的潭州厢官默然不语，面带愁容。辛弃疾见他不说话，干脆点将道："执中，你可有什么好看法？"

"大人，近数年来湖南屡起盗匪，村社城邑多有残破。以卑职之见，当前急务乃是与民休息，切不可汲汲于不急之务。"李一见辛弃疾问道自己，也就慨然作答，"如今已是入秋，托圣上洪福，收成虽好，但苦于兵灾，百姓家里并没有多少仓储。今年冬天忍一忍还勉强可过，但来年青黄不接之时必然难熬。与其这时候大兴土木，不如等来年春夏之交，用官库蓄积的粮食来招募民夫，修筑陂塘。这样一来，饥民有余力渡过难关，自然不会去铤而走险。官库在原本的赈济粮食之外，也不需多花支出便重整了水利。岂非一举两得吗？"

"唔，此言有理。你接着说！"辛弃疾抚着胡须，饶有兴味地催促李一说下去。

"还有，先前陈大人有云，湖南多次骚扰，全因峒民思乱，易动难安。卑职实在不敢苟同。若是大人能加以教化，使之慕道向善，也未必不是圣上的赤子善民。何苦一味以刁蛮视之呢？"

这位陈大人对李一的看法颇为不服，涨红了脸争辩道："蛮夷就是蛮夷，不管你怎么教化，也还是变不了本性。还是要以大军临之以威才是！"

"向者陈峒作乱,荆鄂天兵云集,陈大人可曾见他们惧怕过吗?依卑职愚见,还要……"

"都别争了!"辛弃疾打断了两位部属的争论,"圣人之治天下,先文德而后武力,文化不改,然后加诛。况且峒民并非化外之民,难以教诲。我看执中说得有理,应当立学校,劝风俗。不可一味将他们视为顽愚才对。"

"只是,陈大人的话也不是没有道理。这湖南的武备着实空虚,若再有陈峒之乱,仓促间却是不好应对,也不足以震慑人心……"

"不是有乡社吗?辛大人!"陈姓官员见辛弃疾夸奖自己,不由得大为兴奋,忙献计道,"本地向有结社自保的传统。或弹压本乡奸猾,或缉捕盗贼。湖南南北各州郡所在皆有。而以南部数郡如彬、桂、宜章诸郡县尤盛。卑职还记得乾道七年的时候,当时知衡州的王琰王老大人,他曾奏请在湖南八郡中三丁抽一,可得民兵一万五千人。有如此一支劲旅,自然可以高枕无忧。可惜、可惜啊,王老大人这一主张被湖南帅臣沈德和沈大人给否了——如今辛大人主政湖南,若是依行此计……"

"万万不可!乡兵虽有捕奸缉盗之用,但并不可过于依赖他们的力量。再说了,许多豪强大族本身就依靠自己所组织的乡社横行一方,多为不法,只怕反而是祸乱之源也说不定。"李一又反对道。

"你你你……你这个李执中,今天怎么老是跟我过不去呢?"陈姓官员恼羞成怒,站起来指着李一的鼻子骂道。辛弃疾赶忙命两人退下,不过心中却暗暗高兴。

看来,这个叫李一的小小厢官倒是个人才!

综合了各方面的意见,辛弃疾开始了大刀阔斧的新政。首先,在淳熙七年(公元1180年)的春天,他下令湖南各州以官府储积的粮食招募民工,大修水利工事。这基本采纳了李一的建议——一方面使得百姓在春夏青黄不接的日子里生计有靠,另一方面也为日后发展农业生产奠定了基础。

其次,辛弃疾以"溪流不通,舟运艰涩"为理由,奏请朝廷直接从湖南进纳的粮食中支取十万石,以赈济邵州、永州、郴州等地,解决了当地官私粮仓均告短缺的局面。

再次，辛弃疾又奏请在郴州的宜章县、桂阳军的临武县创设学校，专门用以教养峒民的子弟。学校的设立，使得当地民风为之一新。百姓安居乐业，峒民聚众造反之事也大为减少。

另外，辛弃疾还决定大力整顿乡兵。他意识到李一所言实际上颇有道理，乡社本身有利有弊。乡兵的存在确实有安定地方的作用，此前剿灭茶商军也多亏了当地乡兵的配合；然而，乡社本身良莠不齐，许多乡兵头领借机纵兵虐民、侵扰乡里这也是事实。再说了，乡兵主要还是起平时维护治安、战时向导把守之责，本来就贵精不贵多，自然不需要多建乡社。考虑到这一点之后，辛弃疾下令湖南全路重新整顿乡社，缩减乡兵规模，并统一交由巡尉管理，由当地县令指挥。至于乡兵的兵器，也统一由官库加以封存管理。

解决了乡兵问题，辛弃疾并不满足。因为，湖南的治安问题并没有得到根本的改善。原有的乡兵在可能出现的民变中并不能加以依赖，而官府所控制的厢禁军更是不堪一击。这就给辛弃疾出了一道难题——若是日后再发生陈峒之乱那样的民变，自己该怎么办？

众所周知，按宋朝军制，负责京都警卫的军队叫禁军，负责诸州地方治安的称厢军，而临时、紧急征用两种军队混编而成的军队称之为厢禁军。在淳熙二年（公元 1175 年）赖文政茶之变中，湖南的厢禁军就已经连遭茶商军重创，几乎到了全军覆没的境地。此前讨伐陈峒之变，王佐在湖南当地所能指挥的厢禁军也不过八百余人。最后还是靠了荆、鄂大兵才能够平定变乱。在战乱平息后，枢密院已经有人看到江西、湖南军力薄弱的问题，准备让当地帅臣挑选当地的犯人配隶组建新军，号称"敢勇"。不过，当时的湖南帅王佐以亡命之徒难以管束为辞，回绝了这一提议。而今辛弃疾为帅后，组建新军的事务自然又提到了日程之上。为了陈述自己的意见，他又向朝廷递交了一篇奏疏，详细讨论了当地军队的种种弊端：

> 军政之敝，统率不一，差出占破，略无已时。军人则利于优闲窠

坐,奔走公门,苟图衣食,以故教阅废弛,逃亡者不追,冒名者不举。平居则奸民无所忌惮,缓急则卒伍不堪征行。至调大军,千里讨捕,胜负未决,伤威损重,为害非细。乞依广东摧锋、荆南神劲、福建左翼例,别创一军,以湖南飞虎为名,止拨属三牙、密院,专听帅臣节制调度,庶使夷獠知有军威,望风慑服。

在奏疏中,辛弃疾分析道:当地军队的问题在于节制权和统率权无法划一。许多士兵都成了军官私人的奴仆,他们平日里往往忙于替上司兴建房舍田庄,甚至还有被派去作为商贾以营利的。而这些士卒们为了温饱糊口,也往往乐于为自己的官长上司所差遣使用。如此一来,又如何能保证平时正常的操练和校阅?军队管理松弛,造成了"逃亡者不追,冒名者不报"的现象。就算在平时,市井奸猾之徒也压根不把他们放在眼里。一旦有什么事情发生,更难以指望这些老爷兵发挥什么作用了。

因此,辛弃疾希望朝廷能够按照过去广东、荆南和福建等地组建新军的例子,允许自己别创一军,直接受命于安抚使指挥,用以应对可能出现的各种突发状况。就连名字辛弃疾都替这支还不存在的新军想好了,就以湖南飞虎为名号,称之为"飞虎军"。

奏疏是递上去了,辛弃疾心中却有些忐忑。首先,建这样一支新军是要花费大量金钱的。他不知道朝中大臣会不会有人申斥自己乃是好大喜功、任性妄为。其次,辛弃疾要求由安抚使来直接指挥这支新军,怕也会落人口实。

想到这里,辛弃疾对侍立在一边的范氏苦笑了一下:"说不定这次我又捅了个娄子。"

"夫君这是哪里话!"范氏正色道,"大丈夫行事只问该与不该,不论成与不成。你何时如此在意旁人的闲言碎语了?"她知道辛弃疾的脾气,怕丈夫为此烦闷不安,故意用这话激他。

"娘子教训得是。"辛弃疾肃然道,"相信圣上还是能体察我辛某人的一片苦心的。岂可如此瞻前顾后!"管他三七二十一,奏章既已递上去了,就静待结果吧。

让辛弃疾有些意外的是,宋孝宗很快便批准了创立新军的意见,并下诏由他全权负责建军事宜。辛弃疾兴奋之余,首先要找来商议的人便是李一。

"建军乃是大事,按我的计划,准备招募步军两千人、马军五百人,随从将官的仆从长随不算在内,此外,战马和铁甲也要一应俱全,精益求精。这些都得细细商议才是。"

"禀大人,这建军嘛,首先需要的是钱。募军、战马、铁甲器械皆需要预备大笔款项才能备办……"

"钱上的事,本帅自有办法。湖南百姓向称勇健善斗,这兵源也不成问题。至于战马嘛,此前本帅已拨缗钱五万,由广西境外买马五百匹。朝廷也下了诏令,每年由广西代为购买三十匹,来填补战马病死损耗。本帅现在所操心的,是飞虎新军的营址该选在何处才好……"

"大人若是操心这个,潭州城外倒是有处现成的好地方可以选为营址——五代时期,马殷就曾经在那里建过营垒。另外,据说那里还是三国时期关羽大战黄忠的古战场。"

"哦?快带我去看看!"辛弃疾大感兴趣,拉着李一就往外走。

两人到得马殷废营之外,这里早已荒芜不堪,枯藤老树、断壁残垣,四下里透着一股子苍凉肃杀之气。辛弃疾翻身下马,不绝口地夸赞道:"虎踞龙盘,正当冲要,果然是处好地方!"

他挥舞手中马鞭比划道:"飞虎军的大营,就是这里了!执中兄,你要助我一臂之力才是!"

数日后,飞虎军营寨的工程便热火朝天地开动起来。不过,前前后后也遇到了不少麻烦。

首先,工程所需石料就是一个大问题。为了方便进出,飞虎营寨须得将道路大大扩展一番,这就要用到大量石块。潭州城附近并不出产石料。

不过，离潭州城北五十里，有一处叫作麻潭山的大山，乃是湘水和麻溪交会之处。这里盛产巨石，正是开工筑路的好原料。

不过，李一却犯了难。麻潭山离飞虎营寨路途遥远，若是大量征发民夫，不但耗费甚巨，百姓也不堪其扰。几番思量之下，他将心中忧虑告诉了辛弃疾。

没想到辛弃疾反倒不以为意："执中，办法我早就为你想好了！"

辛弃疾的好办法，是征调当地囚犯前往麻潭山开凿巨石。若能超额完成开采石料的数额，还允许其将功折罪，减轻刑罚。这样一来，许多囚犯自然是踊跃争先，自麻潭山采来的石料也源源不绝地运了过来。颇费周章的一件麻烦事，就被辛弃疾轻轻巧巧地解决了，李一对这位帅臣大人真是佩服得五体投地。

然而，就在建营工程紧锣密鼓地进行之时，朝中却也有人在背后煽起了风，点起了火。

这个人，就是签枢密院事谢廓然。自辛弃疾全力进行创建新军的计划以来，他就不停在朝中搬弄是非，造谣生事。一会儿说辛弃疾大事铺张浪费，使得府库为之一空；一会儿又说辛弃疾其实是借建军之机中饱私囊，别有用心。一时间，朝堂上下质疑声纷起，就连宋孝宗也不由得疑惑起来。尤其是当他听说为创建飞虎军已经耗费数十万缗钱财之后，就再也坐不住了。

"何以耗用如此之多的钱财？这个辛弃疾也太任意妄为了！"

宋孝宗当即下令，由枢密院自御前降下金牌，火速传到潭州，要辛弃疾立刻停止一切建军事宜，不得延误。

当辛弃疾接到金牌时，竟然呆了半晌，缓缓道："可惜……"

手中的金牌长约一尺，由木头制成条状，周身涂满朱红油漆，上面刻有"御前文字，不得入铺"八个鎏金大字。所谓"不得入铺"，乃是指传递金牌时，驿使不得在驿站中交接，只能在马背上依次传递。当年岳飞前线抗金节节得胜之时，就是被高宗连下十二道金牌召回临安的。无怪乎辛弃疾看到金牌后，心中也要为之一凛。

垂成之功，难道又要像过去一样半途而废吗？小小建军之事尚且有如此之多的波折，也难怪这数十年来，北伐大计终是一事无成。辛弃疾摇了摇头，叹息不语。

"大人，这可如何是好？"李一也慌了神，金牌颁到之时，只有他陪在辛弃疾身边，"其实，衣甲、军马等业已采办完毕。就是这营寨尚未修成……"

李一越想越觉得可惜，如果现在停工，岂不等于过去所耗全都打了水漂吗？

辛弃疾沉思片刻，问道："依你估计，飞虎营寨全部完工还需多少时日？"

"若加紧赶工，怕还要两个月时间。"

"执中……"辛弃疾严肃地说道，"我再给你一个月时间，务必完工！"

"可……可……"李一瞥了辛弃疾手中的金牌一眼，"圣上的意思，是立即停工呀！"

辛弃疾微微一笑，将金牌藏进了怀里："你什么都没看到，只管干好分内事便是。天塌下来，由我顶着。"

"是！"李一又是担心，又是佩服。他也不再多说，全部心力都投在了飞虎营寨上面。可偏偏正值梅雨时节，天公不作美，几乎连月不晴。这别的还好说，只是营房急需的瓦却无法烧制。这又愁坏了李一。

"辛大人，其他事都不是问题，唯有这造瓦一事，实在无法勉强啊！"

李一的脸阴沉沉的，简直比天色还要阴沉几分。若是再拖延下去，可就前功尽弃了。

辛弃疾倒毫不慌张，抬眼看着李一，问道："到底需要多少瓦？"

"二十万张！"李一斩钉截铁地回答道。他知道辛弃疾最不喜"大概""差不多"这一类模棱两可的回话。二十万张瓦片的数目，可是他亲自精心计算得出的。

"好。这二十万张瓦片我已经提前烧制下了！"

"什么？大人是在跟下官开玩笑吧？"李一大惑不解地看了看辛弃疾，这位帅臣大人满脸镇定自若，似乎不像是在跟自己闹着玩。可二十万张瓦片不是小数目，辛弃疾什么时候瞒着自己安排人备好了呢？

"你这个李一呀，怎么聪明一世糊涂一时呢？"辛弃疾大笑起来，"传我命令，潭州全城居民，除神祠官舍之外，每户都要向官府交纳檐前瓦片二十片——当然，不是白给，不是强取。官府以一百文的价格作价购买。限五日内交付！"

原来如此！李一恍然大悟，他赶紧按辛弃疾的吩咐操持起来。每户二十片瓦并不多，在自己房顶上挪一挪也就凑出来了。再说大家听官府说是有偿购买，还有什么不乐意的呢？辛弃疾原本给出了五天的时限，其实还不到两天，二十万块瓦片就尽数到位了。

飞虎军营寨建成，接下来的工作自然也是一帆风顺。辛弃疾看火候已到，上奏向宋孝宗禀明情况，并请朝廷正式颁布飞虎军军号，并差遣将官前来负责训练工作。如今建军工作已经完成了个七七八八，皇帝再不高兴，总不至于让自己现在把大家给解散了吧。

果然不出辛弃疾所料，宋孝宗读罢奏章后，苦笑两声道："这个辛弃疾呀，还真是敢作敢为。"

正巧值守在孝宗身边的又是谢廓然，他见皇上的话里似乎有责怪之意，赶紧凑了上去："陛下圣明，微臣听说辛弃疾之所以要冒天下之大不韪强行创建飞虎军，其实是有想法的！"

"什么想法？"宋孝宗眼皮也没抬。

"据微臣所知，此次建军，前前后后耗费府库四十二万缗钱之多。这么多钱，势必有一部分中饱了私囊，流进了个人的口袋。"

"你是说，辛弃疾借建军之事大肆贪污？"宋孝宗问道。

"陛下圣明，依微臣所见，此中定有蹊跷，不如派人前往明察暗访，一定能摸清此中端倪！"谢廓然心中已经开始盘算，到时候，该向皇上推举谁前去巡查。自然，这个人须得是自己人才好。到时候即便是查无实据，捕风捉影一番也可以要辛弃疾好看。

"爱卿多虑了!"宋孝宗从奏章下面又拿出厚厚一叠札子,以及一卷黄绢来,"你看!"

"这是……"谢廓然摊开黄绢,上面工工整整地绘制着飞虎军营寨的详细图样。再看札子,里面详细地记录了自建军开工以来的各项支出。每一笔都清清楚楚,有据可查。

"你看,若是真有意借机聚敛,又何必如此呢? 辛弃疾忠心为国,不仅有苦劳,更有功劳。你就不必多说了!"

"是是是!"谢廓然两耳红得像火烧一样,慌忙退了下去。

谢廓然没有摸准宋孝宗的心思。其实,孝宗心里对辛弃疾的做法,并不是那么满意;但是孝宗之所以不满,主要还不在于辛弃疾是否借机中饱私囊,也并不是责怪他耗费过多。飞虎军将来可能发挥的作用,孝宗心里还是有数的。这支劲旅建成之后,便承担起了捍卫一方水土的重责。其威名远播,甚至连北边的金人也要忌惮三分。许多名臣如李椿、朱熹等人都曾盛赞过飞虎军的作用。

那么,宋孝宗是为什么不高兴呢?

很简单,他不满意辛弃疾专擅。

辛弃疾偷藏传令金牌的事情,宋孝宗心里不是不清楚。只是创建飞虎军的工作业已完成,朝野上下对此也是褒多于贬,他自然也不会再追究此事。

不过,作为一个皇帝来说,最忌讳也最不满的,莫过于臣子专擅了。这就是为什么孝宗长期以来并不愿提拔重用辛弃疾,而只是一而再再而三地将他派到那些最棘手的地方去的真正原因。

在孝宗看来,若是给予辛弃疾太大的权力,还指不定会捅出什么娄子来。这样不听话的人,不可重用!

因此,辛弃疾只看到了孝宗屡次在朝臣们的谗言中保全自己的一面,却没有看到孝宗同样也有所猜忌,只不过没有适当的时机表现出来罢了。

　　当然,不管怎么说,孝宗在官样文章上还是得认可辛弃疾所取得的成就的。当年八月五日,朝廷正式颁布了飞虎军的称号。到十八日,又下旨将飞虎军拨归步军司管辖。十月份,步军司向飞虎军派遣将领四员、训练官十五员,从军号建制、装备训练等各方面,飞虎军终于走上了正轨。

　　湖南帅府的僚属们都为之高兴不已,辛弃疾也不例外。高兴之余,又有些烦恼。

　　这是因为,建立飞虎军的开销确实太大了,当地府库也不免到了捉襟见肘的地步。更不要说在建军之后,还要拿出一大笔钱财来加以供养。可这钱从哪里来呢?

　　辛弃疾不愧是曾在户部任上协助叶衡整理国家财政的好手,他很快便想出了解决之道:这笔钱,可以从酒里来。

　　酒在人们的生活中,向来是离不开的大宗日常消费品。在当时的湖南,对酒的酿制和管理一直实行着税酒法,也就是由官府招募专业酒家在城外酿酒,而拍卖户则负责在城中自由售卖。不过,当酒户进城时,需根据酒坛数量收取税钱。以潭州为例,每年酒税钱的收入就高达十四五万缗之多。

　　辛弃疾正是看上了这一大笔财政收入,他决定将酿酒及售酒的权力收归官方,实行酒水官买制度。如此,全年收入很快便达到了原先的一倍以上。当然,对于由政府官买的做法,向来是仁者见仁,智者见智。有许多人质疑这是与小民争利的举措。但在当时财政紧张的非常时期,也只有用这样的办法来渡过难关了。

　　对辛弃疾的诸般举措,李一看在眼里,心中暗暗倾慕。他早已把这位辛大人当成了自己的恩师,辛弃疾也十分赏识这位岁数比自己小的年轻人。二人在公余之时常常把酒谈天,纵论天下大事。

　　这天,李一又提着一壶好酒前来拜访辛弃疾。他径自一路寻到官厅后面,却发现辛弃疾负手而立,神色似乎有些黯然。李一颇感疑惑,连忙问道:"幼安兄,不知何事如此烦恼?"

"哦?"辛弃疾冷不丁被打断思绪,回过头来见是李一,反倒笑了,"没什么,我已接到了朝廷新的任命,前往江西担任帅臣。正式的诏书很快便会颁下了。"

"您……您又要走?"李一有些舍不得这位亦师亦友、亦儒亦侠的辛大哥,一时间千言万语竟不知从何说起。

"有什么办法呢?江西东西两路、浙西、湖北都遭逢大灾,急需有经验的人前去治理。我以前在江西做过两任官,地头熟、经验多,朝廷自然又想到我了。"

说到一个"又"字,辛弃疾不自觉地苦笑一下,拍拍李一的肩:"执中兄,你年轻有为,是难得的人才。我已经向朝廷禀报过你的功绩,跟日后的新任帅臣也推荐了你。你可要善自珍重,说不定将来咱俩还能携手干一番事业呢。"

他想了想,又令人摆下笔墨纸砚,当即挥毫泼墨,片刻便草成一词,郑重其事地递到李一手上:

　　秀骨青松不老,新词玉佩相磨。灵槎准拟泛银河。剩摘天星几个。

　　莫枕楼东风月,驻春亭上笙歌。留君一醉意如何。金印明年斗大。

"这首词是……"李一激动不已,连忙问道。

"这是过去为我妻舅范南伯贺寿所做的《西江月》,当时是想勉励他好好做一番事业的。如今又借花献佛,赠与吾兄。勉之,勉之!"

就这样,辛弃疾告别了为官还不到一载的湖南,带着家人又匆匆踏上了前往江西之路。

江西赈灾

江西等地区的旱灾从淳熙七年(公元 1180 年)就已经开始了,在史书上仅有"江右大灾"寥寥数字。然而当时民间的惨象却是言语所难以形容的——百姓们日夜为可能饿死沟渠的命运而发愁,许多地区就连草根树皮也吃净了。尽管朝廷一再下令减免当地租税,同时开仓赈灾,然而仍旧有许多黑心官员照例盘剥逑夺,所谓的赈灾连影子都看不到。尽管如此,这些官员们竟还能厚着脸皮接二连三地向朝廷奏闻自己所谓的"政绩",以便骗取功名和奖赏。

辛弃疾就是在这样的情形下再次担任知隆兴府兼江西路安抚使的。在前往治所的路上,他所见所闻一幕幕都是那么触目惊心——饥民们成群结队往外地逃荒。许多人走着走着就一头栽倒在地上,再也爬不起来了。但凡有树木的地方,总是聚集着三五成群的人,正动手将树皮剥下来。可这一路上所见的树木,几乎都已经被剥得光秃秃的了。许多地方就连路边的野草也被拔尽,只剩下几个衰弱不堪的老太望着干裂的田野欲哭无泪。

"何至于如此之惨!"辛弃疾连声叹道。入城后,他吩咐虎奴先把家眷安顿下来,自己顾不得参加当地士绅举办的欢迎宴会,便匆匆换上便服,想要四处寻访一下民情。

南昌城内本是辛弃疾相当熟悉的地方,此时也仿佛变了个模样似的。百姓们饿得面黄肌瘦,走在路上摇摇晃晃;集市也不复往日的活力。辛弃疾带着虎奴一边走,一边摇头。看来,这次自己肩头的担子还真的不轻啊!

突然,前面一阵喧哗吵闹声吸引了辛弃疾的注意。他带着虎奴快步朝前赶去。只见街的尽头是一家米铺,此刻大门紧闭,前面聚集了百十来条汉子,正在奋力砸门,高声叫骂:"王不仁,快开门,我们要买米!""再不开门就砸了啊!"

辛弃疾皱皱眉,吩咐虎奴前去问个究竟。没过一会儿,虎奴一溜小跑地回来了:"少主人,他们这是在抢米!"

"青天白日,朗朗乾坤,怎么能当街抢夺?"辛弃疾有些生气。

"嗨,不抢没办法呀。这家米铺从前几天起就关门不做生意了。居民们买不到米,再不抢就要断炊了。"

"关门不做生意……可是米铺也没米了吗?"辛弃疾问道。旁边摆摊的一位老者突然插话:"什么没米,王不仁铺子里囤积的粮食海了去了。这家伙为富不仁,故意把白花花的大米都囤积起来,一心想要卖个大价钱。"

"是啊是啊,真是黑心肠的奸商。"一个过路客人连声赞同,"不过我也听说,有的米铺里确实存米不多,去其他地方贩过来卖也不方便,就干脆关门不做生意了——他们自己也有老有小,想把米省下来吃。"

"反正,这世道是要乱了。"老者开始准备收摊,"前几天东街的张记米铺就被抢了个一干二净,领头的现在也还没有抓到呢——哼,要是我吃不上饭,买又买不到,不也只有逼着去抢吗?"

辛弃疾正沉吟间,聚集在米铺门前的汉子们开始用石头砸门,又不知从哪里寻来了一根粗大的原木,七八个人抬起来就要准备将门撞开。就在这个时候,由另一头跑来了一群官兵,连踢带打地驱散了人群。

"还好没有闹出大事来!"虎奴感慨道,他随着辛弃疾继续朝前走,不多时又发现前面聚着一群人,似乎正在看热闹。

"难道又是抢米不成?"虎奴也不待辛弃疾打招呼,一马当先地便挤了过去。片刻,他又大惊小怪地跑了回来:"卖身葬父,这事儿戏里面听到的多了,可还是第一次真的见到呢!"

"哦,还有此事?"辛弃疾心中一惊,随虎奴扒开人群走上前去。果然,墙角处跪着一位身穿孝服的姑娘。只见她此刻哭得跟个泪人似的,却仍旧难掩眉目间的清丽。在姑娘身后,还有一床破席,席中掩着一具尸体。想必那就是姑娘的父亲了。

"奴家和家父走南闯北卖唱为生,不曾想江西路到处都闹起了饥荒。家父年老体衰加之又有宿疾,一路来到这里,再也支持不住,竟……竟……"

讲到这里,姑娘已是泣不成声,好半天才重新抬起头来:"各位大爷行行好吧,若有人能出钱安葬我父亲的,小女子这辈子即便是做牛做马也要报答。"

听姑娘这么说,路人们纷纷议论起来:"好一个孝女,小小年纪卖身葬父,真是可惜了啊。"

辛弃疾见此惨景,心中不忍,正要发话,突然人群中倒有人先开了口:"俺看这小娘子模样还生得齐整,不如就从了大爷吧。"

说话的人酒糟鼻、五短身材,一副地痞模样,正色眯眯地看着姑娘。那姑娘抬头看着酒糟鼻,试探着问道:"大爷之恩,奴家自当报答,等奴家父亲安葬之后……"

"等等,等等!咱可没钱帮你葬父亲啊,要有钱,咱还不如留着娶媳妇呢。不过呢,大爷我有的是力气,得,俺今天就做回好事,出把子力气,帮你把咱这死鬼岳丈抬到城外乱葬岗,挖个土坑就是,如何!"

众人一片嘘声,感情这家伙就是个泼皮无赖。姑娘也明白过来,柳眉倒竖道:"既如此,奴家命薄,不敢劳烦大爷。"

"嘿,这小娘子脾气还挺倔。大爷我今天就非要做这件好事不可!"

一听酒糟鼻要耍横,围观者纷纷指责起来。这下子酒糟鼻可不干了,他伸手一推,当即把两个嗓门最大的路人推倒在地。

"告诉你们,咱老子可是南门一霸,都给我放聪明点。今天这个便宜老丈人,俺是管定了!"

从酒糟鼻身后又钻出来两条泼皮无赖,一左一右双手叉腰。大家这才看出来他们是一伙的,忙不迭纷纷散开,生怕祸事惹到了自己身上。只剩下姑娘楚楚可怜地怒视着他们:"你……你们就这样欺负一个弱女子吗?还算是男人不是?"

"哎，你那里是弱女子，你分明就是我的娘子嘛！"酒糟鼻涎着脸，伸手上来想摸姑娘的脸蛋，却被一只大手紧紧地攥住了。

"混账！你是……"

酒糟鼻抬脸一看，一位中年男子不知什么时候拦在了自己面前。这人长身伟立，凛然若神。不由得气焰矮了半截。

这个出手相助之人，正是辛弃疾。他冷眼旁观，眼瞅着姑娘就要吃亏，忍不住出手相助。只急得老家人辛虎奴在身后暗暗跺脚。

"多管闲事，来呀，给我狠狠地揍！"酒糟鼻突然想起来自己还带了帮手，赶紧闪到一边，大喝道。几个混混如狼似虎地朝辛弃疾冲了上去。可论起拳脚，他们又怎么是自幼习武的辛弃疾对手！只几个回合，就纷纷被打翻在地，哀号不断。

"你……你到底是什么人？报上名来，咱们后会有期！"

酒糟鼻正叫嚣间，几个官差打后面气喘吁吁地跑了过来："辛……辛大人，您怎么到这里来了？"

几个泼皮一听跟自己交手的竟然是位官员，当即吓了个面无人色。想要掉头逃走吧，可两只脚哆哆嗦嗦的怎么也不听使唤。

辛弃疾略一点头，示意官差道："这几个泼皮无赖横行市井，祸害良民，给我拿下，好好查一查他们还干过什么作奸犯科的事！"

官差们当即应了一声，将泼皮们锁拿起来就往衙门里带。辛弃疾略一沉吟，走到姑娘面前蹲下身来："这位姑娘，你叫什么名字，是何方人士？"

姑娘抽泣着说："小女子名唤整儿，家父籍贯本在山东济南府。自打小女子还没满月时，就因为躲避战祸辗转来了江南。如今已经十六个年头了。"

"原来如此……"辛弃疾不由默然。他本想劝姑娘就此回家乡去，别再在外抛头露面惹来不测，没想到面前这位姑娘跟自己竟是老乡，大家同属有乡难归之人，心中就好似打翻了五味瓶似的，说不出来什么滋味。

片刻，辛弃疾从腰包里掏了一阵，只掏出来几锭散碎银两。他又赶紧吩咐虎奴把所带的钱全摸了出来，一起递到姑娘手里："钱不多，聊表心意。你拿着这些钱先把令尊好好安葬了，然后想法寻一处安身立命之所，切莫再抛头露面了！"

整儿感动得不知说什么才好，哭泣道："大人的恩情，小女子没齿难忘！待得小女子安葬家父之后，定当报答大人！"

辛弃疾连连摆手："你我萍水相逢，这又何必呢。"他不忍再看到整儿的一双泪眼，连忙示意虎奴随自己离开了。

回到安抚使衙门，辛弃疾简单地跟范氏说起了今天的所见所闻，范氏连连叹息："这也太惨了，老爷，您为何不将那位姑娘带回来想法安置一下？"

"此言差矣，我这个人最怕别人施恩图报了。哈哈，这样也乐得省心。"辛弃疾连连摆手，吩咐属官道，"快，赶快把大家召集起来，共商抗灾之计。"

很快，安抚使和知州衙门的属官就聚到了官厅之上。除此而外，还有一些辛弃疾特意找来的米铺商人以及德高望重的乡绅百姓。他们都紧张地看着这位新任安抚使大人。当然，说新也不能算新，毕竟辛弃疾这已经是第三次来江西任职了，在座不少人都跟他算得上是旧相识。

"大人，草民以为，这粮荒并不是真的荒！"一个须发皓然的老者首先开口，"城里米铺里不是没有粮食可卖，怎么算粮荒呢？只是他们囤积居奇，不愿意拿出来出售而已！"

"王老汉，你这样说可就有失公允了！"一个精瘦的商人"腾"地站了起来，"我也是想打开门做生意的，可不知道这些刁民哪里听来的谣言，说什么南昌城里的米不够吃上一周的了，又是什么咱们粮商去外府买米压根就买不到了。我的妈呀，只要一开门，黑压压一大群人，连买带抢。诸位大人，你说我敢开张吗？照这个抢法，就算有再多的米也不够呀！"

辛弃疾不高兴地轻咳一声："有话好好说，什么刁民刁民的！"

"是！是！"瘦粮商慌了，"可是大人，小人所说，句句属实！不信一问便知。"

另一个粮商模样的人也赶紧帮腔:"不是不想卖,实在是不敢卖呀!"

几个老百姓模样的人也火了:"不是你们藏着掖着不卖,大家至于要动手抢吗?"

见场面有些混乱,有官员连忙站起来打圆场:"成何体统,你们这是成何体统!还不快都坐下,等辛大人明察!"

辛弃疾见大家都用期盼的目光注视着自己,不紧不慢地端起茶盏,喝了一口,道:"这几日来,本官已经差不多把全城的存粮情况摸了个遍。目前南昌城内的粮食是充足的,一应粮商,切不可以库存不足为借口,闭售或惜售粮食,你们这样,不是搞得人心惶惶吗?老百姓心里没底,自然会有过激举动。"

"大人英明!"王老汉赶紧高声呼道。

"不过,南昌城内的粮食只够像过去那样正常供应的。要敞开了买,却也有点困难。不明究竟的百姓若大肆抢购粮食,自然会进一步推高粮价,想买的人若不赶紧囤积,就担心无粮可买。然而这样一来,大家都别想买到粮了。"

"这……大人,这又该怎生是好呀?"王老汉嗫嚅道。几个粮商见辛弃疾话锋一转又偏向了他们,神色不禁得意起来。

"很简单,八个字!"辛弃疾说完,转身回到案几之上,刷刷刷写下了八个大字:"闭籴者配,强籴者斩!"

"从今日起,凡借口惜售不卖者,流配充军;挑动百姓强买甚至强抢者,定斩不饶!"

"啊!"王老汉和几个米商都大吃一惊,说不出话来。没想到这位新任安抚使大人手腕如此强硬,看来真是个狠角色呀!

八字榜文张贴出去之后,很快便收到了效果。市面上人心迅速安定下来,因缺粮而恐慌甚至暴动的局面很快便消失于无形。于是,辛弃疾又下令江西其他遭遇粮荒的州县也照此办理。一时间,局面开始趋于稳定。

不过,辛弃疾仍旧忧心忡忡。他知道,自己目前这着只能应急,却还不足以解决根本问题。说南昌城粮食充足，那是稳定人心的说辞。其实按照目前的消耗速度，恐怕不出两月便会遭遇新的危机。该怎样才能渡过难关呢？急切间竟想不出一个好办法来。夫人范氏见辛弃疾成日里烦闷不已，不由得劝道："与其天天在家里胡思乱想，不如出去转转，也许还能想到好办法。"

辛弃疾觉得此言有理，忙命虎奴备马，自己径自朝府外便走——他向来不喜排场，出行皆是轻车简从——才走到大门外，却遇见了熟人！

原来是那天搭救下的整儿姑娘，此刻正跪守在府门之外。只见她花容憔悴，消瘦的脸颊脏污不堪，也不知道是在这里守了多少天了。

见大人出府，门禁赶忙迎上前去："大人，这小妮子三天前就守在这里了，硬是说要见您一面。我告诉她，堂堂帅臣大人，岂是你一个民女想见就能见的！可她死活赖在这里，赶也赶不走哇！"

辛弃疾制止了门禁再说下去，上前一步，问道："姑娘，你可是又遇到了什么难处？不妨告诉我。"

整儿有些犹豫，最后终于鼓足勇气道："那天，奴家承蒙大人出手相救。可奴家如今已是孤苦伶仃，亲朋好友都不在南边，实在是无所依托。只望大人能再行行好，收留奴家在府上做个丫鬟奴婢什么的，再粗再累的活，奴家都做得下来，还望大人成全！"

"这……"辛弃疾犯难了，"可我家中并不需要奴婢呀！姑娘先起来说话……"

"大人，奴家实在是走投无路，还望大人成全……"整儿并不起身，干脆整个人都伏了下去，朝辛弃疾叩起头来。

正当辛弃疾不知如何是好时，身后响起了夫人的声音："这孩子也真是怪可怜的，不如我做个主，就让她留下来吧。"

"夫人，这、这使不得吧？"辛弃疾回过头去，发现范氏不知什么时候也出来了，正同情地看着整儿。

"有什么使不得的？那天的事，虎奴已经跟我说过了。你呀，帮人也不帮到底，让一个弱女子自谋生路，这不是再一次把人家往火坑里推吗？"

"你说的是，不过，我当初救她，可不是存了要她来咱们家做奴婢的念头。如今这……这如何是好……"辛弃疾尴尬地摸着头道。

"谢夫人成全，谢老爷成全！"整儿倒也聪明伶俐，赶紧从地上爬了起来，深深地纳了一礼。范氏笑道："什么奴婢奴婢的，我看这孩子人不错，又机灵，就跟我做个伴儿吧。闲时做些女红，忙时替我服侍服侍你，打点一下府中上下。怎么样？就算是给我个顺水人情如何？"

"好好好，顺水人情。"辛弃疾见夫人都说到这个份上了，自然不便再加以拒绝，"顺水人情，你这可真是。顺水人情……哎，我想到主意了！"

言毕，辛弃疾也顾不得再出去散心，急忙吩咐官差："快，召集户县上下官吏，还有府学的儒生。对了，上次来的各行商贾，还有热心地方事务的百姓，都给我召集起来。本府有要事相商！"

范氏看着丈夫急急忙忙的身影，摇头笑道："一辈子都是这个脾气，改不了咯。"

却说大家被辛弃疾召集到官厅之上，都困惑不已。不知安抚使大人这么风急火燎地叫大家来，到底所为何事。等了片刻，却见辛弃疾胸有成竹地和几位账房书吏出来了。

"今天来的各位，都是本地有才能、有担当的热心人。不知各位是否愿助本府一臂之力，共渡眼前饥荒这道难关？"

大家纷纷响应，都表示赴汤蹈火在所不辞，只是不知道安抚使大人什么需要众人协助的。

"据本帅所知，此次灾荒仅波及江南东西两路、浙西、湖北等地，至于淮东、川陕等路却是大熟。本帅想借重各位，从这些地方将粮米贩运到江西来，粮荒危机也自然迎刃而解了。"

听辛弃疾这么说，许多人都大感意外。几个粮商面面相觑一番后，开腔道："大人，不是小的们嫌钱烫手。其实草民也知道外地大熟，若是能将粮米贩运过来，便可解燃眉之急。只是……"

"只是过去咱们的生意都是在江东两浙一带周转。这路途太远，本钱实在周转不过来，要是路上再有个好歹，这风险实在太大。故而同业们虽然都知道这里面有利可图，却都不敢轻举妄动呀。"

"甚是、甚是。俺们小本经营，可拉不了这么大的亏空。"另一个粮商踌躇道。看他的神色，有些动心，却又更多的是担心。

"诸位无须忧虑。这办法嘛，本帅已经替你们想好了！"辛弃疾扬扬手，立刻有差役自后堂抬出了一筐筐的缗钱和银器来。

"不需要动你们的本钱，由官库替你们出钱。你们只需出人、出门路，将外地粮米贩运回来便是！"

"这……"许多人听辛弃疾如此说，都大为动心，两眼放光。谁都知道若能将外地的粮米转运回来，必能大大地赚上一笔。而且又不需要动自己的本钱，天下哪有这样的好事？

"大……大人，不知这利息怎么……怎么算？"一个粮商试探着问道。

"不计利息！"辛弃疾干脆地一挥手，"官府借钱给你们做生意，到时候把粮食运回来、本钱还回来即可。"

众人立刻骚动起来，这简直是天大的好事，还有比这更划得来的吗？有几个人立刻交头接耳起来，他们准备把这桩生意给当场承揽下来。

"不过嘛，官库的本钱也不是大风刮来的，那都是民脂民膏啊。虽说不计利息，但也尽量得保证不能折本。今天本帅召集大家来，就是希望请各位推举一下在这方面的才干之士。"

众人总算听明白了辛弃疾的意思，一番紧张的商议之下，当即推选出了几位承头人，由他们负责购买、转运和销售之事。限一个月内将粮食运抵南昌城下，再由此转运到江西路其他受灾府县。

很快，一队队满载粮食的船只便由外地驶往南昌。江西各处受灾的州县米价一时大跌，令人谈虎色变的饥荒也就此逐渐缓解。

不仅如此，江西路之外许多受灾的州府甚至都把目光转向了南昌。时任信州守臣的谢源明就修书一封，请求江西调拨一部分粮食以帮助当地渡过难关。书信送到，合府僚佐都犹豫起来。

"这米，还是不给他们的好！"有属官说道，"信州是江南东路的辖境，跟咱们江南西路素无往来。"

"说的是，咱们也不宽裕呀。过去饥荒，也常有外地州府卡着一仓仓的粮食，不愿卖给咱们的！"另一人支持道。

辛弃疾沉吟片刻，道："均为赤子，皆是圣上的百姓，何苦一定要有你我之别呢？传我的号令，每十船粮食拼出三船，拨往江东信州。"

这头辛弃疾刚发了话，那边又来了新的麻烦——隆兴府自淮东购回的牛皮等物资过境江南东路南康军的时候，竟然被当地守军给扣下来了。

知南康军的人不是别人，正是在当时朝野上下也颇有名气的朱熹。

那么，为什么朱熹要扣下这船物资呢？说起来，他并不是要给辛弃疾难堪，而是由于过去跟隆兴府帅臣的宿怨。

在辛弃疾帅江西之前，江东许多受灾州郡也是由上游江西南部，甚至湖广一带贩运粮食。不过，前任江西帅臣张子颜担心粮食被其他地方收购一空，反而使得江西陷入粮荒之中，因此他下了一道颇为霸道的命令——凡下游江东州郡购买粮食，一律不得过境，违者扣留罚没。知南康军朱熹前去籴米的船，就这样被张子颜给扣了下来。朱熹无法可想，只得多次修书恳请张子颜加以放行。没想到这个张子颜软硬不吃，不但不放船，反而查禁得愈加严苛。无奈之下，朱熹甚至将这场"官司"打上了朝廷，才暂时得以解决。

了解了事情的前因后果，也就不难理解朱熹的举动了。他是有意要给隆兴府一点颜色看看。其实，此前辛弃疾不是没有防到这一着。早有官吏提醒过他这段过节，为避免惹出麻烦，辛弃疾还专门吩咐在船上悬挂起"新江西安抚"的牌子，表示自己跟张子颜毫无瓜葛，希望朱熹不要弄错了发泄的对象。可谁知道，还是出了事情。

无奈之下，辛弃疾只好亲自修书一封，在信中表明自己对朱熹的仰慕之情，并称船中乃是军用物资，还希望能够尽快放行才是。

接到辛弃疾的来信，朱熹倒颇有些为难。其实他一直以来都十分欣赏辛弃疾的才干和胆识。当年辛弃疾自万军中生擒叛将来归的故事，朱熹前前后后不知给自己的门生讲过多少遍。如今对方有事相求，朱熹自然不好加以回绝。一番思量之下，当即吩咐将船货放行。一场风波就这样平息下来。不过，没有人知道，这只是两位老朋友友谊的开始罢了。

顺利处理完扣船之事，辛弃疾原本不错的心情却又被另一件事给搅得大为光火。原来，隆兴府新建县令汪义和奉他之令巡视府辖各县旱情。等回来后，辛弃疾迫不及待地问起灾情如何，却没想到汪义和淡定地回答道："旱情实在不容乐观，故而下官擅自做主，已经答应将各县赋税一概减免十分之八。"

"什么！"辛弃疾不由得怒了，"你好大的胆子，谁给你的这个权力？"

汪义和倒是不慌不忙："自然是大人给的。"

"你说什么？"辛弃疾更生气了，"我是让你下乡巡视灾情，并没有让你自作主张减免税负。要减，也该是等回来禀明本帅之后再减不迟！"

"大人，那就迟了！"汪义和反而迈上前一步，言辞恳切地说，"眼下百姓们饿都要饿死了，哪里还缴纳得起今年的赋税？卑职之所以明令颁布所减免赋税的数目，正是为了安他们的心。不然，人心惶惶，搞不好又会生出许多变乱。真等到把这一通官样文章做完，还说不定会闹出出什么事来呢，望大人三思！"

"你……"辛弃疾好不容易克制住心中的火气。他知道汪义和说的确有道理。半晌后，辛弃疾挥挥手："就照你所说，今年府属八县的赋税一律按八成减免，也好与民休息！"

不过，话虽然这么说了，辛弃疾心中还是老大一个疙瘩。待汪义和告辞后，他重重地出了一口气："这个汪义和呀，太专擅了！"

"老爷，你又在为何事烦恼？"不知什么时候，夫人范氏在整儿的陪伴下由屏风后转了出来。

"还不是为了一个属下！"辛弃疾余怒未消，将事情的经过原原本本地告诉了范氏。

"当机立断,敢作敢当。这倒颇有老爷你的风范嘛,何必如此抱怨?"范氏吩咐整儿去沏一杯茶来,和颜悦色地安慰辛弃疾道。

"虽然如此说,但我毕竟是他的主官。像这样先斩后奏,明显是让我下不来台。"辛弃疾说道。

"老爷,你这就是只许州官放火,不许百姓点灯了。都是利国利民的好事,何以你做得,人家就做不得?"范氏故意嗔怪道。

辛弃疾听夫人这么说,"扑哧"一乐道:"娘子所言倒是很有道理。好好好,是我错怪他了。我改日向他赔罪,如何?"

范氏继续说道:"将心比心,你这个直筒子脾气这种先斩后奏的事儿可没少干。我来问你,上次兴建飞虎军营,藏匿御前金字牌的事情,难道圣上真的不知情吗?哼,一藏就是快一个月。要不是天子仁德,恐怕你早就遇上大麻烦了。还好意思跟自己的下属发火呢。"

"是啊!"辛弃疾喟然长叹道,"像这种招上司忌讳、惹同僚讨厌的事,我可也是没少干咯。"

范氏一番话,勾起了辛弃疾的心事。这么些年来,尽管自己时刻提醒自己,要注意砥砺脾气,但人可也没少得罪。以朝中来说,那个签书枢密院事谢廓然不就成天处心积虑地给自己下绊子吗?其实说起来,谢廓然跟自己本没有什么私人恩怨。只不过,他是孝宗身边近臣曾觌的党羽。此前自己入朝为官时,曾觌曾经大力拉拢过自己。可辛弃疾最反感朝堂上的党派之争,故而毫不迟疑地加以了回绝。谁曾想到,就由那个时候跟曾觌一伙结下了梁子。

那么,朝中那些当政的所谓正派大臣们和辛弃疾的关系又如何呢?很遗憾,他们对辛弃疾的印象也不是太好。首先,辛弃疾是作为北方投效而来的"归正人"身份仕宦为官的,而北人在南宋朝廷上向来都是遭到排挤和歧视的对象。其次,辛弃疾早年为官时,屡屡上书纵论朝政,尤其是对北伐恢复大计发表意见,主和派大臣们都对他有"好大喜功"或"轻率"的误解。

比如当时担任宰相的周必大在辛弃疾讨伐茶商军时，就曾发表意见，称辛弃疾"为人颇似轻锐"。在后来创建飞虎军时，又是周必大率先质疑，"欲自以为功，且有利心焉"。也就是说，辛弃疾的建军活动只不过是为了给自己博取功名利禄而已。可想而知，这样的评价，对辛弃疾的伤害只怕是不亚于曾觌、谢廓然一伙的暗地中伤了。

另外，作为主战派的代表人物之一，辛弃疾在当政的主战派首领那里也颇受排挤。这看上去似乎有些奇怪，但实际上也很好理解——辛弃疾曾不客气地批评过主战派的两位大佬，张浚和虞允文。前者轻躁，后者虚浮——可是，自乾道、淳熙以来，朝中主战派大臣多出自于两人的门生弟子。他们当然也不会对辛弃疾伸出援手了。再加上辛弃疾曾上书呼吁严惩贪腐，力除昏庸，这对当时浑浑噩噩度日的南宋官员们来说，无疑就是一个欲取之而后快的麻烦制造者。

尽管辛弃疾这些年来也结识了不少同道中人，但他们要么是下野之身，要么人微言轻，对辛弃疾的尴尬处境多是无能为力。因此，就像他自己在奏章中所总结的那样，之所以能以羁旅孤客之身在官场上沉浮这么多年，也全仗着孝宗皇帝对他的庇护了。

然而，孝宗皇帝真的是辛弃疾的知遇之主吗？只怕未必。说心里话，孝宗对辛弃疾的看法是很复杂的。一方面，他看重辛弃疾的才干，也赏识当年匹马渡江南来的豪气。但另一方面，孝宗对辛弃疾的桀骜不驯和难以驾驭也很是伤脑筋。还记得过去辛弃疾曾作"君莫舞，君不见、玉环飞燕皆尘土"一词，就已经惹得孝宗默然良久。再加上他屡屡上书言事，针砭时弊。又有几个皇帝喜欢自己的臣下成天给自己挑毛病、生事端呢？

孝宗一天天老了，当初那个锐意恢复的君王已经不再。接下来的日子里，孝宗的治国方针越来越多地转向只求内政安稳，得过且过即可。因此，对于辛弃疾这么个难以驾驭的"刺头儿"，孝宗的用人方略主要还是把他放到那些最麻烦也最棘手的地方去平定祸乱、安抚局面而已。然而，当辛弃疾一力推行创建湖南飞虎军，甚至不惜私藏金牌来促成其事后，孝宗的心理就发生了根本的变化。

一介臣子竟如此专擅，这还了得！

隐忍不言的宋孝宗只是在等一个借口，一个机会而已。没过多久，这个机会就送到了门口。

一位叫作王蔺的监察御史上章弹劾辛弃疾，称他在地方官任上"用钱如泥沙，杀人如草芥"，理应加以严惩！奏章一上，朝野为之一惊。大家议论纷纷，看来这个辛弃疾又不知得罪了谁。

说起这个王蔺来，其实是一个绣花枕头般的人物。一次，孝宗前去太学视察，那时还身为武学谕的王蔺也正好侍立在一边。孝宗见王蔺长得高大魁伟，不由得心生好感，从此便一步登天，做了皇上身边的宠臣。王蔺最大的本事，便是察言观色，迎合皇上的意旨。他敏锐地察觉到了孝宗对辛弃疾的不满，再加上辛弃疾在朝中几乎是处于孤立无援的境地，王蔺自然会把他选作自己的攻击对象。

可叹的是，王蔺在弹章中所提到的罪名实在是子虚乌有之事。所谓"用钱如泥沙"，自然是指他动用官库建立飞虎军及江西赈灾之事。这两项举措虽然耗资巨大，但势在必为，也得到了皇帝和朝廷的首肯。至于"杀人如草芥"，则指的是辛弃疾此前在湖南江西等地讨平盗寇。实际上，辛弃疾虽然常常使用严刑峻法来安稳一地的乱局，但向来不主张滥杀枉法之行为。局面粗定之后，他便着手于发展当地生产、教育等所谓"复元气"的举措。这两条罪名，实在是冤哉枉也！

然而，让文武百官意想不到的是，弹章呈上不久，孝宗便授意给出了处理决定——在丝毫不给辛弃疾辩驳机会的情况下，坐实了王蔺对他的指控，并当即免去辛弃疾本兼各职。这时候，离辛弃疾就任新职两浙西路提点刑狱还不到一个月时间。

第三章　楚天寥廓

119

第四章　归去来兮

带湖吾甚爱

孝宗的严厉态度，大大出乎辛弃疾意料，夫人范氏的担心也终于变成了事实。从此，竟开始了他长达十年的赋闲生涯。而此时的辛弃疾才不过四十有一，正是建功立业、大有可为之机，却无奈虚度年华，老了英雄。这无异于是一场巨大的打击。

不过，此时的辛弃疾毕竟不再是过去那位容易冲动愤懑的少年郎了。就在身边好友僚属都替他打抱不平的时候，辛弃疾却一脸淡然地接受了这个结果。

"夫人，你和孩子们随我漂泊半生，也是时候好好歇息歇息，坐享一下天伦之乐了！"辛弃疾在接到诏命后不久，便举家迁到了江南东路的信州上饶。他此前在这里已经购置好了一处田产，此次与夫人范氏携手来到这里，竟有一种回家的释然。

"瞧你，正当壮年，说什么坐享天伦这样的泄气话！不过，这里还真是一处好地方呀！"

范氏像刚出阁的小姑娘似的，好奇地打量着身边的田畴风光。远山四

120

合，山下是绿意盎然的平野。极目远眺，一条狭长的湖泊自面前舒展开去，波光粼粼，沙鸥来集。就在湖光山色之间，坐落着一片房舍，轩敞，错落有致。那就是辛弃疾购置的田产，以及自建的新居。

"那是！"辛弃疾遥指前方，"你看，这湖泊蜿蜒如宝带一般，我给它起了个名字，叫作'带湖'。我在带湖边新起的房舍之中，有一处是我最为中意的，也给起了个名字，叫作'稼轩'。"

"稼轩、稼轩……可有什么讲究吗？"范氏好奇地问道。

"人生在勤，当以力田为根本。在我们北方，百姓们都以务农为本业，贫富之分差别也不甚大。而南方就大不一样了，这里的人以工商杂业为重，兼并之风盛行，故而百姓们苦乐不均，贫者愈贫，富者愈富呀……"

"又来了，我就知道你还是放不下国家之事。"范夫人佯装嗔怪道。

"哪里，哪里。我这不过是聊以自勉，同时勉励儿孙以农事为重——不如从今日起，我就以'稼轩'作为别号，夫人你看如何？"

"'稼轩'好，稼轩居士！"夫人携起丈夫的手，"若真能息影林泉，悠游山间，倒也是一件好事。只是，怕你这位稼轩居士终究还是过不惯这么安闲的日子呢。"

只不过，范氏没有想到，先过不惯带湖隐居生活的，倒是自己。因为水土不服，范氏病倒了，而且病势颇为沉重。这可急坏了辛弃疾，他四处延医问药，请来当地最好的医生为范氏诊治，终于寻到了一位叫作宋回春的名医。这位宋大夫对范夫人的病也颇为尽心，甚至吃住都在辛弃疾府上，这让辛弃疾十分感动。

这一日，整儿正守在床边服侍着范夫人，宋大夫又在辛弃疾的陪同下来到病榻前。他先是搭了搭脉，沉吟道："夫人风霜切体，内外未尝温养。筋骸素惯疲劳，脏腑经脉，一皆坚固。即有病苦忧劳，不能便伤神志。辛大人切勿过于忧虑，且待我慢慢用药调养才是。"

辛弃疾有些着急："宋先生，这已经病了好些日子了。久治不愈，恐伤元气呀。"他看了旁边的整儿一眼，"你若能尽快治好夫人，我定当以这位整儿姑娘相许,以为酬谢,如何?"

宋回春和范夫人不禁哑然,整儿更是面红耳赤,羞得放下盘子,转身躲回了内室。好半晌,宋回春才回过神来,拱手道:

"大人这玩笑开得过了,做医生的都是盼着病人能尽快康复才是。莫说在下并非贪图酬劳之人,单说这行医用药一事,也是要遵循医道病理,岂有说尽快就尽快的道理呢?"

范氏也埋怨道:"你这是说的哪里话?好端端的如何又要打发整儿走呢?"

辛弃疾哈哈大笑,摸了摸头巾道:"一时失言,一时失言。先生莫怪!"

送走宋回春,重回夫人病榻前,他叹了口气道:"夫人啊,难道你真想让整儿服侍你一辈子不嫁不成?"

范氏黯然道:"瞧你说的,我岂是如此小见之人?整儿这几年来尽心尽力服侍家中老小,我常觉得亏欠了她。这样下去也不是个常法,我也正思量着为她寻一条出路呢。没想到你今天冒冒失失地就把这茬提起来了。"

辛弃疾摇摇头:"我可不是兴之所至,胡说一通的。这位宋大夫人品端良,若能与整儿在一起,那倒是天作之合。我看他这十数日来,对整儿倒也颇为留心,就不知道整儿的意思如何?"

范氏道:"既如此,且待我问问整儿便知——无论如何,我是把她当亲妹妹看待。若真能成就一桩美事,那可得给他们办得风风光光、体体面面的。"

夫妻二人商议停当,范氏便借机问起整儿的意思。没想到,整儿确实也对宋回春抱有好感,当下便大大方方地承认了此事。又过得一段时间,范夫人在宋大夫的调理之下逐渐康复起来后,便由他夫妻二人做媒,将整儿许给了宋回春为妻。这一来,一连数日中,带湖新居都洋溢着一派喜庆热闹的气氛。范氏高兴之余,又有些舍不得陪伴自己数年的这个姑娘。辛弃疾倒是表现得十分豁达:"同为故乡人,能为她寻得一处好归宿,也算是幸事了。"

送走整儿后,辛弃疾成日里的隐居生活看上去倒是悠然自得。他亲自命名的带湖就成了每日里必到之处,有时甚至会绕着湖边来来回回走上多次。翩翩飞舞的沙鸥和白鹤似乎成了他最好的伙伴,辛弃疾还专门作词《水调歌头》来描写这种生活:

> 带湖吾甚爱,千丈翠奁开。先生杖屦无事,一日走千回。凡我同盟鸥鹭,今日既盟之后,来往莫相猜。白鹤在何处?尝试与偕来。

> 破青萍,排翠藻,立苍苔。窥鱼笑汝痴计,不解举吾杯。废沼荒丘畴昔,明月清风此夜,人世几欢哀?东岸绿阴少,杨柳更须栽。

这首词写就之后,许多友人纷纷为之赞不绝口——词人竟然想到与湖边来去的鸥鹭订立"盟约",互不相猜,相安无事。这是多少士大夫所艳羡不已,却又学不来的闲情雅致。看起来,那个湖海豪士辛弃疾如今真正变成了"稼轩居士"。

然而,许多士大夫眼中的田园隐逸生活,只不过是厌倦了宦海浮沉,想要寻一个退路;抑或是功成名就之后,志得意满地息影林泉而已。辛弃疾却与这两种情况都不沾边。他差不多是在壮志未酬之时,被强制"退休"的。因此,虽然他尽力想在诗文中表露出得失不足挂齿的心境,但仍会不经意地流露出一些苦闷之情,如在词《沁园春》所言:

> 三径初成,鹤怨猿惊,稼轩未来。甚云山自许,平生意气;衣冠人笑,抵死尘埃。意倦须还,身闲贵早,岂为莼羹鲈脍哉?秋江上,看惊弦雁避,骇浪船回。

> 东冈更葺茅斋,好都把轩窗临水开。要小舟行钓,先应种柳;疏篱护竹,莫碍观梅。秋菊堪餐,春兰可佩,留待先生手自栽。沉吟久,怕君恩未许,此意徘徊。

在这首词中,辛弃疾还认为自己去职只是受到朝中小人的攻讦排挤而已,希望孝宗能够有朝一日再次起用自己,因此才会下笔写"怕君恩未许,

123

此意徘徊"。不过，一位旧友的来访却让辛弃疾的期待落空了。

这位旧友就是此前协助辛弃疾创建飞虎军的李一。他听说昔日的老上司如今隐居上饶，特地在公事之余前来探望。辛弃疾热情地接待了这位老朋友，还没等李一落座，便急不可耐地向他打听起近况来。

"执中兄年轻有为，应该大用了吧？"

李一苦笑一声："稼轩兄太抬爱小弟了。"他告诉辛弃疾，新任安抚使上任之后，一反过去的诸般举措。原来辛弃疾所重用之人，也几乎都被冷落到了一边。辛弃疾去任前向朝廷呈递的举荐文书，以及给新任安抚使的推荐信不但没有起到作用，反倒是让李一宦场蹭蹬，备受排挤。

"如此说来，是我负了执中兄啊。"辛弃疾听到这里，情绪不由得低落下来。

李一连忙安慰他道："李一大好男儿，行事只问是否对得起天理良心，又何尝在意过那些鸡虫得失的小事呢？贤兄若如此挂怀，那就是有负相知一场之意了。"

辛弃疾为李一的豪气所感，奋声道："好，好！"心中却若有所失，如何也痛快不起来。待李一盘桓数日，告辞要走之时，辛弃疾当即赋诗一首，以为留念：

> 青衫匹马万人呼，幕府当年急急符。
>
> 愧我明珠成薏苡，负君赤手缚於菟。
>
> 观书老眼明如镜，论事惊人胆满躯。
>
> 万里云霄送君去，不妨风雨破吾庐。

这首《送湖南部曲》中虽豪气不减，却满怀对昔日老部下的愧疚之意。辛弃疾终于想通一个道理——目前朝堂上下汲汲于醉生梦死、苟且偷安，像自己这样"不识时务"之人，已经成了遭人厌烦的弃物了。

这一年（公元1182年，淳熙九年），辛弃疾才不过四十三岁。意气消沉的他，再也没有心思闻鸡而起、拔剑作舞。昔日常不离身的雕弓和长剑只能挂在墙壁上，任由其积满灰尘。辛弃疾本打算在带湖以东亲自开垦一块半亩大的稻田，以实践自己"以力田为先"的誓言，也因为有心无力而落空了。他开始频频以杯中之物相伴，借酒消愁来打发退隐后百无聊赖的时光。时而也在老家人辛虎奴的陪伴下，牵一匹瘦马，携一壶冷酒，四处游山玩水。

> 少年不识愁滋味，爱上层楼。爱上层楼，为赋新词强说愁。
>
> 而今识尽愁滋味，欲说还休。欲说还休，却道"天凉好个秋"！

一次出游带湖附近的博山，辛弃疾大为感慨，一连写下十余首词，首首都成为脍炙人口之作。他登临山巅时所作的这首《丑奴儿·书博山道中壁》更是传诵一时。不过，辛弃疾当时的怅然之情，吟诵之人又有几个真能心领神会呢？

还有一次出游到博山王氏庵，因为天色已晚，便就在庵中住宿下来。对着面前局促的斗室，辛弃疾不禁又心生感慨，作《清平乐》一词云：

> 绕床饥鼠，蝙蝠翻灯舞。屋上松风吹急雨，破纸窗间自语。
>
> 平生塞北江南，归来华发苍颜。布被秋宵梦觉，眼前万里江山。

不管处境如何，辛弃疾平生念念不忘的，还是记忆中的儿时故土，胸中的万里河山。只不过，此时一腔豪情无处倾吐，只有借酒浇愁，以求一醉。每次出游，辛弃疾必定要邀约三五当地友人痛饮一番，直到酩酊大醉，才翩然归家。

祸不单行，就在辛弃疾退隐之后的第五个年头里，他最为疼爱的幼子辛赣不幸夭亡了。辛赣小名铁柱，还是他当年任江西提刑时范氏所生的第一个孩子。辛弃疾十分喜爱这个聪明伶俐的儿子。他曾为铁柱写过一首《清平乐》，以寄托自己对铁柱的期冀：

> 灵皇醮罢。福禄都来也。试引鹓雏花树下。断了惊惊怕怕。
>
> 从今日日聪明。更宜潭妹嵩兄。看取辛家铁柱，无灾无难公卿。

　　从词里可以看得出来,辛弃疾一改平素严厉冷峻的形象,满纸都是一位慈父对子女的拳拳爱意。而铁柱的夭亡,实在是给了夫妻俩不小的打击。对辛弃疾来说,就更如同晴天霹雳一般。他甚至为此还大病了一场。疾病初愈之后,辛弃疾仍旧终日借酒浇愁,郁郁不乐。范氏自然看在眼里,急在心上。

　　这一日,辛弃疾又大醉而归。范氏在家人的帮助下好不容易将他扶进内室,辛弃疾还含含糊糊地喊道:"来,将进酒,杯莫停!满饮此杯,正好上阵杀贼!"

　　"唉!"范氏摇摇头,将丈夫安顿上床,掖好被子。她突然想到了一个劝辛弃疾戒饮的办法,赶紧连夜操持起来。待得第二天辛弃疾醉眼惺忪地醒来,正想下床散散步,却发现卧室中全然变了一副模样:

　　四面的窗纸上、桌上和帷帐上,都贴满了一张张纸条。纸条上的笔迹工整娟秀,一看就知道是出自夫人范氏的手笔。辛弃疾大感好奇,揉揉眼睛凑上前细瞧,却不由得哑然失笑。原来这些纸条上都写着劝诫自己少饮酒、多养生的叮咛之语。他正想开口呼唤夫人,却发现范氏正捧着茶站在一边,用关心又责怪的眼神看着自己:"你醒了?"

　　"啊,夫人这是……"看着范氏微微发红的眼睛。辛弃疾明白了,妻子为了写下这些劝诫之言,估计昨晚差不多是一宿没睡。

　　"相公,我知道你的心情。但你总说有朝一日要为国效力,可这身体都没了,还怎么指望有东山再起的那一天呢?"

　　"夫人教训得是,弃疾我,实在是无以为报啊!"辛弃疾大为感动,他走到桌前,饱研浓墨,写下了一首《定风波》:

　　　　昨夜山公倒载归,儿童应笑醉如泥。试与扶头浑未醒,休问,梦魂犹在葛家溪。

　　　　欲觅醉乡今古路,知处:温柔东畔白云西。起向绿窗高处看,题遍,刘伶元自有贤妻。

"古往今来，大家都知道刘伶以好饮而著称，却不知道他背后一定有一位默默关照他的贤妻啊。唔，就像夫人这样。"辛弃疾开起了玩笑，"不过，我近来功名之心日淡，什么东山再起之类的话，还是休要提了。"

"不提也罢，只是，朱熹朱元晦先生过得数日要来拜访，难道你也这副醉醺醺的模样见他不成？"范氏又好气又好笑，连忙提醒道。

"哦，对对对，元晦兄要来。瞧我把这茬都给忘了。"辛弃疾下意识伸出两手去整理发髻，"上次一别，已过了好久了呀！"

百万买宅，千万买邻

说起来，辛弃疾在带湖隐居的岁月之所以还不至于那么难熬，也全仗着友人们时常前来拜访，如郑汝谐、赵文鼎、俞山甫、晁楚老等人。而与辛弃疾交情最厚的，于信州本地是韩元吉韩老先生，外地就要数朱熹了。

朱熹年纪比辛弃疾长十岁，两人此前交往无多。在辛弃疾任江西安抚使的时候，朱熹还因为与前任安抚使的旧怨，而给辛弃疾制造了一些小难题呢。不过，辛弃疾却对朱熹的学识和治绩推崇有加。朱熹也十分欣赏辛弃疾的胆识和才干。在辛弃疾被废黜之后，朱熹还曾愤愤不平地对自己的门生发表过这样的意见：

"辛幼安是个人才，更是个帅才。哪有把他搁置起来长久不用的道理？不错，他为人是有些专横跋扈，这也是有才之人的通病。只要能做到明赏罚，戒其短，用其长，彼人也自然会心服口服，为国所用。如今呢？一废就废到底了，再没有人顾念他过去的功劳和好处。甚是可惜，可叹！"

言外之意，是对宋孝宗的婉转批评。朱熹认为宋孝宗是缺乏驾驭辛弃疾的能力，才将其废置不用的。于国于人，都算得上是一件十分遗憾的事。他后来曾前往带湖探访辛弃疾，两人就此成了莫逆之交。朱熹也多次劝告辛弃疾要收敛自己的锋芒，为人行事尽量平和宽厚一些，切莫再招来不必要的猜忌。对于好友的这些忠告，辛弃疾倒也一一虚心接受了下来。

如今，老朋友又要前来拜访，辛弃疾心中自然十分高兴。朱熹到达的当天，辛弃疾还专门拉上了韩元吉作陪。韩元吉曾任吏部尚书，比辛弃疾还要早两年退隐到上饶来。朱熹曾夸他"文做著尽平和，有中原之旧，无南方啁折之音"。他也是一位力主抗金的人物。三位老友一番畅谈，朱熹大为高兴。

"多时未见，稼轩兄的养气功夫渐趋佳境啊！"

"哈哈，这也是闲暇无事，磨砺出来的。"不待辛弃疾答话，韩元吉抢道。他今年已经六十有九，跟两人算得上是忘年之交了。

"有山，有水，有鸥鹭为伴，自然心气平和。"辛弃疾遥指周围的湖光山色，笑着接过话去。

"不过，我此前还一直担心稼轩居士的那腔子豪气都给这好山好水磨砺光了呢！"韩元吉半开玩笑半当真地说，"还记不记得我六十七岁生辰时，你送给我的拜寿词？咳咳，读来令人声泪俱下，感慨万千！"

言罢，韩元吉当即高声吟诵起来：

渡江天马南来，几人真是经纶手？长安父老，新亭风景，可怜依旧。夷甫诸人，神州沉陆，几曾回首！算平戎万里，功名本是，真儒事，公知否？

况有文章山斗，对桐阴、满庭清昼。当年堕地，而今试看，风云奔走。绿野风烟，平泉林木，东山歌酒。待他年，整顿乾坤事了，为先生寿。

他的声音苍老而不失慷慨，雄壮中透着悲凉。吟罢，辛、朱二人都连忙击节叫好："妙，妙极！"

"不过，稼轩兄。我这个做老哥哥的奉劝你一句。"朱熹又正色道，"若是有朝一日圣上能再次启用你，这豪情不可减，豪气却须得收敛几分才是。"

"听元晦兄的意思,幼安最近有起复的可能?"韩元吉眯起眼睛,抿了一口酒道。

"我也不是当枢的重臣,听到的消息自然有限。不过……"朱熹迟疑道,"朝中近来确实是有这样的风声——王淮王季海拜相后,倒是颇有想要重用幼安的意思。"

"唔,王季海这个人我是知道的,他对幼安十分赏识。不过,你别忘了,起用大臣光王季海一个人说了不算,还要右相周必大同意才行。"韩元吉自言自语道。

辛弃疾微微一笑:"周益公向来对兄弟我有成见。我们虽然相识已久,但始终存有芥蒂。"

朱熹道:"所以近来才有这样的传闻——王季海准备进拟幼安一个帅职,可周益公却坚决不肯。季海问益公说,幼安帅才,何不用之?你猜益公怎么回答的?"

"他如何说?"

"周益公说,不然,幼安为帅,必然在地方上又要多生是非,多杀人命。到时候,这些人命账还不是要算到你我二位头上吗?他这么说了之后,王季海默然不语,也就不提这茬了。"

辛弃疾闻言,虽然面色如常,但握着酒杯的手却颤抖起来。他没有想到自己当年为了整顿地方治安,曾大力缉奸捕盗,这些必要的施政举措却被看作是"草菅人命"。真是冤哉枉也。

朱熹看出了辛弃疾心中的波澜,连忙安慰道:"周益公那里虽固执己见,但听我在京中的门生说,王丞相却也未肯就此罢休。他又去找了圣上,只是不知道圣意如何了……"

"哼!"韩元吉冷笑一声,"若按我的脾气实话直说,不找圣上还好,若经过圣上,幼安只怕这辈子都不会再有起复的机会了。"

"喔,此话怎讲啊?"朱熹问道。

"遥想当年圣上即位之初,倒是锐意求治,一心想要收复失地,中兴我大宋。可接二连三地碰了几个钉子之后,已经是心灰意冷了。现眼下,我看圣上的意思是只求安静无事即可,最恼人生起事端,所谓一动不如一静嘛。幼安自然不是圣上心目中那些所谓老成持重之人,又怎么可能得以起用呢?"

"说的也是!"朱熹叹一口气,意兴有些消沉。辛弃疾见状,反而过意不去,连忙转换话题道:"朝中事,自有人放手去做。我乃是在野之身,何必管那么多有的没的? 倒是近日里或许还有一位朋友来访,到时若有机会大家不妨再叙。"

"是谁?"韩元吉和朱熹都来了兴趣。

"此人姓陈名亮,表字同甫。说来也可叹,我与他仅仅是过去做仓部郎中时见过一面。承蒙这位同甫兄此后一直念念不忘,随时还有书信往还。总说着想要再聚一聚,可惜直到现在都未曾觅到机会。说起来,这位同甫兄也是一力主张恢复之人。想必……"

朱熹打断话头道:"我说是谁,原来是陈同甫。我跟他倒也颇有交情。哈哈,这位兄台倒也是见识不凡之人。就是过于愤世嫉俗了一些。我跟他观点不甚相合,他便扯着我辩论不休,实在是有些怕了他了。"

"愤世嫉俗? 难道还胜于稼轩?"韩元吉也动了童心,开起了辛弃疾的玩笑。惹得辛弃疾连连摆手:"一大把年纪还说什么愤世,看来修炼尚未到家哇!"

朱熹摆摆手:"要论这位同甫兄,可是远过稼轩。得罪的人也不少,故而他至今还是白身。皇上有次曾想赠他个官做做,可你们猜他怎么说? 他说,我陈亮屡屡上书言事,不是为了求区区一官的,而是为了国家的恢复大计。既不能用我之言,这官做来又有什么意思? ——竟坚辞不受。你们说,这人却也是痴得可爱了。"

朱熹虽是戏言,辛弃疾却听得欣然神往,道:"若如此,倒真想早些与这位同甫兄见上一面了。"

朱熹又连连摇头:"他这数年来时乖运蹇,麻烦缠身,怕一时还抽不出时间来拜访你。"

"所为何事？若能鼎力相助，也算是尽了朋友的一份力！"辛弃疾慨然道。

"不须，不须。这个人颇有些古板固执，他是最不喜拿自己的事情去麻烦朋友的。你若贸然相助，恐怕还会遭他白眼，断然绝交呢！"朱熹连忙道。这一番话，更是引起了辛弃疾对陈亮的思慕之意。

"如此豪杰之士，当今世上果然是难得一见，只不知何时才有缘共论天下大事呢？"

晚间，辛弃疾送走两位好友，回到书斋之中，不由自主地又找出了陈亮过去写给他的书信：

"亮空闲没可做时，每念临安相聚之适，而一别遽如许，云泥异路又如许……"

睹物思人，辛弃疾又想起白天时，朱熹曾提到许多有关陈亮的轶事——这位书生曾四次向孝宗上书，谈论恢复大计。第一次上书时，锐意恢复的孝宗对他颇为赏识，将其文章公布于朝堂之上，并以此询问执政大臣："当从何处下手？"可以想见，那时候孝宗便有了不拘一格提拔陈亮的打算。却没想到从中横生波折——孝宗身边的近臣曾觌看出了皇帝的心思，便打算先将陈亮拉拢为自己人，于是"礼贤下士"前去拜访。不料，陈亮对曾觌这个人一向没有好感，为了避免跟他见面，干脆跳墙避走。消息传到曾觌耳朵里，他对陈亮自然是切齿痛恨，于是借机在孝宗面前说了不少诋毁的话。再加上朝中许多大臣也厌恶陈亮在奏章中直言不讳，很是揭了他们不少短处。于是，在众口铄金之下，孝宗也自然打消了起用陈亮的念头。

不过，陈亮并未因此而灰心失望。十日之后，他又连续两次上书，言辞恳切，使人心折。孝宗无奈之下，派遣数位执政大臣前去听取陈亮面禀恢复之计。陈亮当即慨然陈说振作复仇之气、还郡县兵财之柄、选拔人才而不专用儒生等三策。几位执政大臣听得面面相觑，哑口无言。他们辩驳不过陈亮，又担心无法向皇上交差，便想任陈亮一个官职来搪塞过去。谁曾

131

想,陈亮竟拂袖东归,临走放下话来:"我欲为国家开社稷数百年之基,岂是借言辞来博得一个官做?"

这就是朱熹口中陈亮白身辞官的故事。在他口中,似乎并不以陈亮的举动为然。不过辛弃疾心下却暗暗佩服陈亮的这份胆气。

"陈亮志节在我之上,在我之上啊!不知何时才能得以一见?若非我新丧爱子,又苦于疾病缠身,该当我前去拜访拜访他才是!"辛弃疾对夫人范氏感慨道。他拔出悬挂在墙上的龙泉宝剑,拭了又拭,看了又看:"此人如此剑,刚而易折,锐而难当,只能用以屠龙。当朝众臣却想把来屠猪杀狗,简直是辱没了一把名剑。难怪要化作一道长虹遁去了!"

范氏掩口笑道:"我看你为了这个陈亮都要疯魔了,不过呀,你俩确是惺惺相惜。怕就算是知交故友中,也难得找出这么一个对你胃口的人来。放心,时候到了,就该见着了。"

龙虎风云会

其实,陈亮之所以迟迟未能抽出身来拜访辛弃疾,确如朱熹所说,时乖运蹇,麻烦缠身。还是淳熙十一年(公元 1184 年)春的时候,他莫名其妙地牵涉进了一桩人命官司之中——乡邻中,有卢氏父子与吕氏者素有仇隙。卢父病亡后,其子诬告吕氏与陈亮在乡宴上下毒药死其父。再加上当地州县官员素来对心高气傲的陈亮多有不满,故而被牵连下狱。在狱中待了七八十日,才因证据不足而被释放。不过这样一来,陈亮也被弄得元气大伤,很是在家休养了一段时间。淳熙十四年(公元 1187 年)春,陈亮就试礼部,却又突染重病。妻子家人也接连染病,再加上田庄歉收,日子过得十分凄苦。不过,他病好之后,又踏上了前往金陵、京口的旅途。这一次,陈亮是准备前去查看边防形势,以为进退攻守之计。紧接着又赶往临安,再次上书孝宗,陈说北伐方略。无奈,此时的孝宗已经壮心消沉,未曾作出任何回应。一番迁延之下,等陈亮前往上饶正式拜会辛弃疾之时,已经是淳熙十五年(1188 年)的冬天了。

且不说陈亮一路上还不忘指点江山,观察形势。单说辛弃疾在接到陈亮的来信之后那激动的心情便是难以言说的了。此时离上一次与朱、韩之会已过了两年。这两年中,辛弃疾与陈亮屡有书信往还,纵论天下大势。越聊,辛弃疾越觉得这位小自己三岁的书生不仅是一位命世奇才,更是与自己颇为相似的性情中人。他算好了陈亮大致抵达信州上饶的日期,日日登上宅邸中的小楼,翘首东望,以便能看到陈亮的身影。如此痴魔,范氏看在眼里,自然是又好气又好笑。

这一日,辛弃疾又早早地冒雪登上小楼,温一壶酒,坐在楼头。范氏陪在身边,道:"这天寒地冻的,前些日子那场病还没好完,就不怕又落下新病?"

辛弃疾摇摇头:"以热酒下壮词,只觉得腹中火热,哪里会觉得寒冷?夫人莫要担心,这陈同甫兄便是医治我沉疴的一剂良药!"

范氏苦笑一下:"真拿你没法,我且下楼去把你的黑貂大氅取来,再吩咐下人加些炭火。"她转身走下楼去。辛弃疾微微一笑,呵开冻墨,正准备写点什么的时候,突然瞅见远处隐隐约约来了一骑身影。

"哦,是谁一大早便冒着风雪赶路?难道是……"

辛弃疾不由得站起身来,走到楼头细看。那人蓑衣斗笠,骑一匹瘦马踯躅而来。眼看迎面便是一座石拱桥,过了这座拱桥,便是辛弃疾的宅院了,不料瘦马在石拱桥前突然停下,随即前蹄跃起,大声嘶鸣,差点把马上人掀下马来。

"不好!"辛弃疾差点没呼出声来。然而,意外的一幕并没有发生。马上之人牢牢地扯住缰绳,稳住身形,又驾驭着马退了几步,继续想要朝拱桥前行。没想到,这马竟犯起了倔脾气,两次走到桥前,又两次都立起身来长嘶,就是不肯踏上前半步。

"这人倔，马也挺倔……"辛弃疾暗笑道。他正准备下楼吩咐小厮前去看个究竟，却不料那人突然翻身下马，不可思议的一幕发生了：

他猛地抽出腰间佩剑，一剑便将马头给斩了下来。一时间鲜血四溅，将皑皑白雪染成了一片猩红！

饶是辛弃疾这辈子见惯了大场面，却也不由得为之深吸一口气——此人性格之峻烈，看来不在自己之下呀！他再拭目细看，只见这人擦拭完宝剑，头也不回，大踏步地朝自己的宅邸赶来。

"陈亮，一定是陈亮到了！"辛弃疾哈哈大笑，连忙奔下小楼。果然，来人便是他昼思夜想的陈亮陈同甫。

陈亮看上去面容清瘦，却掩饰不住的一股湖海豪气。他紧紧握住辛弃疾双手，大声道："渴慕贤兄多年，今日果不负陈亮平日之望！"

辛弃疾也拍着陈亮的肩道："同甫，既然好不容易来了，就开怀畅饮，畅谈它数月才好……我听你说，还邀约了一位老朋友，不知是……"

"朱熹，朱元晦。这几年来为义理之辩，我跟他吵得可是不可开交，哈哈！你这里有酒有菜，还有好山好水，恕小弟冒昧，约了他老先生到这里来继续辩论，到时也好请稼轩兄做个调人！"陈亮倒是毫不客气，就好像来到了自己家一般自在。

辛弃疾抚髯笑道："若元晦兄要来，必然是经由紫溪过。那里离铅山县四十里，与他所在的瓯闽相通。计算时日，怕也在路上了。既如此，容我先做个东道。咱们今夜就在带湖雪楼赏雪叙话。明日一道东行，前去迎接元晦兄！"

当夜，两人便在带湖雪楼把酒言欢，共论天下大事。喝得高兴，辛弃疾慨然道："同甫，据说你当日上书纵论恢复大计，曾提到废科举、重实务。这可是了不得的见解呀！"

陈亮哂然道："此事说来也是可笑。记得当时还是虞允文虞丞相当国，圣上吩咐他来问我，我奏答道：'秀才好说大话而不通晓实务，国家当罢科举，上下以厉兵秣马为要事。以实心实意行实事，一旦有机可乘，或许还有恢复中原之机。'对我这番话，虞丞相倒也颇为赞许。不过，陪同他一道来的梁克家梁参政正好是科举状元出身，听了之后心里老大不高兴，于是就在圣上面前进言，说我也不过是个好为大言的秀才罢了。哈哈，圣上听后不置可否，也就把这件事放到了一边。"

"所以说，同甫兄识见更高于我。"辛弃疾一口饮干杯中酒道，"我当初渡江南来，屡屡上书言事，也从未曾想过要尽废科举之制呢——不过，若此事真得以实行，可是断了许多士人的念想。他们对你群起而攻之，也是意料中的事了。"

"苟利国家之事，虽千万人吾往矣！"陈亮慨然道，"这朝野内外，怕也就只有稼轩兄能知我懂我了。朝廷花费大量民脂民膏，养活一群读书人有什么用？不过是终老灯下博一个功名。一旦得跃龙门，便成日钩心斗角，结党营私。像曾觌那样的小人，稼轩兄不也吃过他许多亏吗？"

"是呀！"辛弃疾一时默然。自罢官以来，他的火爆脾气已经磨砺了许多，平时也不轻易评点时人。这番激烈而又恳切的言辞从陈亮嘴里说来，就仿佛是发自自己的肺腑一样。他不由得又满斟一杯喝下。

"说起来，元晦这几年来常劝我要检点一下自己的脾气，如此才可能有立言立功之机。否则人都被得罪光了，还谈什么建功立业？可我这脾气虽改了许多，要与那些成日里醉生梦死的'君子'们和光同尘，自问这辈子是做不到的了。"

陈亮笑笑："元晦也只是说人家说得，自己做不得。他在朝中还不是郁郁不得志，颇受排挤。如今他也消沉了，不比你我二人兀自痴心想要做一番中兴事业。"

"你二人这数年来反复辩驳王霸义利之争，我也略知一二。"辛弃疾起身道，"元晦不是不主张恢复，只是认为恢复之事，本应行于隆兴初年。那时圣上不合与金人罢兵讲和。今日承平已久，光是东南半壁尚且自顾不暇，又怎能谈及恢复……"

"确如其说！"陈亮苦笑道，"他劝我隐忍待时，以免遭人忌恨。可……"

"可国家朝廷若无恢复之志，图存之术，即便是时机到来，也只是稍瞬即逝而已。"辛弃疾想起自己年少时起兵山东，一时北方豪杰群起相应，金主完颜亮也兵败身死于长江之畔。那时候是多么好的良机呀，只可惜……他禁不住拔剑而起，长啸而歌：

> 危楼还望，叹此意、今古几人曾会？
>
> 鬼设神施，浑认作、天限南疆北界。
>
> 一水横陈，连岗三面，做出争雄势。
>
> 六朝何事，只成门户私计？
>
> 因笑王谢诸人，登高怀远，也学英雄涕。
>
> 凭却江山，管不到，河洛腥膻无际。
>
> 正好长驱，不须反顾，寻取中流誓。
>
> 小儿破贼，势成宁问强对！

这正是陈亮过去所写的《念奴娇·登多景楼》一词，如今辛弃疾在悲愤中慨然而歌，更平添几分苍凉豪迈之气。

陈亮也以佩剑敲击银酒壶相应和。片刻，他也离席而起，舞剑而歌：

> 醉里挑灯看剑，梦回吹角连营。
>
> 八百里分麾下炙，五十弦翻塞外声。
>
> 沙场秋点兵。
>
> 马作的卢飞快，弓如霹雳弦惊。
>
> 了却君王天下事，赢得生前身后名。
>
> 可怜白发生！

陈亮所歌，正是辛弃疾过去在信中赠予他的一首词《破阵子·为陈同甫赋壮词以寄之》。两位好友歌声激越慷慨，似乎连楼头积雪也为之震得片片飘零。在纷飞的雪花之中，是卷不去的一腔愁思和遗憾。

雪楼之会后，辛弃疾又偕同陈亮一道，一边游览信州山水，一边前去迎会朱熹。其实，朱熹因为不想再与陈亮就和战问题反复争论，故而早就打定了主意不来赴会。他后来曾修书一封解释道：

"奉告老熊，且莫相撺掇，留取闲汉在山里咬菜根，与人无相干涉，了却几卷残书，与村秀才寻行数墨，亦是一事。"

不过，此时辛陈二人还尚未得知朱熹不来赴会的消息，正于山水间流连自得呢。在稼轩带湖新居旁有一泓泉水，池水青碧，形如臼杵。辛弃疾喜其幽静，干脆把它买为己有，名为瓢泉。瓢泉远处有山，绵亘百余里，其主峰名为鹅湖山。山下有鹅湖寺，十三年前，朱熹、吕祖谦、陆九龄陆九渊兄弟等就在这座寺庙中高谈阔论太极、无极等一系列哲学问题。这也为鹅湖寺留下了美名。有这么多美景相伴，一晃不觉十天已经过去。眼见朱熹仍旧不见踪影，二人也估计到他是不肯前来赴会了，于是就在紫溪镇把酒话别。

看着满桌佳肴，两位好友却顾不得动筷子，只顾就着杯中酒畅谈天下大事。陈亮又聊起了前往长江一带考察军事形势时，自己的所见所闻。这又引起了辛弃疾的话头："江南并非晏安之地，长江也不是分割南北的天堑。假若如此用兵，南方便可以一统北方，而北方如果从这里南下，要吞并南方也易如反掌……"

说到兴起，他干脆站了起来，以酒杯和筷子为地势比画道："以杭州的形势，做不了帝王之都——若要加以攻打，只要截断牛头山，四方援兵便无法抵达。若是再将西湖决堤，都城百姓便都要成为鱼鳖。危哉，危哉！"

这番言论之激烈，怕是已经超出了一个做臣子的本分。故而就连狂傲如陈亮也不禁默然，片刻道："可叹的是，庙堂上的衮衮诸公还把杭州当作醉生梦死之所。燕雀处堂，不知大厦将倾啊！只不过，稼轩兄，你我的担心对他们来说，就像秋风过耳而已……"

辛弃疾并没有顺着陈亮的话往下说，他又猛喝了两大口酒，慨然道："同甫兄，知道我最遗憾的事是什么吗？"

"稼轩兄请讲。"

"悔当初，渡江南来，竟英雄无用武之地。想当年，真可谓'壮岁旌旗拥万夫'……"

"壮岁旌旗拥万夫，锦襜突骑渡江初。燕兵夜娖银胡䩮，汉箭朝飞金仆姑。"陈亮接道，"当年雄姿英发，犹在面前一般！"

"嘿嘿，可叹，如今却是将万卷平戎策，只换得东邻种树书。同甫兄，我闲暇时有时在想，若当初坚持留在中原，未必不能开创一个全新局面。纵然不能恢复失地，兵败身死，也好过如今碌碌无为，老死牖下！只要能兴复汉家河山，管他是赵官家也好，别的什么人也好，我辛某人都愿意为他肝脑涂地，做马前卒！同甫兄，可惜你也是未遇明主，才埋没了这一身经天纬地的大才呀！"

这么多年来，辛弃疾还是头一次向别人如此吐露自己埋藏已久的怨愤之情。若是被别人听去，只怕都可以被冠个大逆不道之罪了。陈亮心中五味陈杂，连忙安慰辛弃疾道："稼轩兄，你要为国珍重，总有一天会等来大用的机会的。切莫像我一样狂放恣睢，白白蹉跎了许多时光——可惜，我陈亮天生就是没办法和光同尘啊！"陈亮劝勉辛弃疾道。

这场酒，两人一直喝到鸡鸣之时才依依作别。离别时，辛弃疾将自己的一匹骏马赠予陈亮："同甫兄，此乃宝马，最解英雄之意，若是遇得过桥之时，可千万别再轻易斩杀了。"

陈亮哈哈大笑，翻身上马，拱手道："善自珍摄，后会有期！"随即扬鞭驱马，绝尘而去，只留下辛弃疾兀自伫立在原地：

"此日一别，就不知何时才是后会之期了。"

虽然送走陈亮，辛弃疾心中对这个好不容易遇上的知音仍念念不忘。第二天，他干脆循路赶去，无奈前方大雪塞路，无法再往前行，只好怅然而归。当晚便独宿泉湖村四望楼上，又逢邻家有吹笛之声，音调极悲。遂作《贺新郎》一首，以抒胸臆：

> 把酒长亭说。看渊明、风流酷似，卧龙诸葛。何处飞来林间鹊，蹙踏松梢残雪。要破帽、多添华发。剩水残山无态度，被疏梅、料理成风

月。两三雁,也萧瑟。

佳人重约还轻别。怅清江、天寒不渡,水深冰合。路断车轮生四角,此地行人销骨。问谁使、君来愁绝?铸就而今相思错,料当初、费尽人间铁。长夜笛,莫吹裂。

词中对陈亮的思量之情溢于言表,同时满纸残山剩水,意兴萧然,满是对朝廷偏安时局的忧虑之情。数天后,陈亮写来书信索词,辛弃疾便将这首词寄给了陈亮。

接信后,陈亮立刻作了一首和词,题为《贺新郎·寄辛幼安和见怀韵》。词曰:

老去凭谁说?看几番,神奇臭腐,夏裘冬葛!父老长安今余几?后死无仇可雪。犹未燥,当时生发!二十五弦多少恨,算世间,哪有平分月!胡妇弄,汉宫瑟。

树犹如此堪重别!只使君,从来与我,话头多合。行矣置之无足问,谁换妍皮痴骨?但莫使伯牙弦绝!九转丹砂牢拾取,管精金,只是寻常铁。龙共虎,应声裂。

词中之意,仍是重申紫溪相会时的话——自己年事已长,却始终看不惯人世间的种种黑白颠倒,世态炎凉。只担心如此蹉跎下去,半壁河山终究会永久沉沦。下阕笔锋一转,庆幸自己还有辛弃疾这样的知音好友,未来只要能把握时机,精诚所至,必然可以点铁成金!

辛弃疾读罢,心中又禁不住激动不已,连忙再次和词一首:

老大那堪说。似而今、元龙臭味,孟公瓜葛。我病君来高歌饮,惊散楼头飞雪。笑富贵千钧如发。硬语盘空谁来听?记当时、只有西窗月。重进酒,换鸣瑟。

事无两样人心别。问渠侬:神州毕竟,几番离合?汗血盐车无人顾,千里空收骏骨。正目断关河路绝。我最怜君中宵舞,道"男人到死心如铁"。看试手,补天裂。

此后,陈亮又接连写了两首"怀辛幼安"词,辛弃疾也在次年再次依原韵作词。其中云:

夜半狂歌悲风起,听铮铮、阵马檐间铁。南共北,正分裂!

他两人前前后后的往来和词成就了词坛上的千古佳话,为后世人称颂不已。而辛弃疾久已消磨的雄心也再次被陈亮所激起。

难道此生就要终老于带湖这方寸之地吗?不,这不是我的归宿!若能再次把握机会,定当逆流而上,如此才能不负与陈亮之约,为国家百姓再干出一番事业!

第五章　只愁风雨无凭准

福建再起

就在辛弃疾流连于山水之间，频频与同道好友诗词唱和之际，朝堂上的政局却已然开始发生变化。

淳熙十四年（公元 1187 年）的十月，做了二十五年太上皇的宋高宗终于驾崩了。当时，许多主战派大臣再次把希望寄托在了孝宗身上。大家都认为，孝宗自壮年登基时起便锐意恢复，只是屡屡受到高宗掣肘才难以施展抱负。如今高宗宾天，大展拳脚的时候终于到了。

然而，此时的孝宗也早已是暮气沉沉。他很快便表示要为高宗守孝三年，并效仿高宗当年禅位给自己的做法，禅让帝位给了太子赵惇。这就是宋光宗。在此稍早一些时间，金国一代中兴之主——金世宗完颜雍也与世长辞。两国差不多同时换了新君。

许多朋友都为辛弃疾高兴，新君即位，自然要倚重老成干练之臣。看来，再次复出之时不远了。

对此，辛弃疾倒是十分淡然。他如此对夫人范氏分析道："太上皇虽然退位，但退位前还任命了周必大为左相，当初弹劾我去职的王蔺为参知政事。他们二位对我向来不放心得很，又怎会愿意让我复出呢？"

面对朝中波诡云谲的政治斗争，辛弃疾有《定风波》一词云：

> 听我尊前醉后歌，人生亡奈别离何。但使情亲千里近，须信，无情对面是山河。寄语石头城下水，居士，而今浑不怕风波。借使未如鸥鸟惯，相伴，也应学得老渔蓑。

久经世事，看惯风雨。辛弃疾胸中已波澜不兴，宠辱不惊。他打定主意，还是像过去那样，决不奔走趋附于权贵之门，而只是静静等待命运的召唤。淳熙十六年（公元 1189 年）之时，他和同岁的妻子范氏还一道举行了五十大寿的寿宴。在寿宴上，兴致高昂的辛弃疾当席挥毫写下《浣溪沙·寿内子》一词。词中云："寿酒同斟喜有余，朱颜却对白髭须，两人百岁恰乘除。"在旁人眼中，辛弃疾似乎已经习惯了平淡中不失悠闲的退隐生活。

不过，形势正在一点一点地发生变化。就在这一年的五月，执掌朝政十余年的周必大遭到谏官弹劾罢相。第二年，也就是绍熙元年（公元 1190 年）七月，其心腹王蔺也相继被罢斥出朝。而担任左丞相的留正曾与辛弃疾同在赣州为官，又是主战派的骨干人物，向来对辛弃疾十分赏识。辛弃疾的复出自然也就是时间问题而已。果然，就在绍熙二年（公元 1191 年）的九月，宋光宗诏令侍从官推举贤才以充任一路的刑宪官员。辛弃疾应时而起，重新被任用为福建提点刑狱，开始了自己的第二次仕宦生涯。

任命传来，合府为之欣喜不已。可辛弃疾却颇有些淡然，他缓缓道："再显赫的任命，也比不上同甫兄安然出狱的消息。"

原来，辛弃疾的知交陈亮在去年十二月里又被牵涉到了一桩家僮杀人案件中。乡邻吕天济与陈亮之父素有矛盾，后因为其他琐事被同乡吕兴、何廿四等人殴打致死。而此二人曾在陈亮家做过家僮。吕天济临死前，一口咬定是陈亮指使他们挟怨殴打自己。而主审此案的官员何澹又因为曾经被陈亮斥责过，故而利用手中职权落井下石，将陈亮逮捕入狱严刑拷打，差不多囚禁了一年有余。等辛弃疾得到消息后，赶紧多方设法，试图营救这位老朋友出狱。几经周折之下,辛弃疾找到了自己的另一位好友,主管司法的大理少卿郑汝谐出面。郑汝谐与辛弃疾私交甚笃,自然会鼎力相助。只不过陈亮案情牵涉复杂,再加上他平时得罪人不少,故而要想平安脱险,得花上一番周折才是。

范夫人宽慰辛弃疾道:"郑君已有复书,承诺一定会救同甫出狱。君子一诺千金,难道你还不相信人家不成?"

辛弃疾怅然道:"不是这等说,只是心上一块石头始终落不了地罢了。夫人,此去福建赴任,山远水长,我就只携虎奴同行。家中大小事务,只怕又要委屈你多担待了。"

与家人辞别后,辛弃疾又匆匆踏上东行之路。不过,他此行还要拜访一个人。那就是朱熹。

于私,朱熹算得上是辛弃疾的诤友。他既常常当着门生的面对辛弃疾大加褒奖,也曾毫不客气地加以批评。对朱熹的批评,辛弃疾向来也是虚心接纳,深自砥砺。于公,朱熹长期居住在福建武夷山中,对当地情况了如指掌。如今出任福建的方面大员,自然要听一听朱熹的意见。

在建阳武夷山中,两位老朋友又聚在了一起。两人先是谈起陈亮之事,都不胜感慨;继而又谈到了治闽之策。辛弃疾不无担忧地问道:"闽地情势复杂,据说当地人剽悍难治,不知元晦兄有何高见?"

辛弃疾的担心是有来由的。就在绍兴二年(公元 1132 年)二月,因为闽地盗乱频发,福建路安抚使赵汝愚、福建提刑丰谊、知建宁府等官员都遭到了追官、降职、停职等处罚。辛弃疾就是在这样的局面下出任福建提刑的。换句话说,就像是过去辗转任职江西、湖南一样,他总是被派往最为棘手的地方去应对危局。而这一次,又会遭遇什么样的局面呢?

数年未见,朱熹已经俨然一派理学宗师的风范气度。他恳切地看着辛弃疾道:"临民以宽,待士以礼,御吏以严。能做到这几点,闽地并不难治理。"

"元晦说得是……"辛弃疾想起淳熙八年(公元 1181 年),自己担任江西安抚使的时候，另一位好友陆九渊也曾如此批评过自己。那时自己正值壮年，心雄气盛。虽然一心求治，却也免不了被一些贪官酷吏所欺哄，以至于遭来物议。

"幼安啊，想要干一番事业是对的，可是万万急不得。你号令太严，求变太切，百姓可受不了。急则多事，急则生变。"

辛弃疾频频点头："如此一来，有私心的官吏也会滋扰生事，侵害百姓。尽管我过去也不是没有想到这一点，但毕竟只有一个人，两只眼睛，两只耳朵，又如何能够加以杜绝呢？你说得对，宽以待民，严以御吏，盗乱自然不兴，闽中自然太平！"

果然，当辛弃疾辞别朱熹到任后，僚属官吏们都议论纷纷：这位辛弃疾辛大人可不同凡响，光看他此前在江西、湖南任上快刀斩乱麻般的手段就知道了。而如今又会有什么举措呢？

出乎所有人的意料。辛弃疾带来的不是疾风暴雨，而是和风细雨。在当时，汀州有一起案件久拖不决，以至于一直被呈报到了提刑司这里。辛弃疾调来卷宗细看之后，并未作出决断，而是召来了上杭县令鲍粹然，语重心长地对他说："自打我入闽以来，就听说上杭县令是万里挑一的人才，不如就把这件案子交由你负责如何？"

鲍粹然过去也久闻辛弃疾大名，心里还想着此番必然是要被狠狠地训诫一顿，却没想到辛弃疾竟如此看重自己。他感激之下不敢怠慢，连忙重新核查案件，穷追事实真相，终于为被冤枉入狱的犯人尽行平反，使之得以生还。

当案件平反的报告呈送到辛弃疾案头时，正值他接到陈亮无罪获释的消息。得知老友安然无恙，辛弃疾兴奋地说道："主管刑政之人，乃是手持一户乃至一路人家的生杀大权，予祸予福，须得慎之又慎啊！"

在这样的治闽思路下，辛弃疾对辖下官吏要求颇为严格，对犯有轻微罪行和过失的百姓却往往是从宽发落，以便其改恶向善。对此，就连宋光宗也高兴地发布制词，对辛弃疾施政风格的变化大加赞扬。

不过,尽管辛弃疾得到了众人的好评,他与另一位同事的关系却始终处于紧张之中。这个人就是与辛弃疾差不多同时到任的福建安抚使——林枅。说起来,林枅也是一位颇有才名的治世能臣。朱熹跟他的关系不错,多次夸奖他为政严而不苛,法令宽而不烦。正是在两人的合力治理下,才一改闽中盗乱纷起的局面。那么,辛弃疾又怎么会与这样一位干臣发生矛盾呢?

平心而论,其责任更多的要在林枅一方。这位林枅性格之强硬刚烈,只怕更甚于辛弃疾。尤其是他颇为专擅,对一路大小政务皆不愿放手。特别是本该由提刑司负责的按察监督各州县官员一事,林枅也一直视为禁脔,不肯放手半分。可想而知,以辛弃疾的个性,自然也难以忍受林枅对他的处处掣肘。帅臣与宪臣之间的矛盾,许多人都看在眼里,急在心里。

这一日,辛弃疾又为了巡视各州县之事,前来与林枅商议。此前林枅皆以各种借口加以阻挠推诿,就连辛弃疾的僚属都对此愤愤不平。而辛弃疾对此反倒还表现得比较平和。不管怎么说,他希望能再努力一下,争取在出巡之前争取到林枅对自己的支持。

听说辛弃疾来访,林枅不失客气地迎了出来。两人寒暄一阵后,话题还是回到了按察各州县官员到底应该由谁做主这个问题上。还没等辛弃疾说完自己的想法,林枅便打断道:"稼轩兄,你也是曾经做过一路帅臣的人,深知为政之不易。说老实话,兄弟我若是要政令得以通行,就必须得让下面的人知道敬畏才行。可怎么敬畏我?说白了,还不是我手中握有监察举刺他们的权力?若照你所言,那岂不是政出多门。这样一来,大家是听你的还是听我的?"

"话虽如此,可根据朝廷法度,这按察之权,却是提点刑狱分内之事。辛某坐食国家的俸禄,总不能在其位不谋其政吧?"辛弃疾耐着性子说道,"再说你我二人都是为了这方百姓好,又何分彼此?林兄你有理,我自当唯你马首是瞻。我若也有管窥之见,想必林兄也有雅量察纳刍荛之言吧?"

"这就对了嘛!"林枅拂拂衣袖站了起来,"稼轩兄,你若有什么高见,林某一定洗耳恭听。这次劳烦你下去巡查各州县，无论地方官员贤能不肖，还望稼轩兄能一一告知兄弟。到时我也好根据这个意见，对他们或加以褒奖，或加以贬黜。如何？"

看来，林枅仍旧坚持自己的立场不肯让步：作为提点刑狱的辛弃疾对考察官吏一事只有建议权，而处置权却一定要握在自己的手上。这让辛弃疾大为无奈。不过，他向来也是不撞南墙不回头的倔脾气。只不过退隐多年，涵养功夫大为精进而已。见两人之间已闹成僵局，辛弃疾也不再多说，起身道："国家法度所在，恕弃疾难以从命！"

"请便！"林枅也来了气，硬生生做出一个送客的姿势。两人之间的会面就这样不欢而散。

出得林府，辛弃疾便吩咐跟随自己的老家人辛虎奴准备行装，前往建宁府视察。以辛弃疾的个性，只要是认定的事，即便是旁人百般反对，自己也要一力做去。这次他也是下了决心，非要在这件事上跟林枅较劲不可。

前往建宁府途中，辛弃疾又抽空拜访了朱熹。对于他和林枅之间的矛盾，朱熹也大伤脑筋。说起来，他们和朱熹的关系都不错，朱熹也十分赞赏他们在福建的治绩。若是就事论事，林枅其实不光跟辛弃疾一人搞不好关系，跟其他同僚也闹得很僵。朱熹对此也颇有微词。他担心地对辛弃疾说："林帅虽贤，就是失之刚愎自用。怕是会无端生出风波啊！"

辛弃疾正色道："我与他虽观点不合，但绝不至于互相倾轧。只是……"

他向朱熹讲起，有同僚某人曾前来游说自己。据说此人有同乡在朝中为谏官，颇有翻云覆雨之能。那位同僚也对林枅颇有微词，言下之意，似乎是希望能与辛弃疾一起合力扳倒林枅。

"来说是非事，便是是非人。我一口回绝了！"辛弃疾冷笑道，"此人不过欲借我向上爬而已，有何公义可言？我与林子方只不过政见不同，平素里却是君子之交。又如何会做这样的事？"

"幼安兄真乃谦谦君子！"朱熹赞道，"不过也得留个心眼。这种人不是善类,他见在你这里碰了钉子,转身就会投向你政敌的怀抱。回过头来,咬人更狠,害人更毒!"

辛弃疾点头称是,他不想再多谈自己与林枅之间的纠葛,忙岔开话题问道:"元晦兄主政闽地多年,可有什么引以为憾之事吗?"

"这个嘛……最让我觉得遗憾的,便是经界之事啊!"朱熹叹道。

所谓"经界",乃是清丈田亩,限定租税额度的一种方法。朱熹曾经任漳州知州,他发现当地豪强侵占土地之事甚为严重。豪族大户凭借种种手段偷漏税赋,使得州县收入为之大减。而州县官员为了完成财政任务,又巧立各种名目,将负担转嫁到那些本来就没什么田地的贫苦百姓身上。搞得民不聊生,困苦不堪。为了改变这一现状,朱熹曾奏请在福建漳、泉、汀三州重新丈量田亩,实行经界。然而,此举所招致的反对声浪也异常强大。原因在于,许多地方豪强与当朝官员有着千丝万缕的联系,他们自然不乐意看到有人来触动自己的利益。经过一番波折,朱熹最后只争取到在漳州首先试行经界。然而,随着他很快被调离漳州,计划中的经界一事也变成了画饼。

"你过去在地方为官,做起事来大刀阔斧,这份魄力固然很好,但也不知为此得罪了多少人啊!"朱熹苦笑着说,"其实,我过去和你一样。比如当今圣上眼前的红人留正——我知道你这次得以复出,多亏借了他的力——不过就事论事来说,泉州正是他老先生的乡里,良田万顷,富甲一方,他当然不乐意我在泉州搞什么经界了。"

见辛弃疾默然,朱熹赶紧安慰道:"做人难,做朝廷的官,更难啊。要想真的干出点事业来,不把方方面面的关系摆平对付好,就寸步难行!"

辞别朱熹,回到驿站之后,辛弃疾仍然在心中反复思量这番对话以及经界田亩一事。若要建立事功,就必不可免会被牵扯到人事斗争的漩涡之中,而这并非是自己所乐于的。若是置身事外,却又往往落得个两头不讨好的尴尬境地。这可真叫人为难了。

正想到这里,突然有驿站官员快马加鞭来报:"辛大人,朝廷有旨,十万火急啊！"

原来，就在辛弃疾离开福州后不久，林枃突然得了急病死于任上，其职位也空缺了出来。朝廷迅疾下令，命辛弃疾兼摄福建安抚使，速回福州视事！

这一消息实在是太突然了。回想起上次见面时林枃还生龙活虎，如今却已成了陌路之人，辛弃疾颇为感伤。他二人平时虽然不和，却并非为了私怨。从执政风格上来说，反倒还多有相似之处。故而辛弃疾对林枃向来也有惺惺相惜之感。在回到福州后，他为赠答友人，也就是林枃过去的幕客王君，曾做《水调歌头》一首。词下阕云：

> 看樽前，轻聚散，少悲欢。城头无限今古，落日晓霜寒。谁唱黄鸡白酒？犹记红旗清夜，千骑月临关。莫说西州路，且尽一杯看。

东晋名相谢安逝世前还都时曾经过建康西州门，伤感旧时之时，终于一病而殁。他死后，其好友羊昙悲伤不已，从此不复再从西州门经过。一次羊昙酒醉后误过西州门，左右告知后，羊昙以马鞭叩门，大哭而去。辛弃疾在词中用此典故，正是抒发自己对林枃的悼亡之情。

自兼任安抚使以来，辛弃疾在秉承原来林枃各项措施的基础上，进一步以法令严格约束各级官吏，一时间风气肃然，号令严明，枉法徇私之事也大为减少。朱熹曾有一位熟人再三请托他向辛弃疾举荐自己，朱熹也无奈地说："举荐信可以帮你写，但辛弃疾即便是真有心任命你什么差事，也得听听大家的意见。要是只顾照应人情，还怎么能让下属们心服口服呢？"

有了朋友们的理解和支持，辛弃疾信心满满，决定把朱熹过去未竟的事业继续下去。这第一件事，便是经界清查田亩。而第二件事，便是暂停福建久已盛行的官卖食盐，转而实行钞盐之法。所谓钞盐法，便是由官府发给盐商凭证，由盐商自行贩卖经营食盐。历来对钞盐法的利弊，朝野上下众说不一。而深谙治国经济之术的辛弃疾发现，福建等地的官办食盐往往造成盐价腾贵，贫民难以承受。而钞盐法则可以在一定程度上缓解百姓的困苦。关于这一点，他和前任福建安抚使赵汝愚等人的看法也是一致的。故而辛弃疾下定决心，尽管反对声音不小，他也一定要在任上办好这两件利国利民之事。

不过，就在辛弃疾尚未开始大展拳脚之际，却又接到了新的调令——这一回，是召他还朝为官！

树欲静而风不止

离开福州前，前福建提举市舶、四川安抚制置使陈岘设宴为辛弃疾送行。陈岘经历与辛弃疾颇为相似，都是在年富力强之时遭人攻讦罢斥，隐居在乡长达十年之久。辞别陈岘后，辛弃疾途经南剑州剑溪，晚间曾登临当地胜景双溪楼。就在楼头，他触景生情，又留下一首脍炙人口的名篇——《水龙吟·过南剑双溪楼》：

> 举头西北浮云，倚天万里须长剑。人言此地，夜深常见，斗牛光焰。我觉山高，潭空水冷，月明星淡。待燃犀下看，凭栏却怕，风雷怒，鱼龙惨。
>
> 峡束苍江对起，过危楼，欲飞还敛。元龙老矣！不妨高卧，冰壶凉簟。千古兴亡，百年悲笑，一时登览。问何人又卸，片帆沙岸，系斜阳缆？

剑溪之得名，说来颇有传奇色彩。据说晋代张华、雷焕在丰城所得到的古时名剑龙泉、太阿，便是在这里跃入水中，化龙而隐。辛弃疾此次奉诏入朝，一方面重新点燃了他胸中恢复中原的热望，另一方面，却也因陈岘之经历，想到前路坎坷曲折，一腔壮志不知何日才能得偿所愿，百感交集之下，才有了"待燃犀下看，凭栏却怕，风雷怒，鱼龙惨"之句。在再次经过建宁拜访朱熹的时候，两位老友自然也谈到了这首词。朱熹大加称赞之下，又语重心长地劝诫辛弃疾道："幼安，你是对的，此去不知是祸是福啊！"

他告诉辛弃疾，如今朝中局势颇为微妙。光宗虽然已即位三四年之久，然而对恢复大计却是心有余而力不足。一方面，是因为他的身体不是很好；另一方面，光宗的皇后李氏是一个颇为刁悍的妇人。此前她与太上皇孝宗曾经有过矛盾，如今孝宗退位后，李氏几次三番阻挠光宗前去看望他的父亲。不光朝堂重臣对此颇有微词，就连百姓们对此也是议论纷纷。

"当年上皇对高宗陛下那可是至诚至孝啊。这些举动都被天下人看在眼里的。如今圣上却如此对待自己的父亲，你说，叫百官万民们怎么想呢？"

因为对光宗不满，大家接连上疏面谏，要求皇上早日尽到一个儿子所应尽的孝道。但光宗也是一个倔脾气。一方面，他心中对父亲也有一些解不开的疙瘩；另一方面，百官的指责更引起了光宗的疑忌，认为背后有人在煽风点火，意图将自己拉下皇位。故而他就是稳着不动。

"所以如今，大家的目光全落在这件事上，还有谁会去关心北伐之事呢？对了，你来得正好，帮我拿拿主意——朝廷最近派我前去知静江府，你说我是否要在此时出仕，去趟这趟浑水呢？"

辛弃疾略一沉思，道："静江府乃是外任，想必不至于有多大麻烦。元晦兄成日家谈论义理王道，可若不能抓住机会，又怎么能推行你心目中的理想政治呢？"

"也是，那我就出山再走一遭吧！"朱熹终于下定决心。不过，他又担心地叮嘱道："你就不一样了，中枢自来是是非之地。更何况如今局势复杂，别的都可以说，唯独圣上的家事，还是少开口为妙——对了，陈亮陈同甫最近也要前去京城参加省试。若遇上他，千万把我这番话说与他听，别又只图嘴上议论痛快，惹出什么乱子来。"

辛弃疾连连点头，听说知己陈亮也要前往京都，两人又有相会的机会，不由得大为高兴。他辞别朱熹后便马不停蹄朝临安进发，经过浙东时与陈亮见了一面，彼此互相勉励一番之后，相约在京城再会，携手共谋一番事业。等到辛弃疾抵达临安的时候，已经是绍熙四年（公元 1193 年）的正月了。

刚到临安，宋光宗便迫不及待地下令在便殿召见。看得出来，新皇上对辛弃疾确实是颇为赏识看重。辛弃疾自然不敢怠慢，略作准备之后，便前去面见光宗。

等辛弃疾来到便殿时，光宗尚未出现。又过了一会儿，才在数名太监侍从的簇拥下匆匆前来。辛弃疾偷眼瞧去，只见光宗外表看上去清瘦和悦，倒是一副精明干练的模样。只不过一举一动之间颇有些精力不济，不由生出几分忧虑之情。

待辛弃疾行过礼后，光宗忙命赐坐，又关切地问起了他这十数年的退隐生活，以及在闽地为官时的见闻，最后才话锋一转，问道："辛爱卿曾奏进了一封《论荆襄为东南重地》的札子，朕细看过，持论甚高。今日召对，也就是想再听听辛卿的看法。"

见光宗如此重视边防之事，辛弃疾大感鼓舞，忙奏对道："微臣纵览史书，发现北人南侵，但凡由两淮前来渡江的，不败则死。而由上流荆襄之地顺势东下的，则没有不成功的。由此可见，荆襄上游乃是东南立过之本，安危之寄啊！"

见光宗连连点头，辛弃疾又说道："如今国家将荆襄之地一分为三，荆南、襄阳、鄂渚。三地互不统属，军政无法号一。若金人大举南下，则此三地有遭各个击破之虞。不如将此数地合并为一路，选一个有才干有担当的人担任帅臣，专门负责荆襄防线。在荆襄之南，又将辰、沅、靖等州合为一路，上连江陵，下托江州，也命一大帅镇守。首尾相连，东西呼应。如此才能确保上游安全无虞！"

听了辛弃疾一番议论，光宗也颇感兴趣。接口道："辛卿此言，才是立国之本，当务之急呀。可叹朝堂上衮衮诸公，成天拿些繁文缛节来纠缠朕，实在是不明事体之极！"

光宗话里有话,辛弃疾知道他这是抱怨群臣为他与上皇之间的矛盾而议论不休之事。然而有鉴于朱熹的叮嘱,辛弃疾不敢在这个问题上多说什么。只好转过话头,又谈起天下大势来:"天下大势有离合。合必离、离必合。一离一合,岂亦天地消息之运乎……"

见光宗对国家安危之事颇为在意,辛弃疾乘机借此劝勉光宗勤勉内政,整军经武。宋金之间的对峙局面未必能长时期地持续下去,再次恢复祖宗基业的那一天更是指日可待。

"好,好,说得好!"光宗也被辛弃疾说得激动起来,"朕也不想做一个碌碌无为的守成之君。国家多事,将来还要多多借重辛卿!"

就在召对之后不久,辛弃疾便接到了新的任命——出任太府卿。

按宋制,太府寺乃是朝廷五寺之一,专门负责财货政令,以及库藏、出纳、商税、贸易等事务。在绍熙前后,任太府卿者往往还要兼任户部侍郎,或者总管淮南、湖广等地,可谓位高权重。而兼任侍郎者同时还具有了侍从官的身份,正式成为了皇上身边的心腹重臣。看来,宋光宗没有戏言,他确实是要借重辛弃疾的才华来好好地为自己效力。

辛弃疾重新获得重用,一时间前来拜访的故交和新朋友也多了起来。不过,辛弃疾对世态炎凉早已是见惯不怪了。他此时在临安最为知心的朋友,还是陈亮。听说陈亮已经顺利通过了礼部考试,并在殿试中被宋光宗钦点为进士第一名,擢升状元,辛弃疾大喜过望,连忙赶去拜会老友。两人一见之下相谈甚欢,不由得说起了此次殿试的考题来。原来光宗亲自出的对策题中有如下的文句:"朕以凉菲,承寿皇(孝宗)付托之重,夙夜祗翼,思所以遵慈谟,蹈明宪者,甚切至也。"

这番话是什么意思呢?其实就是光宗自我的心迹表白——在接过孝宗交付的皇位重托之后,他无时无刻不在操心如何才能不负父亲的期望,以尽君王和儿臣之责。对此,陈亮除了在对策中谈论君臣之道外,还出人意料地为光宗长期未能前去看望父皇的行为进行辩解。在陈亮看来,光宗想要尽孝,并不在于日日奉安的表面功夫。而是励精求治,争取早日实现孝宗二十八年来都未能完成的恢复大业。这才是真正的尽孝。

可想而知，当光宗看到陈亮的议论后，心情是十分高兴的。正因为如此，他才擢升陈亮为状元，并除其为承事郎，签书建康军判官厅事。对其看重之意也可见一斑。不过，辛弃疾对陈亮的举措却颇有几分担心。

"皇上和上皇不和之事，外人议论得也已经够多的了。此间飞短流长，难辨是非。同甫你在殿试上的话，皇上心里倒是受用，可却是得罪了一大帮子朝臣啊。"

"哎，幼安，你什么时候也变得瞻前顾后起来了？若是顾忌人言，就不是我陈亮了。"陈亮说到激动处，又道，"大丈夫在世短短数十年，若是时时需要担心旁人眼光，那就什么事都不用干了。幼安兄，如今天子圣明，锐意进取，我等正当尽心报效国家，切莫蹉跎了这大好良机呀！"

辛弃疾只是笑笑。他知道这位老朋友心热如火，只是对官场上的漩涡纷争却总是大而化之，为此吃了不少苦头，却也不以为意。辛弃疾不好拂了陈亮的兴致，当下将话题岔开，两人又高谈阔论了一番恢复之计，何地屯兵、何处理财、何处进取等事务，这才依依作别。

回到寓所中，还没歇上一口气，老家人辛虎奴赶紧前来禀报："少主人，您出门后不久，留相爷就来拜会过了。"

尽管辛弃疾也是好几十岁的人了，但辛虎奴口中的称谓却从来没有变过，在他眼中，辛弃疾永远都是自己所服侍的少主人。

留相爷，正是时任左丞相的留正。辛弃疾在江西安抚使任上时就与留正相知，两人在和战以及治国方略上都有不少相近的观点，故而彼此也颇为欣赏对方。此次辛弃疾能够复出，从很大程度上来说，也是多亏了留正的大力援引。听说他曾来拜会过自己，辛弃疾不敢怠慢，连忙吩咐家人准备车马，自己要立即前去回访一番。

到得丞相府上，辛弃疾忍不住暗暗点头："显达而不骄，富贵而不奢，不容易呀！"

他拜会过留正，如今数年过去，其府邸还是和以前一样，没有因为身居高位而大加翻新修葺。在当时豪奢成风的士大夫中间，确实要算不多见的了。

听说辛弃疾前来回拜，留正连忙迎了出来："幼安兄，总算把你给等来了！"

他热情地将辛弃疾带入会客厅，连声问起辛弃疾这些年来的情况，又拿出诗词来加以讨论请教。两人寒暄半天后，留正才切入正题："幼安啊，可知这次得以重新起用，是多亏了谁出力啊？"

"啊，这……还不是托了皇上圣明，老相爷眷顾有加吗？"辛弃疾有些惊讶，留正的话听起来颇为突兀。

留正连连摇头："我只是居间促成其事而已。真正最先想到你的，还是这个人！"

只见他以手指蘸茶，在桌面上写出了"赵汝愚"三字。辛弃疾又是一惊，道："原来是他！"

赵汝愚，字子直，身为大宋宗室的他向来有能臣之名。在辛弃疾担任福建提刑之前，赵汝愚就是福建帅臣，在当地做过不少兴利除弊的大事。后来奉召入朝，担任吏部尚书和知枢密院事。他胆识魄力过人，俨然成为朝堂上一派大臣的首脑人物。虽然留正位居左丞相之尊，但也处处礼让赵汝愚几分，颇有唯其马首是瞻的意思。

听留正突然提到赵汝愚，辛弃疾知他必有深意，接话道："子直此前在福建为帅，他的善政至今还被百姓们交口称赞啊。比如当初不顾各方质疑，疏浚福州西湖一事，就是有大魄力人才做得出来的。"

留正眯眼一笑："'堂上燕、又长夏'。听说幼安后来为此事还写过一首《贺新郎》，褒扬子直呢。哈哈，这首词自然也传到了子直那里，他可是把你引为知音的。"

"岂敢，岂敢……"辛弃疾也笑道，"老相爷的意思是？"

留正正色道："你才从地方来，想必不清楚。如今中枢的情势相当复杂。圣上因为不肯过宫探望上皇，早已是搞得怨声载道。朝臣们如今都在打着自己的小九九……"

说到这里，留正压低了声音道："本来按理说，圣上的储君该是嘉王，不过太上皇属意的是魏王殿下之子。两宫之间，很大程度上便是为了立储之事而结下了疙瘩。再加上皇后她……这个且不说了。子直和我本也是赞成由嘉王殿下即统的，但是圣上的所作所为，又着实让人寒心呐……"

听了留正没头没脑一番话，辛弃疾质疑道："如今圣上春秋正盛，如何便谈到了这上面？"

留正大摇其头："不然，不然，看上去风平浪静，其实水面下波澜起伏。我们这些做臣子的，也不得不早作打算才是。刚才我不是说过嘛，许多朝臣都有自己的打算。有些人已经站到了魏王殿下一边。咱们也得早做准备才是。"

"您的意思是？"辛弃疾意识到留正要跟自己说的话事关重大，心里也警惕起来。

"老夫我想了很久，嘉王殿下是个不错的孩子。为人仁孝，心地又善良。我们该力保其储君之位安然无虞，这样大宋江山才能长治久安啊。而赵汝愚赵子直这个人胸有大略，才高志大。我相信他还是想为国为民做出一番事业来的。幼安，这不是和咱们多年以来的抱负志同道合吗？"

辛弃疾算是听明白了留正的意思。他是替赵汝愚来做说客，想要将自己延揽到旗下以壮声势。其实，这些日子以来，前来拜会自己的客人络绎不绝，其中不乏抱着相似的目的前来拉拢结交的，自己都装聋作哑加以婉拒了。如今留正又提起这茬，辛弃疾一时还不知道怎么答复才是。

见辛弃疾犹豫，留正趁热打铁道："如今你已经身为太府卿，若是再加上户部侍郎之职衔，便可跻身侍从官的行列。从此才能一展身手，大有可为呀！"言下之意，只要辛弃疾表示加入赵汝愚一党，则功名自然指日可待。

辛弃疾沉思片刻，突然道："不知子直对北伐恢复大业可有何定见？"

留正没料到他突然问起这个问题，停了片刻，道："今非昔比，如今国家看上去虽然国富兵强，但内底子早已淘虚了。和你我一样，子直他早年也是力主恢复之人。可如今，他发誓在有生之年只专心以整顿内政为要务，绝不妄言北伐之事。"

辛弃疾听留正如此说，争论道："老丞相，北伐之事，确实不可急于求成。历来也有许多好大喜功之人借此事招摇撞骗的。只是，弃疾素来主张，恢复中原并不仅仅关系到国家的体面，更关系到国家生死存亡啊。天下事不进则退，若只图偏安江南一隅，早晚会陷于危亡的！"

留正叹道："不当家不知柴米贵。北伐北伐，说来容易，可稍有不慎，便会搞得国家元气大伤。空谈误国，空谈误国啊！幼安，咱们还是现实一点，先把自己的事搞好再说。"

辛弃疾默然半晌，道："老丞相，您的好意我心领了。可辛某这个人，这辈子最不擅长的便是在官场上周旋。只要能在地方上做点利国利民的实事也就是了。朝廷政争的漩涡，辛某实在是不想再卷入了。"

"你……你可要想清楚！"留正睁大了眼睛，"你是声名远播之人，你不去惹是非，是非却自然会来找你。还不如主动出击，占据中枢有利之地。到时候难道还愁没有机会实现自己想做的事吗？"

辛弃疾苦笑道："老相爷说的是至理名言。可弃疾就是这个倔脾气，怕是改不了了啊！"

留正见劝不了辛弃疾，只好作罢。他叹道："人各有志，既如此，那我也不勉强了。不过你相信老夫，若日后有机会主持对北方用兵之事，一定要借重幼安兄。"

两人就此话别，待送走辛弃疾后，留正又前去拜访了赵汝愚，将这番对话原原本本地告诉了他："幼安是个人才。不过，我看他无意功名仕进，怕是难以为嘉王殿下所用啊。"

赵汝愚端着茶杯，忧心忡忡地说道："这都还好，我担心的是另有他人将幼安拉了过去……咳，他这个人平素喜欢谈论兵事，好为事功。难保没有小人加以煽惑，说不准就成了咱们的对头……"他听说辛弃疾对自己绝口不提恢复之事颇为失望，心中平白生起了几分戒备之心。

"这……想必不至于吧?"留正皱着眉看向赵汝愚,"幼安不是那样的人,不过,他脾气直,说话容易得罪人。若是置身朝班之中,怕也难以一展所长。不如仍旧外放为官吧。"

就这样,辛弃疾没有做上几天京官,便又被匆匆调往福建,去接替前任安抚使郑侨。对这一任命,辛弃疾倒是十分坦然。在他看来,这一任命恐怕比留在朝中更能发挥自己的才干。

铁腕治闽

甫到福州,辛弃疾便发现,不过八个多月时间过去,福建的情形便已比自己离开时,又要混乱上了几分。当地府库空虚,守备薄弱,治安状况也大不如前。再加上福建一路毗邻大海,时常有海盗出没侵扰。而邵武军、南剑州、建宁府以及福州四地民风素来强悍,经常出现冲突甚至暴乱。

有鉴于此,辛弃疾此次重新担任福建安抚使,首先要解决的便是财政空虚,以及治安问题。他的治闽方式较之过去也有了改变,原本按照辛弃疾的设想,是准备在福建大力推行钞盐之法的,而这样一来,官府的收入便会大受影响。故而辛弃疾只有改弦更张,转而以出售官库食盐的方式来积蓄财力。

所谓官库食盐,也叫作犒赏库回易盐。在当时南宋官场之上,历来便有出售官库囤积的物资来获取资财的习惯。福建官库所囤积的食盐数量巨大,自辛弃疾上任之后,便雷厉风行地任命官吏,设置专卖食盐的坊场和店铺,在全路范围之内推销食盐。

不过,官卖食盐的措施也引来了许多人的反对。其中不乏辛弃疾的老朋友和老部下,比如福州长溪县令曹蛊便是其中之一。说起来,在辛弃疾淳熙四年(公元1193年)帅江陵时,曹蛊便是他的属下。如今他担任长溪县令,这长溪县官卖食盐的差事,自然也落到了曹盅的肩上。但对于这一任务,曹盅却满心不愿。

"长溪历来就是产盐之地,在这里强行销售官盐,岂不是与民争利吗?下官万万不敢苟同安抚使大人的做法!"

他在长溪县顶着不办,这让辛弃疾十分生气。如此一来,自己的威信岂不是大打折扣吗?可是曹盅乃是自己旧日部属,面子上也不好对其严加责罚。再说了,如果为这件事大动肝火,岂不是表现得十分没有容人之量吗?

一番思索之下,辛弃疾想了个釜底抽薪的办法。他改任曹盅为福州录事参军,将其调离了长溪县。等曹盅来到福州,辛弃疾故意一脸恼怒地接见了他:"曹盅,咱们过去共过事,你该知道本帅的脾气的。何以在鬻盐一事上故意处处跟本帅唱反调啊?"

曹盅并不害怕,反而抗声道:"大人,下官认为您这件事做得大大的不妥。恕在下无法照办!"

"有何不妥之处?本帅调你来福州,就是想听你好好说道说道。这一天说不清楚,就说两天,两天说不清楚,就说三天。直到说清楚为止。"

"这……大人,下官还要去录事参军任上交接呢!"曹盅此时也急了。

"哈哈,那个嘛,暂且放到一边吧。"辛弃疾见曹盅认真起来,不由得大笑。他拉起曹盅的手:"这几天,你就放心地在我帅幕之内,跟本帅一起吟诗作词,对酒当歌。心里有什么话,也尽管说,好不好?"

见辛弃疾并未真的动气,曹盅大为感动,于是跟辛弃疾说起了自己对长溪县食盐官卖的意见。在曹盅看来,长溪县情况本来就跟其他地方有所不同。这里历来便为产盐之地,当地私盐盛行。放着便宜的私盐不能买,却要去购买价格更高的官盐。老百姓们自然很有怨言。

"你所言甚是。但是我如今推行官卖食盐之法也是迫不得已呀。如今府库空虚,若是变生肘腋,那不就糟了吗?除了鬻盐一事之外,我看暂无别的办法。"

"大人只见其一,不见其二。正所谓欲速则不达,若是不顾及民意一意孤行,恐怕反倒会先激起了百姓的怨望之情。本来是为了防备变乱而大举聚敛,如今却因为聚敛而引起变乱,这不是倒因为果了吗?"

"真有如此严重?"辛弃疾对曹盅的直言不讳虽有些不快,但也不得不承认他说得颇有道理。在这件事上,自己确实有操之过急的疏失。

"若按大人的本心,其实倒不至于如此。"曹盅侃侃而谈,"大人向来爱民如子,本来对各地情况也做出了相应的通融规定。只不过,所谓上有所好,下必过焉。许多地方官员未能体谅大人的一番苦心,单纯认为只要官库食盐卖出得越多,便越能说明自己办事有方。他们自然会十倍、百倍地摊派聚敛。而到头来,苦不堪言的是百姓,背上怨言的却是大人你呀!"

见辛弃疾沉默不语,曹盅接着说道:"以长溪县为例,自我调离之后,接任县令乃是孙威。孙威这个人向来以勤勉著称,不过却有一个毛病,就是太过于热衷名利,不够体恤下情。我担心他会为了博得大人赏识,而多生事端,侵扰百姓啊。"

辛弃疾沉思片刻,郑重地说道:"鬻盐之事,势在必行。不过我承认这件事上确有思量不到之处。目前既然已经调任了你的职务,却也不便再推翻前令。你放心,长溪县的事,我定当给你一个交代。如今你且安心在帅府住下,陪我多聊聊当地民风民情才是。"

待得曹盅告辞之后,辛弃疾开始思索起来。看来长溪县之事确实不能掉以轻心。无奈这段时间帅府百事缠杂,实在分身乏术。想来想去,他决定派人替自己前去视察一番。

可派谁去好呢?辛弃疾心中挨着把自己的僚属过了个遍,最后想起了一个年轻人来。这个人,就是时任福清县主簿的傅大声。说起来,这个傅大声倒颇有一股初生牛犊不怕虎的冲劲儿。若是由他去当地巡防,想必定能不负自己所托。

想到这里,辛弃疾连忙命人找来傅大声,吩咐他代替自己前去长溪县巡查一番。若有司法不公、侵害百姓之事,便就地加以纠正。对辛弃疾的委托,傅大声拍着胸脯一口应承下来:"大帅,您就看我的吧,保证不负您所望!"

没想到,一等等了半个多月,却仍然不见傅大声回来复命。辛弃疾正担心间,突见有门子前来禀报:"大人,门外来了个叫花子,自称是傅大声的长随,非要见您不可!"

"喔?大声的长随怎么会变成了叫花子?大声他本人呢?快带我去!"辛弃疾暗暗吃惊,连忙赶了出去。跑到帅府门外,却发现果然跪着一个面黄肌瘦,衣衫又脏又破的汉子。一见到辛弃疾,他用力在地上磕起头来:"还望大帅替咱们做主啊!"

原来,傅大声一到长溪县之后,便四处走访百姓乡邻,又调出当地卷宗刑案一一查看。在一番细查之下,发现其中竟有数十件冤案错判。傅大声不顾长溪县令孙威的反对,主张要将涉案的五十多名囚徒尽行释放。这样一来,孙威自然觉得十分没有面子,便百般阻挠反对。可傅大声依然坚持原议。后来孙威见傅大声软硬不吃,竟然也动了真气。他声称傅大声乃是收受了囚犯贿赂,私自买放,干脆将傅大声及其随从从官舍中赶了出去,禁止当地官府供给饮食。傅大声本来就两袖清风,没带多少盘缠,这样一来,他和随从便只能依靠典当衣物度日。堂堂的福清主簿,不出数日便变成了乞丐一般。

"哦?那大声为什么不回来向我复命呀?"辛弃疾不解地问道。

"这……这盘缠也不够两个人上路的呀。"长随苦着脸道,"咱们主簿他还说,若自己一离开长溪县,没准长溪县令又会趁机搞什么小动作也说不定。到时候,即便是大人您亲自前去按察,也查不出什么名堂了。他就是穷死饿死,也要守在那里!"

"好一个傅大声,来人,准备行装!"辛弃疾慨然道,"我要亲自前去长溪县视察一番!"

在辛弃疾的授意下,自己前去视察的消息完全秘而不宣。一行人很快就到了长溪县。离县城还有两三天的路程,辛弃疾就急着吩咐左右去将傅大声找来。

"大人，在下不求大人为下官做主，只求大人能为那些含冤负屈的百姓们做主啊！"傅大声甫一见到辛弃疾，便拜伏在地上大声说道。

只见傅大声的面颊瘦得深深地陷了下去，一身衣裳已经典当得干干净净，换成了还打着补丁的破袍子，看上去跟街边的乞丐也相去不远了。辛弃疾见状赶紧将他搀扶起来："这些日子委屈你了，有什么话快起来说！"

傅大声摇摇晃晃地站起来，将这些日子在长溪县的所见所闻详详细细地说了一遍。原来，县令孙威为了巴结上司，竟然强行摊派老百姓们购买官盐的数额。稍有缺额或不足，就会背上抗粮抗捐的罪名下到狱里。

"除此而外，百姓们只要对此稍有不满，也会被逮起来治罪。我审核案卷之后，认为孙威这是小题大做，准备把牢中一些压根就没有什么罪行的囚徒加以释放。可孙威认为我这样做是扫了他的面子，所以才……"

看着辛弃疾的脸色变得铁青，傅大声迟疑道："大人，我还有件事，不知当讲不当讲……"

"但说无妨！"辛弃疾鼓励道。

"这官办鬻盐之法，本来是为了解决财政空虚的救急之策。然而在地方上实行起来，却多有走样的。以长溪县来说，当地老百姓对此实在是怨声载道。他们背地里不光痛骂孙威，甚至还……"

傅大声讲到这里，不敢再说下去。辛弃疾却笑了笑，道："不用隐讳，其实本帅这一路上也有所耳闻。"

他此番差不多是微服出访，进入长溪县境内后，却听到了不少这样的议论："都说辛大人是个青天，可谁知道这位青天来了，咱们老百姓的嘴里却要淡出个鸟来。真是清如水——清如寡淡的白水呀！"

"来人，即刻带我去县衙！"辛弃疾整了一整衣冠。他要好好教训一下这个谄上欺下的孙威。

到得县衙，还在后堂赏花作乐的孙威听说帅臣大人亲自前来，吓得屁滚尿流地迎了出来。他偷眼一看，见穿着破衣烂衫的傅大声也在随从之列,心中暗叫不好。不过无可奈何,只能硬着头皮迎了上去。

"不知帅臣大人亲临弊县,卑职有失远迎。真是失职,失职啊!"

"孙大人免礼,这倒是算不得什么失职的事。"辛弃疾面色和悦,却语带双关地说道,"不过,本帅今日却要借贵县县衙一用,还望孙大人能从旁襄助一二。"

"自然,自然,卑职听凭大人吩咐。"孙威心里打起了小鼓。他按辛弃疾的命令,将卷宗和牢房里关押的犯人都带到了公堂之上,黑压压的竟然有五六十人之多。

辛弃疾飞快地审视起卷宗来,而傅大声则在一旁协助。每一份卷宗他早已做过详细的调查,故而没用多长时间便有了一个大概的头绪。堂下几十个囚犯里面,除了十来个小偷小摸的惯犯,以及江洋盗匪之外,差不多全是因为违反了当地强行摊售官办食盐命令而被抓来的无辜百姓。

"赵六,你所犯何事呀?"辛弃疾朝堂下发问。

"禀大人,草民无罪呀!"堂下一个头发花白的老头子叩头道,"实在是知县大人摊售的盐价过高,咱们全家已经淡食好几个月之久了。可就这知县大人还是不依不饶,强要草民购买官盐不可。不卖,就只有被捉进牢里来关着。什么时候买够了,什么时候才能放草民出去呀。"

"大人明鉴,咱们这里本来就是产盐之地,盐价一向便宜。可自从孙大人来了之后,这盐价不但比过去贵了许多,就连跟临县的官盐盐价相比,也只怕是要贵上一番呀!"

"别的县卖盐,也没有咱们县这样强行摊派到各家各户,不买就要打屁股抓人的呀!"又两位囚徒喊道。

听了他们的话,孙威气得直吹胡子。可顶头上司就在堂上,他自然不敢发火,只好暗暗在心里咒骂这群"刁民"。

"诸位父老快快请起!"辛弃疾亲自走到堂下,将跪在地上的囚犯一一搀扶起来,"官办鬻盐一事,本来是出自我的主意。为政不明,让大家吃了天大的苦,我实在是应该向各位乡亲赔罪才是!"

辛弃疾大步走到公堂之外,高声宣布道:"从今日起,但凡是因摊售官盐一事而入狱的百姓,一律无罪释放。因别项事务而被冤枉的,本帅也委托傅大人详加审理,秉公断案!"

堂上堂下立即爆发出一阵欢呼之声,众人情不自禁地交头接耳起来:"这个辛大人,可真是名不虚传呐!"

"另外,为了聊表对乡亲们的歉意。我决定,就在这县衙门前办上一桌流水席,请含冤入狱的乡亲们坐上首,本官作陪,如何?"

人群中又爆发出一阵欢呼声,面前这个大官的行事风格实在是让他们耳目一新。在傅大声的张罗下,县衙前很快就摆好了长长的流水宴席。到这会儿,孙威可是尴尬极了。他走也不是,留也不是。正手足无措间,辛弃疾却笑容可掬地迎了上来:"孙大人,你作为一县的父母官,如何能不来入席啊?"

"啊……这这这……"孙威受宠若惊,悬着的心也放下大半。他正待解释几句,却被辛弃疾一把拉住,扯到自己身边坐下:"来来来,今天尽欢而散,可不要客气!"

孙威半推半就地坐在了辛弃疾的左首,而右首便是前些日子被自己赶出县衙的傅大声。傅大声面带嘲讽地连连拱手:"孙大人,请、请!"

"啊,请、请……"

孙威突然傻了眼,他这才发现,自己面前空空如也,连一副筷子、一只空碗都没有。眼瞅着侍从们将美酒佳肴端上桌来,摆在辛弃疾和众位乡亲们面前,孙威不禁咽了口唾沫:"大人,这是?"

辛弃疾把脸掉过去,假装没有听到。他满满斟了一杯酒,站起来向各位乡亲祝酒。此时,倒是有衙役在孙威面前放下一把酒壶,一只酒杯。孙威如释重负,赶紧斟满,随着辛弃疾一仰脖喝下。却发现自己杯中的不是酒,而是苦得发涩的浓茶。这回,孙威可真是哑巴吃黄连,有苦说不出了。

流水席一直吃到了晚上。看着大家觥筹交错,热闹非凡,孙威的肚子却饿得咕咕直叫,这几杯浓茶一下肚,心里更是烧得慌。他心里又羞又恨,正没奈何处，却见衙役又捧着满满一盘子精美的菜肴送到了自己面前。

"呀，如何怠慢了孙大人？"辛弃疾故作惊讶，"快快快，快吃才是。"

"嘿嘿，嘿嘿……多谢帅臣大人关爱卑职。"孙威如蒙大赦一般，他赶紧夹了一筷子菜送入嘴中，才咀嚼几口，差点没吐出来。

原来，自己面前这盘菜肴里竟一点盐都没放，如同嚼蜡一般。他正想说话，却见辛弃疾笑眯眯地看着自己："如何，这道菜还合口味吧？"

"还……还不错……"孙威吞吞吐吐地回答道。他强忍着将菜咽了下去。又换了另一道菜。没想到甫一进嘴，便再也忍不住，"哇"的一声全吐了出来。

原来，如果说上一道菜毫无滋味的话，这道菜却好像打翻了盐罐子做出来似的，咸得发苦，叫孙威怎么能吃得下去！

见孙威一脸尴尬的表情，辛弃疾也不再捉弄他，正色道："百姓们每天日出而作，日落而息，生活实在不易。可你呢？你到任之后非但没有造福一方，却擅自作威作福，胡作非为。这想吃盐的，你害得他们无盐可吃；不想吃你的盐的，你又非逼着人家吃不可。我今天这么做，就是希望能让你得个教训。切莫为了一己私利，再做出如此扰民虐民之事。"

见孙威跪在地上连连叩头求饶，辛弃疾也不心软。他当即宣布了对孙威的处理决定——免去县令之任，详加查办。至于长溪县令一职，暂且由傅大声代理。对于这个决定，百姓们连声叫好，一场由鬻盐引出的风波，也就此画上句号。

长溪县的麻烦解决了，辛弃疾的心情却放松不下来。看起来，官办鬻盐之事跟自己当初设想的不一样，惹出了一些意料之外的麻烦。他的好友，包括朱熹在内，也多次写信劝告他适可而止。据说朝中也有一些官员对此事议论纷纷，说什么的都有。时任福州通判的曹盅就这样劝谏辛弃疾："鬻盐之事，本为开拓财源、充实府库。可照眼下的情形来看，实施愈久，便愈弊大于利。还望大人三思！"

"我岂不知？只是福建财库过于空虚，要应付日常各项支出便已让人伤透脑筋了。若是还要想做番事业，那真是千难万难。"

辛弃疾摇着头，将一叠函件掷到桌上。那是当地赵宋王朝宗室子弟的请愿文书。福州本为宗室聚居之地。这些人过惯了锦衣玉食、不劳而获的生活，动不动便向当地地方官要这要那，光是应付他们便要花费老大一笔支出。再加上按照辛弃疾原来的打算，是要在福建做两件大事。其一，有鉴于当地土地贫瘠，人口众多，辛弃疾打算积蓄一笔资财，在丰收之年，用这笔钱向产粮之地购进粮米储存起来。一旦遇到灾荒之年，便可以拿出来赈济百姓。另一件大事，是为了应对当地盗匪多发的局面，效仿当年湖南建飞虎军那样，再建一支精锐部队，用来镇守地方，确保一方平安。可这两件大事，都是需要花钱的。辛弃疾心中的烦闷之情自然可想而知。

"大人勿忧，经卑职盘点，目前府库中通过鬻盐之法已积累了缗钱四十多万贯，再加上其他积蓄，大约有五十万有余。虽不宽裕，但也算是差强人意了。"

"看来，只能如此了。"辛弃疾点点头，"就依你之言，全面停止鬻盐一事吧。你可要打起十二万分的精神，接下来该是大干一番的时候了，到时候还要你多多出力呢！"

就在辛弃疾准备全面践行自己的主张时，却传来了一个惊人的噩耗——陈亮病逝了！

原来，陈亮在高中状元之前，其身体便因屡经忧患而憔悴不堪。授官后他便回到了永康家中，一方面是安排家事，另一方面也是调养身体，准备在出仕后一展抱负。谁知道，回家之后却一病不起，终于在绍熙五年（公元1194年）的新春之后与世长辞了。

陈亮之死，给辛弃疾的打击是巨大的。他朝野上下的好友众多，但真正称得上志同道合，又相互倾慕的，恐怕也就只有陈亮一人而已。如今知己壮志未酬身先死，辛弃疾自然倍感孤独。他身在闽地任上，无法抛开公事亲往永康陈亮家中吊丧，只有以祭文聊表自己的一腔哀思：

呜呼,人才之难,自古而然。……以同父之才与志,天下之事孰不可为,所不能自为者:天靳之年!闽浙相望,音问未绝,子胡一病,遽与我诀!呜呼同父,而止是耶?而今而后,欲与同父憩鹅湖之清阴,酌瓢泉而共饮,长歌相答,极论世事,可复得耶!

祸不单行,正当辛弃疾沉浸在痛失好友的哀伤中时,朝廷中又开始涌动起一股暗流。他再一次成了权力斗争的牺牲者。

老来识尽愁滋味

绍熙五年(公元 1194 年)正月,太上皇孝宗患上了重病。满朝文武都议论纷纷——这一回,光宗总该一尽人子之礼,前去探望自己的父皇了吧?

出乎大家的意料,光宗也借口自己有病,许久都未前去探望。这让失望之极的朝臣们开始用自己的方式来表达对光宗的不满。

当年四月,觐见光宗的侍臣们纷纷请求皇上前去朝谒孝宗的居所——重华宫。而京城的太学生们也纷纷向大臣上书,要求他们劝谏君王以尽孝道。然而,光宗将这些请求都一一搁置起来。

见恳请无效,朝野上下的抗议行为逐渐开始升级。首先是侍从,馆学官员纷纷上书请求罢职待罪,很快就达到了一百多人。接着,朝堂上的主要职官,甚至宰相也提出了罢职、出城待罪的要求。这其中,就有老丞相留正。文武百官们纷纷前往城外,以自己的行动向光宗施加着压力。其潜台词无疑是说:陛下,若您再一意孤行,咱们可就无法再向您尽到臣子之节了!

然而,宋光宗依然不为所动。一直拖到这个月的十五日,他好不容易才勉强答应了群臣的请求,准备前往重华宫探望父皇,却又临时改变了主意。这一举动则将大臣们的愤怒之情推上了一个新的高峰。

那么，为什么宋光宗要一意孤行呢？一方面，是由于他与父亲在立储等问题上长期积累的矛盾所造成的。另一方面，则是由于皇后李氏对孝宗不满，多方阻挠光宗前去探望自己的父亲。此外还有一重原因，光宗历来身体不好，精神日渐羸弱的他开始变得敏感多疑，时常忧虑这是父皇准备废黜自己皇位的阴谋。因而他固执地拒绝一切与孝宗见面的可能，一步步将自己也逼上了无法后退的绝路。

六月九日夜晚，宋孝宗在重华宫去世。直到此时，光宗仍然不相信这一消息，他甚至时刻佩剑带弓用以自卫，生怕遭到别人的暗算。也正是在这样的担忧下，他一再拒绝了留正等老臣请求他主持丧礼，以及立嘉王为太子的请求。见留正催得烦了，光宗干脆手书表示："历事已久，念欲退闲！"

我经历的已经够多的了，正想着要退位休息，做个闲散人呢！

所谓天威难测，留正自然不会将其视为光宗心里的大实话。在他看来，其中愤懑之情溢于言表。留正慌了手脚，干脆在准备上朝之时假装摔倒，借机上表恳请回乡养老，远离这是非之地。

留正丢下烂摊子走了，其他文武官员可慌了手脚。在纷纷扰扰的流言之中，赵汝愚当机立断，最终决定了将宝押在光宗之子嘉王身上。只有设法将嘉王拥上皇位，才能结束当前的混乱局面。

然而，要把嘉王拥上皇位也不是那么容易的事。这其中，必须要得到皇族中有威望的代表人物首肯才行。这个人，就是当时的太皇太后，也即高宗的皇后——吴太后。若是有吴太后出面主持局势，那么废黜光宗、拥立嘉王之事便名正言顺，不会激起半点反对。

可是，赵汝愚再怎么说也是外朝的官员，又怎么能在这个节骨眼上跟内廷的太皇太后打通关节呢？

这个时候，一个人的参与就十分重要了。他就是主管宫廷内外朝会、游幸、礼仪的知合门事韩侂胄。

　　韩侂胄身为外戚，他的母亲便是吴太后的妹妹。凭借这一层关系，赵汝愚通过韩侂胄的居间游说，取得了吴太后的支持，以光宗有病无法主持父亲丧事，并且本人也手书表示了退位之意作为理由，将光宗就这样糊里糊涂地赶下台来。嘉王也就在太皇太后的支持、赵汝愚和韩侂胄的拥戴之下登上了皇位——他就是宋宁宗。

　　新帝登基，自然要酬赏有功之臣。赵汝愚被任命为枢密使，韩侂胄也自然升任枢密院都承旨一职。在赵汝愚的安排下，声言退隐的留正也被宁宗召回朝中。朝堂局势看似安定下来，然而对辛弃疾来说，这只是另一场大风波的序幕而已。

　　绍熙五年（公元1194年）七月二十九日，离宁宗即位还不到一个月的时间。一个叫作黄艾的新任谏官突然上章对辛弃疾加以弹劾。奏疏甫一递进，便得到批准。辛弃疾也从福建安抚使任上落职，改成了主管建宁府武夷山冲佑观这样的一个祠禄官闲差。

　　那么，黄艾笔下到底提到了辛弃疾的什么罪名，竟能如此有杀伤力呢？其实，纵览整篇奏章，主要不过是两条罪状。一条指责辛弃疾"贪赃狼藉"，大事聚敛，在经济作风上有问题。第二条罪状，声称辛弃疾"旦夕端坐闽王殿"，有政治上的野心！

　　那么，这两条罪状真是确有其事吗？很可惜，它们都不过是赤裸裸的诬陷而已。辛弃疾在担任闽帅的近一年时间里，确实通过官售食盐等办法积累了五十万缗钱财。然而这笔钱是准备用到备荒和练兵上的，压根没有一丝一毫中饱私囊的迹象。

　　至于"端坐闽王殿"这一用心险恶的攻讦，就更站不住脚了。所谓闽王殿，本为五代王审知父子割据闽地时所修建的宫殿。后来基本被拆毁一空，只留下一间明威殿而已，后又被改为历任福州知州的治所。辛弃疾在这里办公本是顺理成章之事，又有什么政治野心可言呢？

　　实际上，黄艾的奏疏之所以有杀伤力，并不在这些子虚乌有的构陷上，而是他以莫须有的方式，狠狠地阴了辛弃疾一下。

众所周知,辛弃疾之所以一直郁郁不得志,很大程度上跟他难以驾驭的性格有关。朝廷君臣对他往往是抱着既要任用,又要防备的猜疑态度。甚至还有人私下里将辛弃疾比作王敦、桓温那样的权臣奸雄,只要羽翼丰满,便有可能搅得天翻地覆。

这样想的人,实在是不懂辛弃疾,不懂他力图恢复中原、报效国家的一腔热忱。故而辛弃疾才将陈亮引为知音,因为,在政坛上他实在是太孤独了。

然而,这样的猜忌却是致命的。黄艾的奏章中给了人极大的想象空间——辛弃疾如此聚敛,整军经武,是不是真的有什么不臣之心?

不需要证据,只需要轻描淡写的揣测之词——"端坐闽王殿"这几个字就足够了。

可是,主政的赵汝愚和留正真的有这么不辨是非吗?虽说现在是宁宗当国,但大小事务皆是经由这些拥戴有功的大臣们主持。他们难道反而不理解辛弃疾吗?

遗憾的是,赵汝愚此时并不想帮辛弃疾一把。几年前他曾经试图通过留正将辛弃疾拉到自己一边,却遭到婉拒,这心里自然不是个滋味。

既然如此,借机打掉你的傲气也好。要想东山再起,不信你最终不来走我的门路!

而留正此时已心灰意冷,对一应政事均抱着置身事外的态度,故而也没能站出来为辛弃疾说话。只有中书舍人陈傅良为辛弃疾辩解了一番,然而也是于事无补。

绍熙五年(公元1194年)的秋天,被弹劾罢职的辛弃疾再次回到了退隐十年之久的带湖。心情落寞的他自然对喧嚣纷争的尘世厌弃不已。就连苦心经营起来的带湖居所,在辛弃疾眼中看来也变得搅扰不堪。他开始动了一个新的念头——在更加偏僻的地方修筑新居。一番思量之下,最终将这一避世之所选在了铅山的瓢泉。

瓢泉本来也是辛弃疾的所爱,早在之前他就将这里买了下来。不过,要安顿一家大小数十口人，瓢泉的几所草屋自然显得十分狭窄。辛弃疾经多方选址，看中了一块距离瓢泉之北大约半里远的地方。这里傍着瓜山，与紫溪和铅山河相邻。地势错落有致，丘壑分明，是修建新居的理想所在。

然而，就在辛弃疾努力收拾心情，想要适应退隐生活之时，朝堂上再一次掀起了惊天骇浪！

前面说过，宋宁宗之所以能登基为帝，全靠了两个人的拥戴——宗室赵汝愚和外戚韩侂胄。这两人在一开始尚能和衷共济，然而在新君即位之后，为了争夺朝政大权，他俩之间很快便展开了一场激烈而残酷的斗争。

赵汝愚当政后，多方引进知名士人如黄裳、陈傅良、彭龟年等为自己臂助。除留正之外，还将朱熹召回朝中兼任侍讲，试图通过朱熹所开创的理学思想来影响宁宗。朱熹也通过侍讲的机会多次向宁宗进言，以此来对朝政事务产生影响。一时间，奉赵汝愚为领袖的一派朝臣声势大张。赵汝愚也成为当时最有权势的人物。

不过，韩侂胄却对炙手可热的赵汝愚充满了怨恨之情。他自认为拥立有功，却没能得到应有的重用。心怀不满之下，当然要对赵汝愚一党展开报复。韩侂胄虽然无法控制朝政的行政大权，但他凭借自己的外戚身份频繁出入宫禁，将年轻的皇帝掌握在了自己手中，实际上也就操纵了皇帝的内批权。这样一来，表面上看来是赵汝愚独掌朝政，但关键的决策权力已掌握在了韩侂胄的手中。

八月二十八日，留正以内批罢相，赵汝愚独任右丞相。表面上看来，他的权势更加显赫，但背地里，韩侂胄却使用内批权接连罢免了言官黄度和侍讲朱熹。特别是朱熹，因为他多次在侍讲中恳切进谏宋宁宗，早已惹得年轻的皇帝不耐烦起来。因此，即便是有赵汝愚的尽力补救，也仍然没能将朱熹留在朝中。

此后，韩侂胄又接连出击，暗暗将谏官换成了自己的私人。在一番偷天换日的政治运作之下，将赵汝愚的同党接二连三地排斥出朝廷。尽管事情已经到了这个地步，被罢黜的朱熹也多次致书赵汝愚，提醒他小心韩侂胄，但赵汝愚仍然认为韩侂胄能够为自己所用而不以为意。

赵汝愚很快就因为自己的麻痹大意而尝到了苦果，屡屡得手的韩侂胄很快便施展了最后的一击。他说赵汝愚是宗室，又有拥立之功，若继续让他独秉朝政恐将不利于社稷。言下之意，赵汝愚乃是威胁宋宁宗皇位的最可怕敌人。

此言一出，宋宁宗自然心惊胆战。父亲被赶下皇位之事并没有过去太久，他无法容忍同样的事发生在自己身上。赵汝愚很快便被罢相，又贬斥往外地安置，最后于途中暴毙而亡。说来讽刺的是，导致他倒台的罪名竟与辛弃疾的遭到弹劾如出一辙，都是属于莫须有的构陷之罪。

赵汝愚失势之后，其门人同党也被纷纷驱逐出朝廷。这本来是因争夺权力而起的一场政治斗争，没想到，最后还是牵连到早已赋闲在家的辛弃疾身上。这是因为赵汝愚一党的许多士人如留正、朱熹、陈傅良等向来与辛弃疾私交甚好。而韩侂胄一派的言官在对他们进行政治攻讦的同时，必然也会将辛弃疾牵连在内。所谓"城门失火，殃及池鱼"，再加上辛弃疾不屑于奔走权贵之门，自然又引起了韩侂胄一伙的侧目。很快，辛弃疾便连集英殿修撰这样的贴职和宫观主管的祠禄官也被剥夺了。

打击纷至沓来，不能不对辛弃疾的心境造成影响。他在《丑奴儿》一词中描写了这种情绪：

> 近来愁似天来大，谁解相怜？谁解相怜，又把愁来做个天。都将今古无穷事，放在愁边。放在愁边，却自移家向酒泉。

尽管心情低落，但为了实现"移家酒泉"的计划，辛弃疾还是将一腔心血全部投注到了对瓢泉新居的营建之上。他依照地形的起伏走向，在铅山河与紫溪的交汇处新起了一片宅院，起名五堡洲，作为自己及家人的居所。又在附近布置修建了秋水堂、鹤鸣亭、吹台燕榭等景致。辛弃疾得意地将其命名为"期思"新居，而周围妙趣天生的山水便被唤为"一丘一壑"。这里虽不富丽堂皇，却清雅脱俗、自得风流。前来拜访的众位友人都忍不住交

第五章　只愁风雨无凭准

口称赞——没想到辛弃疾就算在经营这方寸丘壑之地上面，也尽显过人的眼光与才能呢。

不过，期思新居虽然落成，带湖旧宅却也是陪伴了辛弃疾及家人十余年时光的所在，他一时还舍不得离开这里。但在庆元二年（公元 1196 年）的春天，又有两场灾祸接踵而来。

首先是陪伴辛弃疾数十年之久的妻子范氏在这一年里因病离开了人世。

范氏与辛弃疾同岁，因为辛弃疾早年四处为官，他们夫妇二人自然也是聚少离多。范氏为辛弃疾照料这一大家子人很是付出了不少心血和辛劳。只有在带湖的十年之中，才是二人人生中真正得享夫妻之乐的时光。两人还一起在亲朋好友的祝贺下共办了一场热热闹闹的五十大寿呢。只可惜天不假年，范氏去世后，悲不自胜的辛弃疾将她就地安葬在鹅湖附近。而往昔与范氏共同生活过的带湖旧居，自然也成了时时勾起辛弃疾回忆的伤心之地。

祸不单行，范氏去世后不久，带湖雪楼又突遭大火。火灾一夜之间将雪楼与毗邻的房舍都烧为灰烬。在此情形之下，辛弃疾不得不带着全家举家搬往才落成的期思新居之中。

乔迁本是喜事，但辛弃疾却是在迫不得已的情形下作出如此安排的。国事家事，无一不让他感到忧虑烦心。朝堂上所传来的也尽是坏消息：韩侂胄把持朝政后，为了打击异己，将朱熹所提倡的理学斥责为伪学，其党羽对朱熹和门人展开了连番攻击，甚至颁布了一份"伪学逆党籍"名单，不管是从学术上，还是从政治上，都形成了高压的态势。

而作为朱熹好友的辛弃疾，在这场风波中自然也难以独善其身。在长期的忧虑之中，他又恢复了过去隐居带湖时纵酒成癖的嗜好。这一回，因为夫人范氏已经病逝，身边再无人可以规劝辛弃疾，故而他的酒瘾也比过去要大了许多，身体也大不如前。老家人辛虎奴看在眼里，急在心里。他多次想劝谏辛弃疾止杯戒酒，可又想不到什么好办法。只好投辛弃疾所好，在瓢泉周围四处寻觅好山好水，引得辛弃疾前去游览，希望他能暂时寄情于山水之间，忘却眼前的烦恼。

这一日，辛虎奴又兴致勃勃地前来告诉辛弃疾，他找到了一处风景绝佳的所在，何不前去游览一番。

"哦？这里的一丘一壑都如同在我心中一般，虎奴你还能找到这样的好去处？"辛弃疾放下酒杯道。不过，他也感动于虎奴的一片苦心，便当即答应下来："既如此，备马，咱俩一块儿去！"

主仆俩纵马往上饶的西北方向前行，也不知过了多久，面前便是灵山。二人缓步登山而上，便渐渐走入了一片清幽的松林之中。辛虎奴兴奋地大喊："少主人，就是这里。你看这一片好景致！"

辛弃疾不禁哑然失笑："虎奴，这里就是灵山的齐庵呀！我卜居之时也曾到过此处，那时还准备在这里修一条新堤，筑一片堰湖，便又是处静养之所。可惜，因为财力不足而未能实现。想不到今日却又被你找了来。"

"这么说，却是老奴唐突了。"辛虎奴听主人这么说，大为失望道，"咱们今天白来一趟，嗐！"

"不，没白来！"辛弃疾缓步走到山崖边，举目远望。此地正对灵山众峰，颇有一览众山小之势，山谷间郁郁葱葱的青松随着山风发出怒涛般的吼声，使得辛弃疾心神为之摇动："上次来，只是爱这里山清水静，却没想到另有一番风光。虎奴，你看这些松树，像不像正等待我检阅的十万大军？"

辛弃疾负手而立，面向山谷，一改平素里的谦退淡然，神色竟变得凛然起来，活像一个正指挥千军万马的统帅。他高声诵道：

> 叠嶂西驰，万马回旋，众山欲东。正惊湍直下，跳珠倒溅；小桥横截，缺月初弓。老合投闲，天教多事，检校长身十万松。吾庐小，在龙蛇影外，风雨声中。
>
> 争先见面重重，看爽气朝来三数峰。似谢家子弟，衣冠磊落；相如庭户，车骑雍容。我觉其间，雄深雅健，如对文章太史公。新堤路，问

偃湖何日,烟水蒙蒙?

"好词,好词啊!"虎奴连连搓着手,"就是俺听不大明白。少主人,您莫不是还想着要到疆场上去驰骋一番?"

"虎奴,还得多谢你带我来这里。哈哈哈,我想通了!"辛弃疾朗声长笑,"何必为了一时的荣辱得失而自怨自艾呢?我辛弃疾上一次投闲置散也有十年之久。如今虽人老了,可心没有老。若是在这里纵酒伤身,等朝廷下一次想要再起用老夫的时候,可就找不到人了。"

回到家中,辛弃疾便挥笔写下了一篇用来劝勉自己戒酒的词——《沁园春·将止酒,戒酒杯使勿近》:

> 杯汝来前!老子今朝,点检形骸。甚长年抱渴,咽如焦釜;于今喜睡,气似奔雷。汝说"刘伶,古今达者,醉后何妨死便埋"。浑如此,叹汝于知己,真少恩哉!
>
> 更凭歌舞为媒。算合作人间鸩毒猜。况怨无大小,生于所爱;物无美恶,过则为灾。与汝成言,勿留亟退,吾力犹能肆汝杯。杯再拜,道"麾之即去,招则须来"。

词中,辛弃疾以风趣诙谐的笔触描写了一场自己与酒杯的对话:他责怪酒杯这位"老朋友"成天只知引诱自己喝酒,却一点也不顾及他这个做主人的身体。真是无情无义,还是赶快走人吧。而老朋友的回答却也十分有趣——您让我走,我就走。您需要的时候,我还是会再来服侍您的。

主人的故作嗔怪,"仆人"的嬉皮笑脸跃然纸上,使人读来忍俊不禁。也算是无奈之下的苦中作乐吧。

其实,被遣走的并不只有"酒杯"而已。因为精力和身体都大不如前,再加上连遭打击,辛弃疾还遣散了长期以来陪伴自己的几名侍女。而其中最为有名的便是阿卿和钱钱二人。阿卿擅长歌舞,钱钱深通翰墨,她俩都深得辛弃疾的宠爱,要送走她们,只怕是比遣走"招则须来"的酒杯更让辛弃疾感到伤怀。他曾写下三首为钱钱送行的《临江仙》,其中之一云:

一自酒情诗兴懒，舞裙歌扇阑珊。好天良夜月团团。桂陵真好事，留得一钱看。

岁晚人欺程不识，怎叫阿堵留连。杨花榆荚雪漫天。从今花影下，只看绿苔圆。

词中一连引用了五六处跟钱币和钱姓人有关的典故来调侃钱钱，读来诙谐幽默，与戒酒词有异曲同工之妙。让人不由觉得稼轩居士已经一改往日里英武峻烈的形象，而变成了一个好脾气的邻家老翁。

在这段时间里，他表面上愈加谦和冲淡，朝廷上不断传来的坏消息似乎也难以在他心中荡起半点波澜。却很少有人知道，在这位英雄的胸中，还埋藏着一星半点可以燎原的火种。

第五章　只愁风雨无凭准

第六章　看试手，补天裂

精神此老健于虎

　　岁月一天天地过去,时局的变化总是三十年河东,三十年河西。就在庆元四年(公元 1198 年)里,辛弃疾突然接到了朝廷恢复他集英殿修撰、主管武夷山冲佑祠的消息。这表明辛弃疾过去遭到弹劾的所有罪名已经被一笔勾销,免于追查。而他也可以重新参与到政治活动中去了。

　　其实,这一"恩赦"的到来,本也是自然而然之事。韩侂胄借禁"伪学"打击政敌已经有数年之久。他在朝堂上的对手早已一一倒下,对自己再难造成实质性的威胁。而像辛弃疾这样本来跟"伪学逆党"并没有什么政治瓜葛的人,自然会成为韩侂胄一伙拉拢的对象,以便缩小对立面,借机巩固自己的执政根基。在这样的考量之下,辛弃疾被剥夺已久的职名和祠禄官终于得以恢复。

　　得知这一消息后,有朋友劝辛弃疾借这个机会实现与韩侂胄的和解,以便能在政治上发挥更大的作用。

　　"稼轩,提举宫观毕竟是闲职。你若想出山,何不向如今当国的韩太师表示一下谢意?你的诗词天下闻名,只需要在词中有意无意地夸上太师几句,自然有人居间转圜,而且又不露痕迹——说起来,韩太师他还是很看重你的。何不变通一下呢?"

辛弃疾哈哈大笑道:"居士我若是愿意走这样的门路,早在先帝一朝便是元老重臣了。何必靠卖弄词章以求进取?韩侂胄他若有心恢复故土,辛某我就算穷困潦倒,也会对他佩服得五体投地。可要像现在这样,难,难,难!"

说完,辛弃疾也顾不得来人的脸色,又自言自语道:"这主管武夷山冲佑祠可算不得闲差,老夫戴着这顶官帽正大有用处呢。"

原来,此前不久,朱熹也已经回到了家乡福建建阳,就在当地隐居起来。而武夷山毗邻建阳,辛弃疾以朝廷任命的正式身份顺便前去探望老朋友,倒也名正言顺,省去了被一帮宵小之辈借题发挥的麻烦。

当两位老友再次见面时,辛弃疾不由得为眼前所见大吃一惊——在政治斗争的折磨之下,朱熹看上去已经十分苍老,头发也白了,背也弯了,一副邻家老翁的模样。只是他的眼神中还不失一代理学宗师雍容自若的风采。

朱熹看到辛弃疾的第一句话,竟然是:"幼安,你竟然敢来这里看我?"

这句话听上去十分沉痛,自然也事出有因。朱熹之学被定为"伪学"后,许多门生弟子都生怕再跟这位"伪学大师"扯上什么关系。他隐居多年,原来的门生故旧因为怕惹上麻烦,竟然多有从他家门前经过也不愿顺道前来探望的。有的门人一改理学的行事作风,纵酒狎妓无所不为,借此来表示自己跟朱熹已经划清界限。而更有甚者干脆改换门庭,投向了韩侂胄及其党羽一方。世态炎凉,令人长叹。

辛弃疾知道朱熹的处境之难,更甚于自己。他朗声道:"辛某做事只问该与不该,却不问敢与不敢。元晦,你多虑了!"

朱熹叹了一口气,苦笑道:"这么些年过去,你还是不减湖海豪气啊。在这大宋官场上也真算得上一个异数了!"他携起辛弃疾之手,引他在自己的庄前屋后散起步来。

"一草一木尽皆浑然天成。元晦兄，你这里初看上去平平无奇，可更胜于我那期思蜗居啊。"见惯好景致的辛弃疾到也被这里的几畦稻田、数株桑柳、一片蛙鸣之声所吸引，忍不住赞道。

"胸中有丘壑，又何必胸外求之？"朱熹轻摇蒲扇道。

"哈哈，我与你不同。我是胸中有丘壑，必定要将其尽行展露于山水之间。我俩都是天地与人俱为一体，所不同的，是你要向内求之，而我，却是要向外去寻……"

"幼安，你所言倒颇有哲理。唉，只可惜……若你能早些接受我理学正心诚意之说，少追求些事功，多在性命义理上做文章，成就必定远过于今日！"

"元晦……"辛弃疾突然停下脚步，正色道，"事到如今，你悔不？"

"悔？"朱熹很快明白过来，这是指他坚持以理学思想宣传治国之道，因而屡遭他人攻讦打击。他摇头道："不悔，至今不悔，从来不悔！"

"其实，咱俩虽然所秉承的理念不同，但又有什么本质区别呢？"辛弃疾悠然看向远山，缓缓道，"和你一样，我这辈子也没为坚持做自己而后悔过。"

朱熹愕然，随之又释然的一笑。他不再说话，只是随着辛弃疾一道，默默地看向远山。

庆元六年（公元 1200 年）的三月九日，一代理学宗师朱熹阒然长逝。这离他与辛弃疾相会才不过一年多的时间。

朱熹去世之时，党禁正严。当地郡守便是韩侂胄一伙的党徒，他以担心朱熹弟子门人借机聚集滋事为由，加以禁止约束。许多人听到这一消息后裹足不前，就连其生前交情最厚的门生故旧，也鲜有前来送葬者。后有无名氏作《两朝纲目备要》，声称前来送葬者达数千人之多。这也只不过是耳闻附会之词罢了。

在这样的严酷环境之下，敢于挺身而出为朱熹作祭文的便只有两人。其中之一，便是与朱熹志不同而道合的辛弃疾。

朱熹逝世时,韩侂胄一党已经对辛弃疾停止了弹劾打击,在一定程度上恢复了他的政治地位,表现出和解的意愿。但辛弃疾并不愿意领这个情。他始终不与韩侂胄发生任何形式的私人往来。而对时人避之唯恐不及的朱熹,却往来如常。听到朱熹辞世的噩耗,辛弃疾当即写下祭文,并为之恸哭。祭文中云:

"所不朽者,垂万世名。孰谓公死,凛凛犹生!"

值得一提的是,另一位敢冒大不韪为朱熹作祭文的,也非其门人弟子,而是陆游陆放翁。陆游这个人在当时的处境颇为微妙:一方面,他是朱熹的好友;另一方面,他跟韩侂胄也有交往,甚至还接受了韩侂胄邀请他出山修史的要求。许多以正人君子自居的朋友,如杨万里等都多次劝告陆游远离权贵之门,免得于自己清名有损。就连朱熹对此也不免有所微词。而陆游却依旧我行我素。然而,当朱熹死后,真正敢于站出来为其说话的,也恰恰就是这位陆放翁。可想而知,他的义举自然也得到了辛弃疾的共鸣。

作完祭文,辛弃疾的心绪仍然难以平静。这些年来,离他而去的好友并不仅仅只有朱熹一个。

陆九渊死了。

陈亮也死了。

范成大、马大同、范如山、钱之望、王自中等人也都死了……

掰起指头算来,自绍熙改元后,那些与他一起纵论天下、快意恩仇的好友都相继离开了人世。

辛弃疾再一次来到朱熹的旧居门前,孤独地望着远处的青山。两人那天的对话还言犹在耳,他想起了不久前才为期思停云堂所作的一首《贺新郎》:

> 甚矣吾衰矣。怅平生、交游零落,只今余几。白发空垂三千丈,一笑人间万事。问何物、能令公喜。我见青山多妩媚,料青山、见我应如是。情与貌,略相似。
>
> 一尊搔首东窗里。想渊明、停云诗就,此时风味。江左沉酣求名

者,岂识浊醪妙理。回首叫、云飞风起。不恨古人吾不见,恨古人、不见吾狂耳。知我者,二三子。

如今,素来知己的"二三子"已凋亡略尽,辛弃疾自然更感孤独。就在他下定决心闭门不问世事之时,世事却又一次跟他开起了玩笑——朝廷上严禁伪学的政策正在悄然起着变化!

说起来,当初力禁伪学的,是韩侂胄一党;而如今提出要开禁的,也是他们。这是不是太奇怪了一点?

其实,一点也不怪。只能说是四个字:"时移世易"。

韩侂胄本来是不学无术之人,他喜欢的乃是权力。自然也有一群文人士大夫为了权力,依附到他身边,替其出谋划策。

而打击"伪学",本来也就只是清除异己、夺取权力的工具而已。这其中,也不乏有人本来跟理学门人存在私人矛盾,借机报复的。如今,最高权力已经牢牢地执掌在了自己的手中,再借"伪学"为武器来打击政敌,就显得不是那么必要了。

自嘉泰元年(公元1202年)以来,依附韩侂胄的一些朝廷重臣或病死,或调离中枢。而这些人也正是首倡严禁伪学之人,他们的离开,为废弛党禁创造了条件。

另外,这场党禁已经搞了七年之久,其打击面之大,可谓空前。韩侂胄如今虽然大权在握,却也明白他得罪了太多的人,若再不收手,日后难免不会遭到报复,那时便悔之晚矣了。对于这一点,韩党中不少人也持此观点。

最后,韩侂胄此时已经是一人之下、万人之上的人物了。要想再上一层楼,就得建立新的功名。

而这新的功名是什么?韩侂胄所想到的,便是抗击金人、恢复故土。若是真能如愿,岂不就是不世之功吗?到那个时候,看谁还能对自己说三道四呢?

因此,在这个问题上,辛弃疾发现他和韩侂胄竟有了一个难得的共同之处,且不论动机如何。这让辛弃疾感到颇有些哭笑不得。在这段时间里,前来拜访的友人们也纷纷向他提起此事。

"稼轩,如今的局势真是一日数变。听说,朝廷有请您老出山之意。"说这话的,是辛弃疾的好友韩仲止。

"这与老夫有什么相干?"辛弃疾眯眼道,他正抄写自己过去所作的一首词《西江月·遣兴》:

> 醉里且贪欢笑,要愁那得工夫!近来始觉古人书,信著全无是处。
>
> 昨夜松边醉倒,问松"我醉如何"? 只疑松动要来扶,以手推松曰"去"!

"我明白,我明白。你这意思是啊,说我想来劝你出山,可你这倔老头不领情……"韩仲止丝毫不以辛弃疾的态度为忤,起身做了个推松树的动作,"要想把我像推松树那样一把推开,说:'去!'"

辛弃疾也被韩仲止逗乐了,笑道:"老兄啊,跟你实话实说。我早就不与来这里的朋友们谈论时事了。心冷了……"

"当真?"韩仲止故意问道,"如今就连许多曾经被废斥的所谓'党人',也纷纷表示要与韩侂胄和解了。更有人跃跃欲试,想要在北伐大业中干出一番事业呢。对这些,我就不信你真的不动心……"

送走韩仲止,辛弃疾又陷入了沉默。他承认,韩仲止的话有道理,可是,要自己捐弃前嫌,去与声名狼藉的韩侂胄合作,真的做得到吗?

要弄得不好,可就是葬送了自己一辈子的名声啊!

反复思考多时,辛弃疾的目光停留在了墙上的一幅词作上。那也是他老来戏笔之作:

> 壮岁旌旗拥万夫,锦襜突骑渡江初。燕兵夜娖银胡䩮,汉箭朝飞金仆姑。
>
> 追往事,叹今吾,春风不染白髭须。却将万字平戎策,换得东家种树书。

181

想当初亲率数万大军,雄姿英发。如今难道真的要碌碌无为,终老于此,只把万字平戎策换得东邻"种树书"吗?

或许,这是自己仅剩无几的人生岁月中最后一次机会了。一旦错过,只怕要追悔莫及。

且罢且罢!不为韩侂胄,只为圆老夫我自己毕生的恢复之梦,也该当再出山大干一场!

只鸡斗酒聚比邻

嘉泰三年(公元1203年)三月,朝廷起用辛弃疾知绍兴府兼浙东安抚使,再次担任一路的帅臣。他慨然接受了这一职务。这一年,辛弃疾六十四岁,距他再次投闲置散已有八年之久,离他当年南归渡江,也有四十余年了。

辛弃疾上任之后的第一件事,便是四处寻访贤才。在他不拘一格的提拔之下,诸暨县主簿赵汝鐩、会稽县丞朱权以及曾因父丧去职的县吏林行知等人纷纷进入辛弃疾幕下,为其奔走效力,做出了许多成绩。

跟以前一样,辛弃疾最无法容忍的,便是贪官污吏侵害百姓的各种不法行为。他曾对属下提及:自己亲眼见过某位州府的地方大员,假借备荒备灾的名义,违反朝廷征收赋税不得任意折合钱帛的规定,在四年的任期之中硬是向百姓多收取了六十万斛米面,以及百余万缗钱财。等到卸任交代的时候,他却欺骗朝廷说,这上百万缗的钱财都已用来购买这些米面作为备灾之用,如此一来,贪污来的钱财便顺理成章地落到了自己的口袋里。

在说起这件事时,辛弃疾尤为愤愤不平。或许他由此还想到了自己,想到自己一心为治下兴利除弊,却数次遭到小人的攻讦诬赖,罪名是莫须有的贪赃不法;可那些真正的贪官污吏却逍遥法外,优哉游哉。这实在是大大的不公,大大的滑稽！或许正因为如此,他在浙东任上时,一力打击当地官吏的贪腐和渎职行为,绝不稍加宽贷。这一举措,也赢得了当地百姓的交口称赞。

不过,辛弃疾目前所能做的也就只有这么多了。朝野上下对北伐的呼声虽日渐高涨,但毕竟还没有成为正式的国策。韩侂胄也尚未下定决心,换句话说,即便北伐之事已经开始有所筹划,也只是关起门来的小圈子里面的事。辛弃疾与韩侂胄素无来往,自然也只有耐心等待而已。因此,他在公事之余,也偶尔忙里偷闲,携上三五好友到处寻访当地胜景,留下了不少脍炙人口的诗词。其中多有以《汉宫春》为词调的作品,其中之一《会稽蓬莱阁观雨》词云:

> 秦望山头,看乱云急雨,倒立江湖。不知云者为雨,雨者云乎。长空万里,被西风、变灭须臾。回首听、月明天籁,人间万窍号呼。
>
> 谁向若耶溪上,倩美人西去,麋鹿姑苏？至今故国人望,一舸归欤。岁月暮矣,问何不鼓瑟吹竽。君不见、王亭谢馆,冷烟寒树啼乌。

蓬莱阁位于绍兴府治所,而绍兴东南四十里则是秦望山,以秦始皇曾登临此山遥望东海而得名。辛弃疾笔下的浙东雨景气象万千,如同奔来眼底一般。而下阕笔锋一转,由景而转到吴越争霸之陈迹。言下之意,仍念念不忘恢复雪耻之事。

而他在同时期的另一作品《汉宫春·会稽秋风亭怀古》则发出了这样的感慨:

> 亭上秋风,记去年袅袅,曾到吾庐。山河举目虽异,风景非殊。功成者去,觉团扇、便与人疏。吹不断,斜阳依旧,茫茫禹迹都无。
>
> 千古茂陵词在,甚风流章句,解拟相如。只今木落江冷,眇眇愁余。故人书报,莫因循、忘却莼鲈。谁念我,新凉灯火,一编太史公书。

晋人张翰曾在洛阳做官,家乡本在吴地。一日,他见秋风大作,突然想

183

起了家中的菰菜、莼羹和鲈鱼脍。他慨然道："人生贵得适意尔，何能羁宦数千里以要名爵？"遂辞官东归。辛弃疾借这段典故抒发心中之志——我若是贪图功名富贵，那早就像张翰那样挂冠归去了。之所以动摇不改，全是为了光复数千里河山，为国建功。可惜懂我者又有几人呢？

其实，懂辛弃疾的人虽不多，但熟悉仰慕他的大有人在。辛弃疾的这几首《汉宫春》一问世，立刻引起了许多人的争相唱和。这其中有知庆远府丘密、浙东提举李浃、临安张镃、淮东吴绍古，以及著名词人姜夔等人。姜夔有和词云：

> 一顾倾吴，苎萝人不见，烟杳重湖。当时事如对弈，此亦天乎。大夫仙去，笑人间、千古须臾。有倦客扁舟夜泛，犹疑水鸟相呼。

> 秦山对楼自绿，怕越王故垒，时下樵苏。只今倚阑一笑，然则非欤。小丛解唱，倩松风、为我吹竽。更坐待千岩月落，城头眇眇啼乌。

姜夔对待北伐的态度跟辛弃疾颇有不同。他认为兵家胜败之道更多的要看天意而非人力。战端一开，生灵涂炭，就好像绍兴末年完颜亮南侵之时。"自胡马窥江去后，废池乔木，犹厌言兵。"因而对待用兵之事须得慎之又慎。当然，这一观点的不同，并不影响他与辛弃疾的私交。

不过，与辛弃疾既能在诗文上相互欣赏，又在北伐大计上志同道合的，还是陆游。

陆游，字务观，号放翁，比辛弃疾要大上十五岁。他在高宗末年便已入朝为官，一生始终主张对金用兵。陆游留下了许多直抒胸臆的诗文，如"常恐先狗马，不见清中原"，"丈夫等一死，灭贼报国仇"等。也正因为一直坚持抗金，故而在南宋政坛上屡遭排挤，仕途一直坎坷不得意。他接受韩侂胄邀请出山修成国史，之后又告老还乡，隐居于会稽府山阴县的镜湖家中。

相似的志向和人生际遇，使得辛弃疾对陆游早就仰慕不已。再加上朱熹死后，又是他与自己一道挺身而出，为好友作祭，这更是让辛弃疾将陆游视为同道中人。在他担任浙东帅后不久，便迫不及待地前去拜访闲居家中的陆游。

来到陆游家中之后，辛弃疾不禁对这位老诗人更平添了几分敬佩之情。原来，所谓的镜湖草堂竟十分寒酸简陋，其生活也颇为清贫。辛弃疾实在看不过意，主动提出准备拿出自己的公使钱，来为陆游修建一所新的居所。

所谓公使钱，乃是南宋成规。但凡郡守皆有此项钱款，可由他们加以支配，其用途一般是资助文学教育、馈赠友人等方面。辛弃疾的好意自然无可非议，但却被陆游一口拒绝了："稼轩，这心意我领了。但我平素为人你是知道的，接了你的馈赠，不是教我为难吗？"

原来，陆游平生不愿与达官贵客结交。他在绍兴隐居十余年，从未与历任知府有过诗词唱和，更不要提做朋友、接受官府的馈赠接济了。能与辛弃疾为友，也是佩服其为人之故。然而，就算是这样，陆游在其诗文中也极少提到自己与辛弃疾的来往。可谓老而弥坚了。

辛弃疾知道陆游的脾气，便也不再强求。又与他聊起天来，没想到陆游却来了兴致："稼轩啊，最近有个朋友要来拜访我，不如我替你二位引见引见？保管你跟他谈得来！"

"喔？不知是哪位朋友？"辛弃疾一听，也来了兴趣。

"刘过，刘改之！如何，该有所耳闻吧？"陆游兴致勃勃说道。却没想到辛弃疾却连连摇头："刘改之我知道，这个人经常奔走于权贵之门，还时不时地给韩侂胄写点贺词什么的……跟这样热衷功名富贵的人打交道，只怕污了我辛弃疾的耳朵！"

陆游哈哈大笑起来："所谓有容乃大，稼轩你也是见惯世事之人，何苦容不得一个刘改之呢？老实说，这位仁兄常年落魄于江湖之中，自然也沾染上了一些急功近利的毛病。不过，他急功近利，可不是全是为了挣取功名富贵。"

"此话怎讲？"辛弃疾大为好奇。

"这个人，我了解。他一辈子屡试不第，全靠在各方诸侯门下清谈度日。不过，别看他是个清客，可脾气却出奇的狂放不羁，议论当今朝政也颇为大胆。我记得他写过一首《瓜州歌》，说的是绍兴末年，朝廷不敢趁完颜亮授首之机大举北伐一事。诗中云：'甲兵洗黄河，境土尽白沟。天予弃不取。区区乃人谋。金帛输东南，礼事昆夷优。参差女墙月，深夜照敌楼。泊船运河口，颇为执事羞。'——你说，若真是趋炎附势之徒，敢在诗里这样批评当国之人吗？"

见辛弃疾沉默不语，陆游又道："别人且不论。这陈亮陈同甫总是你老兄最看重的人吧？这同甫兄，可对改之也佩服有加呀！"

"当真？"一提到陈亮，辛弃疾瞬间来了兴趣。

"这还有假？"陆游慢悠悠捻起胡子，"同甫兄还专门写过一首诗送给改之呢。你且听我诵来。"

他清清嗓子，以慷慨激越的嗓音诵道：

> 刘郎饮酒如渴虹，一饮涧壑俱成空。
>
> 胸中磊磈浇不下，时吐劲气嘘青红。
>
> 刘郎吟诗如饮酒，淋漓醉墨濡其首。
>
> 笑鞭列缺起丰隆，变化风雷一挥手。
>
> 吟诗饮酒总余事，试问刘郎一何有。
>
> 刘郎才如万乘器，落漠轮囷难自致。
>
> 强亲举予作书生，却笑书生败人意。
>
> 合骑快马健如龙，少年追逐曹景宗。
>
> 弓弦霹雳饿鸱叫，鼻尖出火耳生风。
>
> 安能规行复矩步，敛袂厌厌作新妇。
>
> 黄金挥尽气愈张，男儿龙变那可量。
>
> 会须研取契丹首，金甲牙旗归故乡。

一首诵完，辛弃疾却听得如痴如醉，半晌方道："此乃快意恩仇的侠士，又是酒中英豪。正是我辈，正是我辈中人啊！"

他一反先前轻视的态度，急着要求陆游赶快让刘过前来一会。惹得陆游又好笑起来，忙劝他切莫性急，这刘过尚在临安，就算能来，一时半会儿也不能飞来不是？辛弃疾无奈之下，只好辞别陆游回府。

这一等便又是十数日过去。突有一天，门人前来禀告：陆放翁上门来拜访了。

辛弃疾闻言一惊。这陆游因为有不愿结交官宦的脾气，故而从来不会前来知府衙门拜访现任官员。即便是自己也不例外，向来只有他前去陆游家中做客的。难不成是携刘过一起来了不成？想到这里，辛弃疾急忙迎了出去。却见陆游一人翩然而来："稼轩，来了，来了！"

"可是改之兄来了？他人现在何处？"辛弃疾急不可耐地问道。

"他人没有来，不过其文却先声夺人而来，哈哈哈！"陆游笑着从怀中摸出一卷尺素，展开道，"还记得你那篇《沁园春·将止酒，戒酒杯使勿进》吗？里面那句'杯汝来前'，真是妙句天成。不过，如今老夫可算是觅到你的敌手了！"

辛弃疾凑上前去，见尺素上龙飞凤舞地写着一首词：

> 斗酒彘肩，风雨渡江，岂不快哉！被香山居士，约林和靖，与东坡老，驾勒吾回。坡谓西湖，正如西子，浓抹淡妆临镜台。二公者，皆掉头不顾，只管衔杯。
>
> 白云天竺飞来，图画里、峥嵘楼观开。爱东西双涧，纵横水绕，两峰南北，高下云堆。逋曰不然，暗香浮动，争似孤山先探梅。须晴去，访稼轩未晚，且此徘徊。

略一思忖，这不是有人根据自己那首《沁园春》所仿写的和词吗？只不过，这首和词读上去更是别出心裁，匪夷所思。词中竟然让白居易、林逋和苏东坡三位时代不同但都在临安留下过佳话的先贤起死回生，上演了一场争相挽留词人、不放他离开临安的喜剧。几位老先生正兴致勃勃地商量前去何处游览，而词人心底却正踌躇不已——要不还是先去拜访稼轩居士，再回来游玩吧？

"呵呵，鬼气横生，写得真是鬼气横生。"辛弃疾掀髯笑道，"若我猜得没错，这一定是刘改之的大作。"

"说得没错，正是他的作品。"陆游道，"其词如何？"

"读其词，如见其人。洒脱不羁，跃然纸上，看来绝非凡俗之辈。也许我误解他了——只是，不知他何故不愿前来相见啊？"

"稼轩，这位朋友虽然有洒脱之心，却无洒脱之力啊。"陆游叹道，"他这辈子好谈国家大事，不治产业，故而时常陷入穷困潦倒之境。这首词中说得倒是婉转——什么东坡居士拉着他流连临安不让走——其实，多半是宦囊羞涩，脱不开身哟。"

辛弃疾听陆游这么说，心中倒不由得对这位还未谋面的朋友生出同情之情。片刻，他道："不妨，我这就赠改之数百缗钱，请他速速前来绍兴，一同饮宴唱和。岂不美哉？"

辛弃疾言出必行，又过得数日，这刘改之果然与陆游一道翩然而至，再次前来拜访。刚一见面，这刘过却是毫不客气，自顾自地大声道："闻名不如见面，闻名不如见面。盛传稼轩居士洵洵如儒者，可在我看来，先生您红颊白须，双眼泛出青光，简直就是人中猛虎呀！"

只见这刘过粗看其貌不扬，似有病容，可一双眸子却精光四射，声如洪钟，侃侃而谈。辛弃疾更平添了几分好感——或许是想起了当初与陈亮初会之时吧。他一手拉起刘过，一手拉起陆游，朗声道："机缘难得，改之兄，就让我们今日作平原十日之饮，不醉无归！"

新朋旧友相聚一堂，三杯五盏醇酒下肚，不免又议论起当今时政来。一番交换意见后，他们都不约而同地认为，当前乃是北伐恢复的最佳时机，也是生死存亡之际。

何出此言呢？原来，此时的金朝已经是风雨飘摇，危机重重。此时乃是金章宗在位，他在位之时，一反世宗宽和清明的治国之道，宠幸佞臣，屠戮宗室,搞得朝廷上下人心惶惶,埋下了祸乱的种子。

　　而在对外政策上,金章宗也颇多失误。当时,金国北边正连续遭受蒙古和鞑靼的侵犯。这其中,以乞颜部铁木真为首的蒙古部族更是日渐强盛起来,对金国北方边境构成了严重的威胁。

　　为了应对边患,金章宗不得不加紧备战。他一方面在北方大力修筑城墙堑壕,另一方面又加紧在全国范围内征调兵马。这进一步加重了百姓的负担。同时,与鞑靼、蒙古诸部连战连败,有大臣认为是军队所占有的田地太少、军人士气不振的缘故。为了鼓舞士气,有人提出剥夺民田以分给军士。金章宗也引以为妙计。可没想到这样一来,更是搞得怨声载道、起义频发,而国库的税收也随之减少。为了弥补亏空,金章宗又下令一面全面清查民户财力,加紧搜刮;另一方面大量发行纸钞应对难关。然而,这种挖肉补疮的做法却造成了更大范围内的恶性循环,金人在黄河南北的统治看上去已经不再像过去那样牢固了。

　　对于北方局势的变化,辛弃疾、陆游等三人其实也早有耳闻——两国民间贸易往来不断,而每年元旦和皇帝生辰之时,双方也都要互派使臣庆祝,金人日渐衰弱的消息总是能传到南宋境内。两年前,赵善义代表宋朝出使金国,在回国路上因为一些琐事与金人发生争执。赵善义愤怒之下,竟一改宋国使臣逆来顺受的惯例,卷起袖子对金人官员大骂:"你们正跟北方的蒙古和鞑靼打得不可开交,哪还有工夫跟我们计较?别把我们南朝惹急了,到时候发兵跟他们一起夹攻你们!"

　　宋人敢于说出这样的威胁之语,当然也是自感腰杆硬了起来的缘故。另一方面,朝堂上也真出现了联蒙抗金、收复失地的声音。韩侂胄本人就曾在数年前(公元 1196 年)出使金国,对金国的混乱情形自然也有所耳闻。他此时正在秘密地聚集钱财、校阅军队,筹划北伐之事。同时也正在考虑联兵蒙古、南北夹击这一战略。刘过刚从临安来,又素与韩侂胄一伙的达官贵人周旋,他自然也知道一些此中内情。

　　听刘过说完京中形势,辛弃疾连连摇头:"与虎谋皮,这是与虎谋皮呀!"

　　看着刘过与陆游不解的目光,他解释道:"数十年前,老夫在《美芹十论》中就曾说过,'仇虏六十年必亡,虏亡则中国之忧方大'!"

　　"何来忧虑呀?"陆游问道。

　　"以史为鉴,中国之忧,往往来自北方胡虏。当年辽人横行北方,不可一世。朝廷上下都以辽人为仇敌,以金人为盟友。可又有几人能知道,我大宋联金灭辽之后,却反而招来'靖康之耻'。如今金人势衰,蒙古人方兴未艾,形势是何其相似啊!"

　　"稼轩的意思是?"刘过大感兴趣。

　　"以我之见,光是收复旧都所在之河南地,进而进取河北还不够。燕云十六州只要还在敌国之手,我大宋便永无宁日……"

　　"话说得是,不过,满朝文武,即便是主战派也只是主张收取大河南北,便心满意足了。要拿回燕云故地,他们怕是有那个心也没那个力啊。"刘过熟知京中情形,有些忧虑地说道。

　　"燕雀处堂,岂有远志?"辛弃疾打鼻孔里哼了一声,"我的用兵方略还不仅限于此。如刚才所说,漠北蒙古已经崛起,光赶走金人还不够,必须要深入朔漠,驻马天山才是!"

　　"你是说,蒙古其实并非盟友,而是对手?"刘过惊讶道,"可是大宋历来积贫积弱,光是对付金人已经够吃力的了,若是又添强敌……"

　　"所以如今才当以整军经武为急务!"辛弃疾胸有成竹,"这十余年来我虽隐居山中,但却无日不关注着南北之形势。若能付我以权柄,用十年时间,练二十万之精兵,广积粮草资财,趁敌之隙,全师北上,未必不可以人力而胜天!"

　　说到这里,陆游也插言道:"幼安高屋建瓴,气吞万里。不过,老夫以为用兵还是得有先有后。先底定中原,再远出沙漠。非再用十余年时间不能成此大功!"

　　辛弃疾闻言苦笑:"是啊,咱们都老了,也只能尽人事、听天命而已。所以现在我最为忧虑的,还不是金人,而是漠北的蒙古人。他们目前各自为政,还没能成大气候。但万一哪天,有桀骜强悍之人应运而出,南向以争天下,怕那个时候再来谈抵御之计就太晚了!"

三人谈到这里均长叹一声,气氛竟变得十分凝重。半晌,刘过试探着道:"稼轩,我对你是十二分的佩服。可就是有一件事颇为不解——你若肯圆融一点,把身段放低些,怕早就跻身于庙堂之上了。为什么就不肯这么干呢?所谓在其位才能谋其政呀!"

辛弃疾摇摇头:"若那样,就不是我辛弃疾了。改之,我敬你也是个英雄好汉,我猜你之所以奔走于权贵之门,不为别的,只是想实现心中理想而已。不过,换了我辛弃疾,穷尽一生时间,也难以勉强自己做这样的事。"

他举首北望,那里正是京都临安的方向:"这次能与韩侂胄和解,再次出山,怕就是我能做到的最底线了。你二位大可放心,若还有一丝让我为国效力的机会,我自然要牢牢抓住,切勿蹉跎了人生最后的岁月!"

或许就连上天也被辛弃疾的心愿所打动。此次聚会后没多久,他就接到了前往临安接受宋宁宗召对的命令。

满眼风光北固楼

嘉泰四年(公元 1204 年)正月,辛弃疾风尘仆仆地赶到了京城,又立刻前去觐见宁宗。在大殿之上,他向年轻的皇帝侃侃而谈,纵论自己历来的主张方略。其大略有三:一,细述金国形势,指出敌人早晚必将分崩离析;二,提出南宋当局的应对之策,最好早日召集臣僚,听取众人之见;三,早作用兵之准备,以求有朝一日不至于错失良机。

辛弃疾在殿上的这番奏对,自然很快传到了韩侂胄的耳朵里。韩侂胄竟然大喜过望,因为在奏对中,辛弃疾有这样几句话:"夷狄必乱必亡,愿付之元老大臣,务为仓促可以应变之计。"

"太师，辛弃疾这话里另有玄机呀！"韩侂胄的心腹苏师旦一脸谄笑地说道。

"哦，能有什么玄机？"韩侂胄被苏师旦弄得愣了一愣，问道。

"这老头子所提到的'元老大臣'，放眼朝中，除了太师您，还有谁能担当得起这个称号？"苏师旦有板有眼地分析起来，"辛弃疾这是让皇上对您更加信重，将北伐全权托付给您呀！"

"不用他说，这也是我的分内事。试问满朝文武之中，还有谁敢跟我一较高下的？"韩侂胄得意洋洋，"不过，这倔老头向来对我不理不睬，眼光简直是高到了头顶上，何以今天替我说起好话来？"

"嗨，太师，正所谓树挪死，人挪活。辛弃疾这回全赖您提拔起用，他要真是个聪明人，还不借着这个机会投桃报李吗？只不过这老头儿好面子，不好意思明说罢了。"

韩侂胄更是大喜："有趣有趣，他向来是个有名的刺头儿，不过其文才武略却是百里挑一的人物。如今若能为我所用，看谁还敢向咱们叫板——他还说了什么？"

苏师旦忙不迭禀报："他还说……还说军国大计，须得汇集群臣，详加讨论才是。只是，圣上对此事还有些犹豫，没能定下来。"

"还犹豫什么？"韩侂胄拍案而起，"我立刻进宫说服皇上，召集重臣，听一听辛幼安的高见。"

按韩侂胄的打算，他是想借辛弃疾之口，在群臣和皇帝面前更进一步地表示对自己的推重之意。很快，这次事关重大的御前会议便召开了。

在会议上，辛弃疾根据此前与陆游、刘过二人所谈，对北伐和治国方略娓娓道来。尤其是当他提到蒙古是敌非友之时，更是振聋发聩："与其北联蒙古，不如西结夏人。西夏国虽小，却兵强马壮，足以为我军臂助，断敌人右臂。"

有几个大臣想要与辛弃疾辩驳一番，却一一被他说得哑口无言："夏人乃自守之贼，目光短浅，必将不能像当初联金灭辽那样，反过来狠咬我们一口！"

对于北进该由什么方向用兵，辛弃疾也提出了不同的主张："历来朝廷用兵，不由关陕，便经河洛。然而这两个地方已经为敌人重兵所屯守，数次进取，都师出无功。若能改弦易辙，从淮东向山东，直逼敌人空虚之地，侧击其后背，再辅以河洛大军北进，敌人河防必然全线崩溃，中原自可席卷而定！"

紧接着，辛弃疾又接连从粮饷、山川形势、关隘险要等方面一一提出自己的主张。许多人此前简直是闻所未闻，有大臣一开始认为辛弃疾只不过好为大言，哗众取宠。听到这里，却也觉得他的方略虽然十分大胆，但在细节上却翔实谨慎，不得不心服口服。韩侂胄也听得连连点头，就差没叫出一个"好"字了。

议到最热闹时，韩侂胄终于按捺不住，试探着问道："老先生曾言，北伐之事，当付与元老大臣。不知先生心中，谁可担此重任？"

按韩侂胄本意，他见辛弃疾甫一出山便以自己不凡的胆略和见识震慑住了朝堂诸公，若是能借着这个机会，让辛弃疾再抬举吹捧自己一番，岂不是大大的好事？

想不到的事发生了，辛弃疾见韩侂胄如此问，略一沉思，慨然道："屈指算来，历经三朝先帝而至今天的老臣宿旧，尚有周必大、陆游、杨万里数人。他们向来老成持重，北伐大事，不可不向他们咨询一二……哦，还有韩太师忠心为国，陈宰相急公好义，他们都是陛下应当倚重的元老重臣。"

在辛弃疾所列举的众人中，陆游与自己志同道合，但杨万里和周必大却是素来反对北伐最力之人，周必大此前还长期压抑辛弃疾不得进用，但辛弃疾为了调和各派主张，竟也不计前嫌，将他们都视为可以商量合作的对象。

然而，辛弃疾心中的"元老重臣"，本来是不包括韩侂胄在内的。他当年不过一介武夫，不学无术，只是因为机缘巧合才一步登天。再者，嘉泰四年（公元 1204 年）之时，韩侂胄不过五十二岁。虽然已官拜太师，却还没有宰相的名位。本来不具备干预朝政的资格，故而一直是通过自己在执政中安插的私人来暗中操控。说老实话,辛弃疾之所以后面勉强提到韩侂胄的名字,还是他一番思想斗争之后,和光同尘的违心之举。

对此,韩侂胄自然不可能满足。只见他脸色青一阵,白一阵,好半天才说道:"辛卿此言,实乃忠诚谋国,甚好,甚好。然而所议事项过多,头绪繁杂,还得一一从长计议才是。"

集议进行到这里,便草草而散。众人多觉得辛弃疾说得确有道理,但是大家徒然空谈半天,却没能达成任何一致性的意见。过不多时,也就被人忘到脑后了。而等待在京城的辛弃疾则接到了新的任命——宝谟阁待制,提举内祠佑神观。

宝谟阁是光宗时新建的御书阁,待制乃是从四品,受任此项职名者便可跻身于侍从官之列,参与朝廷集议;而提举佑神观则是向来给予老臣的优宠之职。这一任命的意义,实际上就是安排辛弃疾以朝廷的高级参谋之身份留在京城,而并未命他负责任何实际事务。

以辛弃疾的才干和资历,本该在绍熙初年担任少府卿时便列入侍从官行列,没想到垂垂老矣,才获得这一殊荣。无怪时人多有为他鸣不平者,认为"列侍清班,久历中外,五十年间,身事四朝,仅得老从官名号",实在是太屈才了。

对于别人的同情,辛弃疾也只能付之一笑而已。他去国十年,再次回到京城,故旧早已凋亡殆尽,朝中许多人都是新进。这其中,韩侂胄一党的亲信心腹也大有人在,他们多对辛弃疾抱敬而远之的态度。而辛弃疾自己也知道,他留在京城,恐怕也只能作为装点门面的政治花瓶而已,要想真正发挥出作用来,只怕是难上加难。因为说到底,这要取决于一个人的态度,而这个人恰恰是他最不愿意打交道的。

这个人,就是韩侂胄。

老实说,韩侂胄现在也很伤脑筋,他实在是不知道该拿辛弃疾怎么办才好。

自那次集会之后,韩侂胄不得不承认,辛弃疾的深谋远虑、文才武略远远超过了他自己,超过了自己手下的任何一个人。

"或者，可以给他一展所长的机会？"韩侂胄不止一次这样思考。

有了辛弃疾相助，对自己来说明显是如虎添翼。他堂堂太师，一人之下万人之上，若是连一个老人都无法容忍，岂不是显得气量太小了一点？传出去也不是美谈啊！

"太师，您自问能驾驭此老否？"从旁进言的，又是苏师旦。他上次马屁拍到了马蹄子上，心里比韩侂胄还要恨上辛弃疾几分。

韩侂胄缓缓摇摇头："不能。"

"若赋予辛弃疾权柄，他或可建立不世功业。只是，这功业跟太师又有什么关系呢？"

韩侂胄如醍醐灌顶一般："他难为人下，若一旦假以羽翼，只怕便要飞去了。"

苏师旦见机，进一步道："难得而易失者，就是权柄。到时候人们皆只知辛弃疾，又有几人会来趋附您韩太师呢？"

"那么，你的意思是？"韩侂胄没了主意。

"长时间让此老投闲置散也不是办法。现在朝野上下传言纷纷，都说圣上这次召辛弃疾入京，就是为了共谋北伐大业。若是就这样搁置起来，只怕会有闲话——说太师您嫉贤妒能，假意北伐，真心揽权……"

"咳，我岂能……"

苏师旦继续说道："如今之计，只有重而不用，用而不重——将他调至前线重镇，示人以即将大举之假象；但又不给他妄动干戈之权柄。如此一来，自然不会给人落下话柄！"

"妙，妙策。就依你所言！"韩侂胄一拧眉毛，下定了决心。

不久，辛弃疾便又接到了新的任命——出任镇江知府。

镇江乃长江下游重镇，三国魏晋南北朝时期以京口闻名，正是南北冲要，用武之地。许多朋友得知辛弃疾出镇此地，都为他感到由衷高兴。甚至还有传言说辛弃疾已经接到皇帝密旨，要在京口练兵，誓图恢复了。就连刘过也兴奋地一连作了五首七绝，赠予辛弃疾。其中有云：

精神此老健于虎，红颊白须双眼青。未可瓢泉便归去，要将九鼎重朝廷。

期望之情，拳拳于表。然而，辛弃疾对此也只能报之以苦笑而已。

他心中清楚，韩侂胄只不过是做表面文章罢了。他并没有被授予江淮宣抚使一类的兼职，有权节制江淮军队，这恢复大计，又从何谈起呢？

北望滚滚长江，江水葬着落日咆哮东流。辛弃疾胸中抑郁难吐，只得化作一纸悲鸣：

何处望神州？满眼风光北固楼。千古兴亡多少事？悠悠，不尽长江滚滚流。

年少万兜鍪，坐断东南战未休。天下英雄谁敌手？曹刘，生子当如孙仲谋。

当然，辛弃疾也不是那种坐而论道的书生之辈。既然被外放出京，有了实权，他要尽力为北伐做上一些力所能及的准备。上任伊始，除了必要的日常政务之外，他将精力全投注到了建立一支可供驱驰的新军之上。

京口向来地险兵雄，有着"酒可饮，箕可使，兵可用"的名声。然而承平日久，原来的京口健儿早已变成畏战不前的孱弱之辈。自隆兴元年（1163年）符离集大败以来，江淮前线的士卒便多有望风溃逃之事。这是辛弃疾所忧虑的第一件事。第二，南宋立国以来，精兵强将多出于西北。而时人普遍也认为北方健儿勇武善战，非柔弱的江南人可比。不过，数十年之后，来自西北的军将早已凋亡殆尽，自然无法指望他们承担起会师北伐的重任。那么，新的军队又该由何处补充兵源，这也是辛弃疾所考虑的大问题。

几经思索之下，他提出以原来的禁军划分防区，驻守于大江之南，作为守军震慑敌人，而另编新军渡淮主动出击的计划。至于新军的来源，则只能从淮河两岸物色招募。这是因为他们长期生活在宋金对峙的前线，自打生下来那天起，便要应付敌人的骚扰侵袭，故而自幼习武，走马射箭无一不精，即便是金人的精锐也向来不被他们放在眼中。若是能募集这样一支劲旅,则庶几可以无往而不利。

就在辛弃疾苦心编练新军之时,好友程珌过访京口,亲眼看见了一番"沙场秋点兵,马作的卢飞快,弓似霹雳弦惊"的壮阔景象。

听说好友对校阅士兵感兴趣,辛弃疾也十分高兴。他抖擞精神,换上一身袍铠,早早地便领着程珌纵马来到了校场。甫一进入,程珌不由得为面前的所见给震得说不出话来:

只见宽阔的校场之上,身着红衣红甲的新军将士们列阵如云,正演习战阵攻杀进退之术。在令旗指挥之下,全军时而金鼓雷鸣,时而杀声震天,又时而静肃无声。其号令之严整,装备之精锐,士气之高昂,使得程珌暗暗咋舌。他调头对辛弃疾道:"如此健儿,真能使鬼哭神愁!"

辛弃疾掀须大笑:"我选募士兵,只要两淮之人。至于江北之民,也不列入考虑对象。"

"喔,这是何故呀?"

"淮东通、泰、扬、真诸州,淮西舒、无为等州之人平素全靠务农为生,一听到边警之声,便手足无措。不堪武事!"

"原来如此!我在京中之时,也常与人纵论兵家大事,多有人说江北之民强悍勇健的。今日一见,才知道是纸上谈兵。若不是稼老明察秋毫,只怕是只会误国呀!"

辛弃疾叹道:"许多人都以谈论北伐为荣,殊不知,兵乃危事,岂有胡说八道一通就可成功的?"

两人正感叹间,只见一骑白袍将军策马跃入校场。他于马上盘旋弯弓,一箭射去,正端端地命中百来步外的靶心。看得程珌又不由得大声叫好起来:"好!"

话音刚落,他发现身边的人,包括辛弃疾在内,表现得却十分平淡。正不解间,只见那白袍将军纵马背过身去,又是反手一箭。矢如流星,竟将先前靶子上那支箭剖为两半!

"竟有如此神射,不异于养由基再世呀!"程珌又要惊呼,却只见白袍将

197

军自马上弯下腰来，由马腹之下又射出一箭。这一箭依然正中靶心，将箭靶射了个洞穿，连前面一支箭都送了出去。

箭才离弦，又从另一队人中跃马冲出一条满嘴胡子的黑壮大汉，挥起巨斧便朝白袍将军劈去。白袍将军也不答话，自马旁取过长枪，架住了这一斧。随后两人你来我往，恶战了二三十个回合也难分高下。只看得程珌目瞪口呆，连叫好都忘记了。

辛弃疾这才呵呵大笑，喝住两人，向程珌介绍道："这是我选任的新军将领——白袍者，叫作刘镇；这黑大汉，叫李虎。你二人还不过来跟程先生打个招呼？"

两人纵马前来，在马上朝程珌躬身唱个大诺便算行礼了。刘镇向辛弃疾道："兄弟们连日训练，都憋足了一股气，等着老大人领我们上阵杀敌呢！"

辛弃疾扬鞭道："上阵杀敌，且得须朝廷号令，可不是老夫能擅自做主的。李虎，你吩咐将士们千万用心。养兵千日，用兵一时，总有报国之时！"

李虎领命，又纵马而去，只留下刘镇陪同一边。只见他二人对辛弃疾的态度却是毕恭毕敬，程珌不由得问道："这二位将军不知此前是在何地为将？竟如此英雄了得。"

想不到刘镇闻言大笑道："为什么将？数月前，咱家还在这淮河边干着杀人越货的买卖！"

程珌闻言又是一惊，正不知如何接话时，辛弃疾轻描淡写开口道："两淮最多壮士，只是朝廷不能善用之。为求自保，只有拥众结寨而居，许多人干脆做了强盗。实在是可惜。故而老夫千方百计招纳他们从军为将，也算是一条正路。"

刘镇接过话头："此前也有官府前来招降，看他们那盛气凌人的样子，咱家就气不打一处来，将他们统统赶了出去——要不是老大人不畏艰险，亲自来到咱家营中，动之以情，晓以大义，咱家又怎会心甘情愿地听从赵官家的号令？——老大人，您只要一声令下，咱家兄弟就算赴汤蹈火，也在所不辞！"

三人说话间走进大营，辛弃疾一面在桌上摊开山川形势图，一边向程珌夸赞道："你可别以为刘将军只是一介武夫，他自幼熟读兵书，真称得上是文武全才。若稍加培养，未必不是我大宋日后的栋梁之材呀！"

刘镇不好意思地笑笑，对辛弃疾道："末将这几日来冥思苦想，觉得还是将新军与朝廷军马分开驻扎为妙。若是互相掺杂，天长日久之后，难免不粘上官军怯战的毛病。"

"对，平时互相争功，为此甚至还大打出手。一旦真的有事，却又望风而逃。这样的军队，养来何用？"

"新军初成，还有待磨炼。依末将的主意，淮东和淮西需要各屯驻两支军队、每军两万人方可成军。"刘镇在地图上指示道，"淮西军，可屯驻于安丰。淮东军，可屯驻于山阳。营地须得选取依山阻水之所在。随军的亲属家人也都安置在营中，如此才能免除军人反顾之忧。"

"你的主张跟我一致！"辛弃疾兴奋地说，"还要检选将领官佐，不问出身，只看实绩。"

他又回头对程珌说道："老夫要以京口为依托，重建一支无敌于天下的'北府军'。"

紧接着辛弃疾又看向刘镇："刘镇，当年东晋郗鉴渡江南来，几乎凭一己之力创建了后来北府军的基础。之后谢玄才以此为依托，建立北府军，在淝水之战中大败前秦——郗鉴本来是流民帅，年轻时在边境也没少做杀人越货的事，可他后来仍然能出将入相，力挽东晋于狂澜既倒，大厦将倾。你要以他为榜样，勉之，勉之！"

刘镇闻言，大为感奋。正待说话间，突有兵丁进账禀报："大人，派去金国的探马回来了！"

"喔？速速带进来！"辛弃疾急道。刘镇看了一眼程珌。程珌知道他的意思，赶紧说要暂且回避，却被辛弃疾一把拉住："你我至交，不妨不妨。"

正说话间，两名蓬头垢面的男子已经被带进帐来。刘镇看见他们，第一句话便是："赵六何在？为何只有你二人回来？"

其中一名男子叩首痛哭道："小的们沿山东河北一路潜行到燕京才折返回来，眼看就要到两国边境，却没想到被金狗发现了。赵六他……他为了引开金狗，被追兵乱箭射死了。只有小的二人化装为乞丐，侥幸得以逃生！"

说到这里，他捋起袖子亮出左臂，左臂上一条数寸长的疤痕触目惊心。正当程珌不知他想干什么时，他又摸出一柄短刀，当即将臂上疤痕剖开，一时鲜血淋漓。程珌看得触目惊心，正要转过头去，那人已从疤痕伤口处扯出一条布帛来。展开布帛，上面密密麻麻写满蝇头小字——原来，他将一路收集来的情报写在布帛之上，又不惜毁伤身体，藏在伤口之中。

这一幕，看得程珌暗暗吸气。他一介书生，如何见过如此惨烈的景象！

辛弃疾连忙安慰了那两个细作一番，又命人将他们带下去休息领赏。然后从袖中取出一块一尺见方的锦帛来，铺在桌面上，将布帛上所记述的内容一一转抄到锦帛之上。

程珌大感好奇，探头过去一看，原来锦帛上写满了金国兵将的驻地、数目以及主要将官的姓名。他指示给程珌看："就这么大块锦帛，已经花费老夫四千缗钱了！"

见程珌颇有惊讶之色，辛弃疾解释道："做细作的出生入死，所刺探的情报更是关系到国家存亡、用兵胜负。而向来用间之人只不过给他们几两银子、几匹布帛作为酬赏，就指望别人为国捐躯、深入险境。请问，天下哪有这样的道理？"

刘镇也在一边微哂道："又想马儿跑，又想马儿不吃草——说不定赏给细作的银子全进了某些人的口袋也说不定。如此鼠目寸光，又如何使唤得动将士们为他们卖命？"

程珌想起一事，忽问道："深入敌境刺探情报乃是九死一生之事。万一有奸猾之辈领了赏钱，却不敢前往，只胡编乱造一堆情报回来交差，岂不误事？"

辛弃疾胸有成竹地说道："不妨事,这瞒得了别人,瞒不了老夫。别忘了,老夫乃是山东人。那里的山山水水,一草一木至今还历历在目。再者,老夫年轻时曾特意遍游北方之地。哪里是粮仓,哪里是官府,山势向背,道路多少,全在这胸中。只要一一加以对照,自然无法欺瞒老夫!"

程珌听罢,大为拜服。他辞别辛弃疾回京后,逢人便称赞辛弃疾战守有方,乃是江东长城。这些赞誉之词,更是使得辛弃疾在主战派官民的心目中益发高大起来。甚至连不少主和派也认为辛弃疾举措谨慎,并非徒然夸口浪战之辈,对他也多了几分好感和理解。

然而,也有许多人开始猜疑指责起来,其中争议最大的便是创建新军一事。当时,南宋仅沿长江和汉中而守的都统司大军便多达二十余万,每年耗费大量粮饷。辛弃疾又添数万新军,这在许多主战派大臣看来,是必须坚决加以反对之事。甚至有人大声抗议:"原有大军只要稍加整顿训练,自然可用,何必又要另起炉灶别创一军? 这不过是辛幼安好大喜功而已!"

对此,也有识者痛加驳斥:"这不过是纸上谈兵者的书生之见! 江南承平日久,江上诸军庸懦畏战之风早已沿袭数代之久,又岂是一朝一夕能加以整顿的? 且此中人事、利害关系盘根错节,主事者往往还未有所措施,便已经多方得罪、寸步难行。这样的军队,又如何可用?"

不过,这样的声音毕竟只是少数。再者,真正在朝堂上主事的韩侂胄虽有意主战,却也对辛弃疾十分不满!

他不满,是因为将辛弃疾调赴镇江不但没有起到架空这位老英雄的目的,反而使得他声望更为高涨。

尤其让韩侂胄恼火的是,辛弃疾竟然我行我素地创建起了新军来,完全没有把自己放在眼里。看来这位老臣实在是太危险了,重用不得! 若再假以羽翼,只怕他就要踩到自己头上来了!

韩侂胄开始动起了念头——一定要将辛弃疾再次调离要地,决不能让他建功立业,抢走本该属于自己的光环!

而此时的辛弃疾也忧心忡忡。此时,韩侂胄已经秘密授意边兵,对金人不断发起小规模的骚扰行动。然而,在老于用兵的辛弃疾看来,北伐各项准备尚不成熟,大军缺乏训练,将领贪生怕死,要在这样的情形下率先挑衅,无论如何都是不明智的行为。他想到了隆兴元年(公元1163年)那场一败涂地的所谓北伐,历史上这样由轻率行为而招致的大败不计其数。在辛弃疾的笔下,则化为了这样一首沉痛悲壮的《永遇乐·京口北固亭怀古》:

> 千古江山,英雄无觅孙仲谋处。舞榭歌台,风流总被雨打风吹去。斜阳草树,寻常巷陌,人道寄奴曾住。想当年,金戈铁马,气吞万里如虎。
>
> 元嘉草草,封狼居胥,赢得仓皇北顾。四十三年,望中犹记,烽火扬州路。可堪回首,佛狸祠下,一片神鸦社鼓。凭谁问:廉颇老矣,尚能饭否?

南北朝时,宋文帝刘义隆听信王玄谟的大话,要想像霍去病那样北伐中原,"封狼居胥",元嘉年间草草北伐,却被敌人打得溃不成军,只能北望哀叹。辛弃疾这首词,是写给时镇建康的邱崈的。丘崈与辛弃疾同为久废启用之人,又一样赞同北伐。只不过丘崈向来主张持重、不可轻启战端。辛弃疾特意寄这首词给他,正是婉转地表明自己对韩侂胄鲁莽行事的忧虑。

自然,韩侂胄是难以容忍他人质疑自己的。就在这年(公元1205年)三月,辛弃疾因小事遭到弹劾,受到被降两官的处罚。四月,韩党心腹李奕出任镇江都统制,做好了将辛弃疾排挤走的准备。

六月,韩侂胄密令诸军做好战斗准备,却在这一关键时刻调任辛弃疾改知隆兴府,远离了前线。就在辛弃疾还未到任之际,却又遭到莫须有的罪名弹劾,被免去实职,给予了一个虚有其名的宫观,挂了起来。

辛弃疾此次出山又遭废黜,还不过两年而已!

男儿到死心如铁

开禧元年(公元 1205 年)的秋天,辛弃疾在万里霜天的肃杀之气中,自镇江回到了铅山寓所。途经建康府时,程珌前来送行。说起李奕等将领在镇江倒行逆施,辛弃疾苦心建立起来的新军也被搞得乌烟瘴气,许多人干脆散去重操旧业的事,两人都相顾无言,唯有叹息而已。

回到铅山,前来迎接的除了正好在家中的子孙辈之外,还有老仆人辛虎奴。虎奴年事已高,故而辛弃疾外出做官便不再带上他前往,只留他在家中管管家,享享清福。两年未见,只见虎奴头发全白了,脚步蹒跚,更显老态。虎奴迎上前来,一把抱住辛弃疾道:"少主人,您可算回来了!"

辛弃疾笑道:"虎奴啊,你老了,你的少主人也早就老了。老而没有自知之明,可笑,可笑呀!"

与久别的家人短暂欢聚之后,辛弃疾一个人坐在书斋中沉思起来。辛虎奴亲自奉上茶来,却见辛弃疾正对着一幅字发呆。他凑上前去细看,原来是一首词:

> 江头日日打头风。憔悴归来邴曼容。郑贾正应求死鼠,叶公岂是好真龙。
>
> 孰居无事陪犀首,未办求封遇万松。却笑千年曹孟德,梦中相对也龙钟。

"少主人,您写的词俺也读过不少,可这首词就看不懂了。"虎奴挠着头笑道,"这叶公好龙的故事,俺倒是听说过,可这邴曼容、这郑贾又是什么说头?"

辛弃疾苦笑道:"邴曼容乃是汉代的人,他屡次为官不过州郡从事,便坚决辞官不做。我呢，每次做不了几年官便会被罢免。你说我二人是不是很像啊？"

"不大像！"虎奴老实地回答，"他是主动辞官，您是被奸人陷害，这怎么能一样啊！"

辛弃疾没有理会，继续说道："至于这郑贾嘛，其实就是春秋时郑国的一个商人。郑国称美玉为'璞'，可周人却把死老鼠叫作'朴'。有周人问郑国商人：'买朴吗？'郑人还以为是美玉，可拿过来一看，却是死老鼠，只好称谢不买——虎奴，知道我为什么用这个典故吗？"

辛虎奴连连摇头。

"这就叫作'眩于名而不知其实'。"辛弃疾叹道，"韩侂胄徒有虚名，却只不过是叶公好龙。而我就好像那位郑人一样，本以为有机会实现报国之志，却不料，美玉变成了死老鼠！哈哈，哈哈！"

"少主人，依我说，您还是优哉游哉享享清福的好。那些事儿，就交给别人去操心吧。"辛虎奴心痛地说道，"江南也挺好的，俺都忘了家乡啥样子了。做老百姓的，只要有地种，有饭吃，过得上太平日子就行。"

看着辛虎奴的老眼中泛出泪花，辛弃疾知道他说的只是宽慰自己的话。所谓鸟飞返故乡，狐死必首丘，又有谁不愿埋骨桑梓之地呢？但他不愿违了虎奴的好意，只有轻声叹道："是呀，千古兴废，百年悲笑，就随他雨打风吹去吧！"

然而，树欲静而风不止。就在辛弃疾下决心息影林泉之时，一场大战正悄然拉开序幕。

开禧二年（公元1206年），在左右宵小的怂恿下，韩侂胄终于下定决心，北伐中原，以便成就不世之功。

四月，以镇江军为先声，多路宋军开始在北方义军的配合下攻入金国境内，一连攻下了泗州、褒信、顺阳等不少州县。

五月，北进宋军又连下数城。在收到前线捷报后，韩侂胄迫不及待地下达了讨伐金国的正式命令——"天道好还，盖中国有必伸之理；人心助顺，虽匹夫无不报之仇！"语气慷慨激昂，一副灭此朝食的气势。也许在韩侂胄看来，建立不世之功的那一天已经指日可待了。

然而，事与愿违。仅仅数天之后，宋军便在金人的防线下碰了大钉子。五月十三日，皇甫斌攻唐州，大败；秦世辅攻城固，亦大败。

五月十四日，韩侂胄最为亲信的北伐主将郭倬联兵会攻宿州，军队一溃千里，被金军重重围困起来。郭倬走投无路之下，竟与金人私下达成协议，将金人最为痛恨的宋军将领田俊迈捆送敌军，这才逃得一条性命。上演了一出卖友求生的丑剧。

六月九日，建康都统李爽攻寿州，亦大败。然而，让南宋朝廷更为魂飞魄散的消息，却是自巴蜀之地传来——四川宣扶副使吴曦接受金人封王印绶，公然叛宋降金。半壁江山，就在稀里糊涂之间便沦入敌手！

就这样，在还不到两个月的时间里，中路和东路宋军先胜后败，溃不成军。而西路更是变生肘腋，成了当前最大的威胁之一。

韩侂胄情急无法之下，不得不对前线人事作出新的调整。他先是罢免了指挥东线战事不力的邓友龙，接着任命知建康府丘崈为刑部尚书、两淮宣抚使，曾前去镇江拜访辛弃疾的程珌也随同丘崈一同前往赴任。在渡江之后，他看到的是一派丢盔卸甲、兵荒马乱的狼狈景象。

"生灵涂炭，实乃操切之祸啊！"

程珌与丘崈谈起此前辛弃疾在镇江的军事部署。丘崈听罢，又是点头，又是叹气。事实已经证明，辛弃疾所提出的另建新军，将新军与旧军分开驻屯训练、各自负责不同的战守事务等主张是完全正确的。而后来代之镇守江上的将领却将这些措施完全废弃。可即便是这样，能在前线颇有斩获，且在败战之余还能镇定自若的，也往往是过去辛弃疾所编练的新军余部。

"韩太师所仰仗的各路都统司和殿前司诸军遇敌辄溃，要想靠他们去打胜仗，岂非与虎谋皮？"丘崈叹道，"他只不过是想要趁机攻取几个名城重镇，回来便好吹嘘自己的盖世奇功罢了。可却没想到金人还是块硬骨头啊！"

"这样的话,稼老也曾说过。"程珌回忆起那天辛弃疾在誊抄完细作带回的情报之后,曾这样感叹道:

"敌虏兵马尚强,粮饷尚多,千万不能掉以轻心。朝堂上主战的诸公却认为对方是一触即溃,这样想,总有一天要吃大亏不可。"

丘崈听罢,更是太息不已:"幼安有先见之明。只可惜,当国者不给他机会。目前的形势,我也只能勉力维持不至于败得太难看而已。要想力挽狂澜,怕还是只有他出山呀!"

自然,这并不仅仅是丘崈一个人的看法,同时也代表了当时许多人的呼声。丘崈到扬州后千方百计才将东线局势暂时稳定下来,同时要求韩侂胄严惩此次丧师误国之徒。在这样的局面下,韩侂胄不得不做出一些表示来安定人心。他也意识到自己最为亲信的苏师旦空谈误国,造成了难以估量的损失,于是先解除了苏师旦的枢密都承旨一职,接着又将其流放。紧接着,又逮治前线败军之将如郭倬、李汝翼等人,或处斩,或下狱。一时间,平素不可一世的佞臣悍将们气焰大为收敛。

然而,处置完了门下这些只会逢迎拍马的小人们,韩侂胄也丝毫轻松不起来。他知道,他身边已经无人可用了!

前线的败讯还在如雪片一般飞来,金人看上去也并无休兵之意。怎么办?韩侂胄不得不又将目光转移到了辛弃疾的身上。也许,只有他能替自己出力了!

开禧二年(公元1206年)七月,闲居在家的辛弃疾接到了起用为知绍兴府兼浙东安抚使的诏命。做出这个任命,韩侂胄可是颇费了一番脑筋的。他本想立刻就委任辛弃疾出来主持前线军事,但却又害怕他因为前嫌加以拒绝,故而才想出了这么一个折中的办法——如果辛弃疾愿意接受这一任命,那请他出山御敌自然也不在话下。

当诏命送到铅山寓所之时,辛弃疾只是摇了摇头,看他的神色,既不悲,也不喜,竟是平静如水。

"少主人……"辛虎奴担心地喊了一声。

隐居铅山的这些日子里,家人们都尽量避免让前线纷至沓来的坏消息刺激辛弃疾疲惫的神经。然而,他还是能从来访的老友和旧部那里得到各种最新的情况。

自他离开镇江后,一手建立起来的新军也被镇江都统制李奕分割遣散。数年心血,就这样毁于一旦。

部分新军将士因不满李奕的胡乱指挥,干脆自行散去。李虎也是其中之一,他拉起了不少人重操旧业,在江淮边境上以抄寇为生。而辛弃疾十分倚重的刘镇倒是留了下来,在李奕帐下做了一个小军官,一直以来也颇受排挤,不得重用。

北伐开始后,刘镇跟着大军一路北上,不断攻城夺寨,立下不少功勋。然而,自郭倬前线溃败后,作为偏师的刘镇却孤军陷入敌人重围之中。

刘镇誓死不降,他率领部下左冲右突均无法冲出敌人围困,最后全军数百人大多战死,只有数十人侥幸得以生还。

据逃出来的士兵讲,刘镇死前身负数十处刀伤,尚自还手刃了七八名敌军官兵。他咽气之后,兀自挺立不倒,北向而望。

当辛弃疾听到刘镇的死讯时,本想为他写点什么。可心中千言万语,却不知何处着笔。

当再次接到朝廷的任命之时,辛弃疾又想到了刘镇。他摊开纸笔,沉思良久。最后落到纸上的却是如此数行字而已:

> 如今识尽愁滋味,欲说还休。欲说还休,却道天凉好个秋!

也许,自己真的老了!

韩侂胄伸过来的橄榄枝,辛弃疾并没有接受。在他的几番婉言拒绝之下,韩侂胄不得不收回成命,改派他人出任浙东帅一职。但还是进辛弃疾为宝文阁待制,同时加封为历城县开国男爵。虽未出任实职,但进一步表示了自己对辛弃疾的推重之意。

韩侂胄知道此时辛弃疾对自己已经心灰意冷，但他还是抱有一线希望，能请动这位老将来为自己收拾残局。故而即便是热脸贴上了冷屁股，也要加意用高官厚禄来笼络人心。原因无他：此时这位韩太师的处境可是大大的不妙。

开禧二年（公元 1206 年）十月，占了上风的金人乘胜追击，分兵九路大举南下。不过两个月时间，中路光化、枣阳、信州、随州等地相继陷落。东路安丰、濠、滁、真、和诸州也陆续失守。韩侂胄手足无措之间，又想起了赋闲在家的辛弃疾。这回，他任命辛弃疾为湖北安抚使，进职龙图阁待制。并且借皇帝之口下诏辛弃疾不得辞免，立即赴行在临安议事。

辛弃疾无可奈何之下，只好启程赶赴临安。没想到这时局势又有所变化：金人本是外强中干，并无一举吞灭南宋的余力。战争进行到这个地步，自然要开始筹划议和之事。见金人有了休兵的意思，南宋君臣自然大喜过望，赶紧派出使臣，接洽起议和的条件来。如果真能顺利达成和议，那韩侂胄高兴还来不及，又怎么敢继续跟金人打下去？

因此，当辛弃疾抵达临安行在之时，朝廷只是象征性地听了听他的意见，便很快下诏改任辛弃疾为兵部侍郎，主管兵卫、武举、仪仗、民兵、厢军、甲仗器械等政务。

韩侂胄的心理，自然是对和谈抱有希望，但心里又实在是没底，故而才自作聪明地作出了上述决策——一方面，将辛弃疾留在身边，以便缓急可恃；另一方面，不到最后关头，他又不愿赋予辛弃疾用兵大权，以免难以驾驭。

辛弃疾对这一任命也颇为踌躇。他并不是为了韩侂胄而应命出山，而只是忧心国家前途安危，痛惜边境百姓生灵涂炭而已；可兵部侍郎一职并不直接指挥抗金方略，留在这个职务上，自己在短时间内也发挥不出什么作用。何去何从，正犹豫间，有福州旧友黄干特意寄来长信，力劝辛弃这次一定要慎之又慎，切勿再次出山。

黄干信中大意，是劝辛弃疾认清现实。如今在朝堂之上主政者多为庸碌之辈,既无知人之智,又无自知之明。与他们共事,只能是画饼充饥而已。在这样的局面下,又怎么可能有建功立业的机会呢?

对黄干的劝告,辛弃疾也不是没考虑过。左思右想之后,他决定再做最后一次努力。

他准备前去拜访韩侂胄,拜访这个自己向来都没有正眼瞧过的对手。

当然,这次拜访,并不是为了自己。

再次见到韩侂胄,这位曾经意气风发不可一世的韩太师此刻已经是憔悴不堪,但仍努力地在表面的客套之上,维系着可笑的傲慢。

"辛卿光临寒舍,想必一定有所赐教。"

辛弃疾曾担任少府卿,自那个时候起,"辛卿"便成了官场上对他的客气称谓。

辛弃疾客气地摇摇手,欠身坐下。几句寒暄之后,他单刀直入地进入正题:"金人此番颇有不肯罢休之势。不知太师有何庙算?"

这句话恰好戳到了韩侂胄的痛处,就在先前,他还为此大发雷霆呢。

在金人表现出议和之意后,江淮宣抚使丘崈曾上疏朝廷,声称金人指韩侂胄为开启战端的首谋,若要与金人议和,那么领衔者自然不能是韩侂胄。

消息传来,韩侂胄又羞又怒。此时神经已高度紧张的他还以为丘崈要借机将自己赶下台去,连忙免去了丘崈宣抚使职务,又紧锣密鼓地筹划对金议和事务。他已经打定主意,只要能维系自己的权位不受影响,割地赔款也罢,称臣纳贡也好,都不是不可以接受的事。

故而,这次辛弃疾前来拜访,韩侂胄其实只打算敷衍他一番。要是让辛弃疾知道自己志在求和,这倔老头一定又会挂冠归里。可说起来,和议还是八字没一撇的事,搞不好还会有需要辛弃疾出力的时候。那么,自然是把他先不冷不热地挂起来为佳。韩侂胄沉吟半晌,故作镇定地呷了一口茶,道:"这仗,是没法打下去了。当务之急,是约束边兵,不可使他们再生事端,然后再从速商议两国言和罢兵之事。"

见辛弃疾没开腔,韩侂胄急忙又补上几句:"此番用兵,我本来是不赞成的。幼安你说得对，北伐本需持重，万万不可轻举妄动。可恨苏师旦这几个奴才贪功冒进，跟边将串通一气，硬说什么只要大军一出，金人自当望风而逃……哎！"

辛弃疾又可气又可笑。没想到这个时候，韩侂胄还要开脱责任。此刻他也不去跟韩侂胄较真，只是缓缓说道："如今这个局势，议和也是无可厚非之事。只是，从来未听说毫无战备，一意放低身段求和就可以谈出好结果来的。"

"幼安，你的意思是……"，韩侂胄眯起眼睛。

"依老夫愚见，边备不可就此废弛，主和不可过于热心。要想让金人接受和议，就得在疆场上让他们狠狠地碰几个钉子才行！"

"可、可咱们已经没力气再打下去了！"韩侂胄的眼神毫无光彩，一副斗败了的公鸡模样。

"金人已是强弩之末，而我大宋边防体系还基本保持完整。眼前他们不过是夺取了前线一些城邑而已。若再冒险深入，必将重蹈当初海陵王完颜亮的覆辙。"

辛弃疾顿了一顿，铿锵有力地说道："若能将前线军事尽行托付给一二元老重臣，先在疆场上力挫敌军，待敌进退不得之际，再商议罢兵条款。虽说此次北伐徒劳无功，但也不至于落得个屈膝求和的局面。"

"这……这……"韩侂胄一时语塞。要知道，他已经被金人吓破了胆。只求对方不来找自己的麻烦便已是万幸，哪里还敢再将战事进行下去？迟疑半响，才犹犹豫豫地道："言之有理，不过恐怕还需从长计议。这样吧，我一旦考虑停当，便要烦劳辛卿再次过府前来商量……"

听韩侂胄这样说，辛弃疾知道再说下去也是无益，他点点头后便起身告辞。走出府来，辛弃疾仰天长叹："自作孽，不足惜。可惜的是国家元气、边民性命、恢复良机，至此都尽数断送了！"

只是，韩侂胄如同一个喊不醒的梦游之人般，还沉浸在能与金人言和的幻想之中。开禧三年（公元 1207 年）二月，四川兴州中军正将李好义、监兴州合江仓杨巨源、四川转运副使安丙等人合力诛杀叛将吴曦，巴蜀底定。这又让韩侂胄暂时吞下了一颗定心丸，他自然对辛弃疾所提出的战守之计更加不感兴趣，而是把全副精力都用到了议和之事上。

见事已至此，辛弃疾终于下定决心告老还乡。他深深地感到，自己已经没有用武之地了。再加上年老力衰，疾病缠身，辛弃疾坚持辞去了在京官职，毅然决然地重返铅山寓所。

从开禧三年（公元1207年）的夏天直到九月，他生命中的最后时光都是在这里度过的。读书、作诗、饮茶、听泉……辛弃疾留下了不少诗词来描写这一时期的生活，其中有诗云：

老去都无宠辱惊，静中时见古今情。

大凡物必有终始，岂有人能脱死生。

日月相催飞似箭，阴阳为寇惨于兵。

此身果欲参天地，且读中庸尽至诚。

果真是宠辱不惊吗？辛弃疾也曾反复地问自己。其实，他所坦然面对的，只是宦海沉浮、功名得失而已。那些不过是身外浮云。自南渡数十年来，辛弃疾从来就没有真正在意过这些，要不也不会蹉跎至今了。

他真正难以释怀的，是当年毅然起兵时的豪言壮语；是当年誓要重整河山时的万丈雄心；是当年定策南归大宋时的义无反顾；更是当年与少年好友党怀英分道扬镳时的自信满满。而如今，却尽皆成空！

无声之处，响起的却是惊雷。

而在辛弃疾闲居家中的这段时间里，宋金双方的和议也一直在紧张地进行着。韩侂胄派出方信孺为使臣，前往汴京接洽和谈条款。因为金人声称要问罪用兵首谋，故而韩侂胄也不得不放下身段，以知枢密院事张岩领衔和议之事。到了这个时候，他还抱有一丝侥幸之心，等待着方信孺能从北边带回可以让自己安心的条件。

然而，事与愿违。从四月到九月，方信孺三次出使金庭，在金人的威逼利诱下仍然昂然不屈。不过,在前线溃不成军的局面下,他自然也不可能从和议桌上为南宋挣得多少体面。最后,金人蛮横无理地开出了一连串苛刻的和谈条件:割让两淮,增加岁币,索取起义南归的"归正人",以及索要犒师银两。当韩侂胄等回方信孺的消息时,他迫不及待地追问道:"如此就可罢兵吗?"

方信孺考虑了一会儿,回答道:"其实,所谓割地、索币等都不过是漫天要价而已。依在下之见,这里面还是大有折扣可打的。只是……"

"只是什么?"韩侂胄急不可耐。

"金国上下都知道太师是这次用兵的首倡者,他们恨太师入骨,提出:前述条件均可再议,但有一事是必须办到的,那就是——欲得太师头耳!"

韩侂胄闻言勃然大怒,竟当即下令将方信孺撤职监管起来。他直到此时,才恍然大悟——金人这是非要我的命不可呀!

在韩侂胄的授意下,两国和议中止,用兵之事再次提上议程。只是,色厉内荏的韩侂胄手下既无可将之兵,更无知兵之将。到这个地步,又能指望谁来替他收拾残局呢?

说来可笑,他竟又一次想到了被自己晾到一边的辛弃疾,火速下诏起用辛弃疾为枢密都承旨。这一职务平素负责传达旨命,统领枢密院日常事务。开禧年间,则是通过枢密都承旨来全权负责北伐事务。也就是说,在万般无奈之下,韩侂胄终于将北伐的指挥大权交给了辛弃疾。

为了催促辛弃疾出山,朝廷还特地在诏书中附加了一道命令——疾速赴行在奏事。看来,韩侂胄这回是真急了。

前去促驾的枢密院官员马不停蹄,直奔铅山。在他们看来,只要这位老将肯答应接受这一职务,那自然能挽狂澜于既倒,扶大厦于将倾。毕竟,辛弃疾名动天下,是大家心目中的最佳抗金人选。

然而,他们失望了。此时的辛弃疾已经重病缠身,卧床不起。多年来的抑郁和愤懑之情更是严重影响了他的身体。当这道迟来的诏命送到家中时,老家人虎奴激动得热泪盈眶,他颤抖着双手将诏命捧到辛弃疾床前:

"少主人，少主人……"

辛弃疾努力抬起眼皮，微微牵动嘴角，看上去是想要做出一个微笑。他费劲地说道："虎奴呀，要是这道诏命早到二十年，不，早到十年。我一定带着你一起打回老家去。可现在……"

他又将脸转向前来传诏的枢密府官员，轻声道：

"侂胄岂能用稼轩以立功名者乎？稼轩岂肯依侂胄以求富贵者乎？"

来者默然离去。他们知道，辛弃疾对韩侂胄已经心灰意冷。即便不是重病缠身，怕也是不会接受这一任命的。

大宋空有辛弃疾，却无辛弃疾的用武之地。这不能不说是一个悲哀。尽管拒绝了韩侂胄的任命，可在人生最后的弥留之际，辛弃疾仍然停止不了对抗金局势的苦苦思索。

风雨飘摇的夜晚，他翕动了几下嘴唇。守候在一边的辛虎奴最先察觉了这一细微的举动，赶紧扑到床前："少主人，您想说什么？老仆在这里！"

看着辛虎奴，看着围上来的儿孙们，辛弃疾用尽全身最后的力气，大呼道："杀贼，杀贼呀！"

这是他穷尽一生最后的呼喊。

开禧三年（公元 1207 年）九月十日，一代英杰辛弃疾在家中与世长辞。